新潮文庫

# 残穢

小野不由美著



新潮社版

10328

# 目次

残 ざん

穢 え

# 一　端緒

すべての端緒となる一通の手紙が私の手許《てもと》に届いたのは、二〇〇一年末のことだった。

私の生業《せいぎょう》は作家だ。普段は小説を書いている。最近では大人向けの小説を書くこともあるが、主な居場所はいわゆるライトノベルで、そもそもの出自は少女小説だった。かつては、小学生から中学生向けの文庫レーベルにホラーのシリーズを持っていた。

この文庫では、作品の最後に「あとがき」を付けることが義務づけられていた。作者自らが読者に対して語りかけ、できるだけ親近感を得るべく営業をせよ、という試練の場だったが、私はそこで読者に対し、怖い話を知っていたら教えてほしいと呼びかけていた。——もう二十年ほど前のことになる。

当時のシリーズ自体は書店の棚から消えて久しいし、それ以前に、チャンスがあったとき、おそろしく様になっていなかった「あとがき」は削ってもらった。したがって、「あとがき」が付いているものは、かなり昔の版だけ、ということになる。にもかかわらず、この大昔の呼びかけに対し、いまでも時折、手紙が来ることがある。

このときに届いた手紙もそうだった。古書でシリーズを手に入れたという読者が、自身の体験した奇妙な出来事を報《しら》せてくれるものだった。

手紙の主は三十代の女性で、仮に久保《くぼ》さんと呼んでおく。都内の編集プロダクションにライターとして勤務しており、当時、首都近郊にある賃貸マンションに越したばかりだった。

久保さんは、その部屋に何かがいるような気がする、という。

久保さんが新居に越したのは、二〇〇一年十一月のことだった。部屋が片付き、新しい生活に慣れてきたのは十二月に入ってから。この頃になって、ようやく家に持ち帰った仕事を落ち着いてこなすことができるようになった。だから最初に物音を聞いたのも、たぶんこの頃だったと思う、という。

持ち帰りの仕事を片付けるのは、どうしても深夜になることが多い。その日も彼女はリビングに置いた仕事机で原稿を書いていた。コンピュータに向かい、テープから起こした原稿を記事の体裁に纏《まと》めていく。その背後で、さっ、と小さな音がした。

乾いた質感の、畳の表面を何かが擦《す》るような音だった。

久保さんは振り返った。彼女の背後には寝室として使っている和室がある。二枚の板戸で仕切られてはいるが、戸を閉めたことはほとんどない。その入口にちょうど背を向ける恰好《かっこう》で仕事をしていた。

何の音だろう、と椅子《いす》に坐《すわ》ったまま寝室を覗《のぞ》き込んでみたが、音のするようなものは何もない。気のせいか、と机に向き直って仕事に戻ると、しばらくしてまた同じ音がする。

さっという軽い音だ。昔、家の中を掃除するのに箒《ほうき》を使っていた時代があったが、久保さんが真っ先に思い出したのは、その音だった。畳を箒で軽く掃く音。さもなければ、畳の表面をさっと掌《てのひら》で払ったような音だった。

だが、久保さんは独り暮らしだ。背後の和室には誰もおらず、そんな音のする道理がない。いくら振り返ってみても何の音かは判然としなかったが、それが和室から聞こえることだけは確かなようだった。

不思議な気はしたが、深く気にしたわけではない。久保さんは、家の中ではいろんな音がするものだ、と心得ていた。特に集合住宅に住んでいれば、他家の音が意外な伝わり方をして聞こえてくることもある。

だが、それ以来、リビングで仕事をしていると、同じ物音を聞くことがある。振り返ってみても音を立てるようなものは何もない。見守っていても音がしない。なのに和室に背を向けて仕事にかかると、ささっという小さな音がする。振り返らずに聞き耳だけを立てていると、同じ場所をゆっくりと右から左へ、左から右へ動いて聞こえる。まるで畳の上を何かが往復しているかのようだった。

「誰かがひっそりと掃除をしているみたいでした」と、久保さんは言う。憚《はばか》るような音量で、リズムも緩慢だ。億劫《おっくう》そうに箒を使っているという印象だった。しかも箒が掃く場所は動かない。一箇所に留まったままだ。真っ暗な和室で、いるはずのない誰かが力なく箒を動かしている——そんなイメージが浮かんで、ようやく気味が悪くなった。

そんなはずはない、何か音を立てているものがあるに違いないと、久保さんは部屋中を探してみた。だが、寝室の中にはそれらしきものが見当たらない。念のためにリビングから台所、果ては洗面所から浴室、トイレに至るまで探してみたが、件《くだん》の「畳を掃くような音」に似た物音を立てるものは存在しなかった。第一、見ていると音がしない、というのが納得できない。これは何か異常な音ではないか、という気がした。

試しに、寝室の灯りを点《つ》けっぱなしにしておいた。すると仕事をしていても、コンピュータの画面に背後の和室が映り込んでいる。音がするとき、何かが見えるのではないかと期待してみたが、そうやって見守っていると音はしない。さっと音がして画面に目をやると、音がやむ。

物音自体は小さい。音楽でもかけていれば紛れてしまうような音量だ。なんでもない音に違いないと決め込んで、無視しようともしてみたが、ちょっとした無音の隙間《すきま》に滑り込んでくると、かえって気になって堪《たま》らない。つい耳をそばだててしまう。

何度聞いても、それは畳を掃く音に聞こえた。あるいは、畳を払う、撫《な》でる、摺《す》り足で歩く、物を引きずる。摺り足で歩いているにしては、音の間隔が長い。リズムは一定で、誰かが畳を払ったり撫でたりしている感じとも違う。もっと機械的に往復している。

——やはり誰かが、力なく箒を使っている感じだ。

それはたぶん女で、人生に倦《う》み、虚《うつ》ろだ。暗い部屋の中、掃除をしていても、心はそこにない。機械的に箒を動かすだけ、別の何かが彼女の思念を占拠している。

「そんなイメージが浮かんで頭から離れなくなってしまって」と、久保さんは苦笑するふうだった。「いまどき、箒を使って掃除をしているってとこからの連想でしょうか。どうしても生活に疲れた中年の女性って気がするんです。背中を丸めて、ただ箒を動かしてる」

箒を使う場所は動かない。その女性はずっと同じ場所を掃いている。それで、どこか病んだ感じがした。

「たったそれだけのことなんです」と、久保さんは言う。「ほとんど勝手に想像して、勝手に気味悪がってる感じですが」

そう自覚はしているものの釈然とせず、試しに和室を写真に撮ってみた。すると、一枚だけ、丸い小さな光が二つ、写り込んでいた。ひょっとしたら、これが噂《うわさ》のオーブというものだろうか。オーブはスピリチュアルなエネルギーや霊魂が光の形をとったものだと言われる。だとしたら、やはり和室には何かがいるということなのだろうか？

久保さんからの手紙には、寝室を写した写真をプリントアウトしたものが同封されていた。和室に低いベッドが据えてあり、枕許《まくらもと》にはサイドテーブルの代わりだろう、小さな棚が並べて据えてあった。その上の暗がりに白く丸い光が大小二つ浮いている。一方は小さく、はっきりと白いが、もう一方は大きめで薄い。

写り具合から考えて、夜間にフラッシュを焚《た》いて撮影した写真のようだった。だとしたら、この光は異常なものではなく、ハウスダストがフラッシュを反射したものだろう。一般にオーブと呼ばれるものは、ほとんどが埃《ほこり》や水滴の類《たぐい》だと思う——と手紙に対するお礼のついでに返信した。

好んでホラー小説を書くくせに、私にはいわゆる「霊感」がない。見たこともなければ感じたこともないし、ゆえに幽霊だとか心霊現象だとかの存在についても懐疑的だ。頭ごなしに否定する気はない。とはいえ、無条件に信じようとする前に、つい合理的な解釈を探してしまう。

夢のない指摘に気を悪くするかな、とも思ったのだが、彼女はあっけらかんとしていた。少しして、「なんだ、そうだったんですね」と拘《こだわ》りのない様子の手紙が返ってきた。

おかげで引っ越しを考えずに済む、と陽気な語調だったが、音のほうは相変わらず続いているとのことだった。だんだん慣れてきて気にならなくなったのだが、時折、ふと「何の音だろう」と改めて疑問に思い、落ち着かない気分になることがある、という。

音が往復して聞こえるということは、強弱を繰り返しているということだろうか。換気扇の音は風の具合で強弱がつくことがあるが、と四方山話《よもやまばなし》のついでに返した。「換気扇が動いていなくてもするんですけどね」と、久保さんから返事がきた。「念のために試してみました」

どうやら部屋中の換気扇を点けたり消したりして、「例の音」がするかどうか、検証してみたようだ。ライターを職業にしているだけあって、検証する経過が楽しい読み物になっていた。

以後も、久保さんは思い出すたびに、「例の音」に対するちょっとした実験記を送ってくれた。寝室のほうを向いて本を読んでいても音はするのか、戸を閉めても聞こえるのか、ブレーカーを落とすとどうなるのか、等々。

ただし、久保さんはこの音に強く拘っていたわけではない。基本的に我々が手紙で（のちにはメールで）やりとりしていたのは、ほとんどがホラー映画に関する無駄話だ。だからふと気になって思い立ったとき、ちょっとした実験をやって話のネタにしていただけのようだった。

ところが、それが一変した。

二〇〇二年春、「これって？」と題したメールが久保さんから来た。

久保さんは例によって家で仕事をしていた。深夜になって、背後でまたいつもの音がした。「またか」と思いつつ、ことさら振り返らずに仕事をしている。すると、背後では右に左に畳を擦る音が続く。コンピュータの画面に何かが映り込んでいないか注視してみたが、寝室は真っ暗で様子が窺《うかが》えない。さっと右に擦る音がして、少しの間、途絶える。今度は左に擦る音がして、それが途絶える。規則的にそれが繰り返される。ひとしきりそれを聞いて、いきなり振り返ってみた。振り返ると同時に音はやんだが、その直前、寝室の床を何かが這《は》うのを彼女は見た。

「平たい布のように見えました。……着物の帯じゃないかと思うんですけど」

寝室は暗かった。入口からリビングの明かりが射《さ》し込んで、そのあたりの畳を照らしていた。その明るんだ畳の表面を暗がりに向けて、さっと平たい布のようなものが撫でていった。白っぽい地に、銀か白味を帯びた金で細かい模様が入っていたように思う。

ずっと背後で音を立てていたのは、帯のように見えるそれだったのだろうか。もしも帯なら、当然のように帯を引きずる何者かがいたことになる。ただ、それまでの印象で、誰かが音を立てながら右往左往しているという感じではなかった。人の気配はなかったし、足音のようなものも衣擦《きぬず》れのようなものも聞こえなかった。音はもっと機械的で、思い描かれるのは、ぶら下がった帯が左右に揺れるイメージだ。

——暗がりの中、垂れ下がった帯がゆっくりと揺れ、畳を這う。

見間違えかもしれません、と久保さんはあくまでも冷静だったが、以来、また気味悪く感じるようになったようだ。物音がしても絶対に振り返らないことにする、と言っていた。何かの弾みにまた妙なものが見えてしまっても嫌なので、普段は寝室を閉め切ることにした。そうやって封じると、今度は封印を解いて中に入り、ベッドで眠るのが嫌になる。「最近はリビングに布団《ふとん》を敷いて寝ています」と、その後のメールで久保さんは言った。

久保さんは結局、寝室を物置にしてしまい、リビングにベッドを移して生活をするようになった。間仕切りの板戸を閉めていれば音は耳に届かない。とりあえずそれで生活できている、ということだった。友達が来たときには寝室を使ってもらうこともあるが、いまのところ妙な経験をした友人はいない。

久保さんのそんな報告を読みながら、私は何か引っ掛かるものを感じていた。ぶら下がった何者か、それが揺れて音を立てる、という話に既視感があった。よくある話といえばそれまでなのだが、何かで読むか聞くかしたように思う。いったい何だったのか、実話怪談の本などを引っ繰り返してみたが、似た話はあっても、どれも印象が違う。

どこで見聞きしたのだったか——ずっとそれが引っ掛かっていた。

久保さんが寝室を物置にした頃、私も引っ越しを考えるようになった。実際に引っ越すのは一、二年先になりそうだったが、とりあえず身辺の整理をしようかと思い立った。なにしろ本や書類の類《たぐい》が多いので、少しずつ整理しておかないと、新居にどれだけのスペースを用意すればいいのかすら分からない。

思いつくたびに荷物を整理していて、複数の段ボール箱の対処に迫られた。それは久保さんのような読者が、これまでに送ってくれた怪談話を収めた箱だ。捨てるつもりは毛頭ないし、当然のように新居に運ぶつもりだったが、こうして箱に入れているだけでは死蔵しているに等しい。一度きちんと整理する必要があるのではないだろうか。

思いながら、とりあえず転居に備えて箱の中身を分類した。手紙はすべて、便箋《びんせん》を封筒から出し、開いた状態で封筒に止め付けてある。さらに、どんな内容だったか判別できるように、それぞれの封筒にはマークを付けてあった。

読者から寄せられた「怪談話」にはいろんな種類のものがある。自身や身近な誰かの体験談もあれば、友達の友達から聞いたという都市伝説としか思えないものもある。あるいは「花子さん」や学校の七不思議についての報告もあれば、テレビやラジオで見聞きした話を伝えてくれるものもあり——中には自分が行なった除霊の話、霊から教えられた世界の秘密に言及したものなど、手紙自体がホラーめいたものもあった。

それぞれに付けたマークを見ながら仕分けしていて、おや、と思った。比較的近年に寄せられた手紙の中に、久保さんと住所が同じものがあった。こちらにはマンション名は書かれておらず、番地に続いて部屋番号が記載されている。部屋番号は四〇一。久保さんの住む二〇四号室ではなかったが、所番地はまったく同じだ。

手紙の主を仮に屋嶋《やしま》さんと呼んでおく。

屋嶋さんは二十代終わりで一児の母だった。彼女は半年ほど前に現在のマンションに越してきたのだが、越して以来、二歳になる子供の様子が可怪《おか》しい。よく、何もない宙を見つめている。何を見ているのか訊《き》くと、まだたどたどしい言葉で「ぶらんこ」と言う。子供の言葉——まだ言葉未満の断片を総合すると、娘の目にはそこにぶら下がって揺れている何かが見えているらしい。その何者かが立てるのか、屋嶋さんは時折、さーっと床を何かが掃くような音を耳にすることがある、という。

既視感の由来はこれだったのか、と思った。

久保さんと屋嶋さんと、二人が遭遇しているものは、同じものではないのだろうか。

しかしながら、だとしたらなぜ部屋番号が違っているのだろう?

屋嶋さんの手紙の消印は、一九九九年七月だった。

二〇〇二年五月、私は久保さんにメールを書いた。

「四〇一号室に、屋嶋さんという方が住んでいませんか？」

# 二今世紀

## 1　岡谷マンション二〇四号室

久保さんが住んでいるマンションには、昨今の風潮に従い、国籍不明のややこしい名前が付いているが、ここでは単純に岡谷《おかや》マンションと呼んでおく。久保さんはこの部屋を不動産会社の仲介で選んだ。

彼女は都内にある編集プロダクションに勤務していた。プロダクションが扱うのは主に社内報や広報誌で、久保さんの仕事は、ディレクターやカメラマンと共に取材に行き、取材内容を記事に纏《まと》めることだ。どういった内容で取材を行ない記事を作るか、これを決めるのはディレクターの仕事で、実際の打ち合わせや取材、インタビューなどもディレクターが行なう。久保さんは現場に同行し、メモを取り、録音テープを起こして記事を作る。したがって勤務時間は一定しておらず、指示された現場に直行、直帰ということが多いうえ、持ち帰りの仕事も多かった。

久保さんはそれまで職場に近い都心のマンションに住んでいた。だが、仕事に慣れてくるに従い、あえて家賃の高い都心に住む必要性を感じなくなった。交通の便さえ良ければ、多少は都心から離れていてもいい。プロダクションは企業と契約を結んでいるので、もともと現場から現場を飛び廻るほどの仕事量ではなかったし、景気の悪化に伴い、仕事量はさらに減る傾向にあった。出来高制で給料を貰《もら》う彼女の収入も目減りしがちで、少し住居費を削りたかった、というのもある。ちょうど個人的に心機一転を図りたい時期でもあって、それで彼女は新しい部屋を探すことにしたのだった。

特にここに住みたい、という希望があるわけではなかった。コンビニエンスストアで賃貸住宅情報誌を買ってきて、気になる部屋をピックアップした。最も気に入った物件を控えて不動産会社に連絡を取ったところ、当該物件はすでに塞《ふさ》がっていた。——これは、よくある話だ。代わりに勧められたのが同じマンションの二階下、同じ間取りの物件で、久保さんは休日、その部屋を見に行った。

「二階下のその部屋のほうが少し安かったんですけど」と、久保さんは言う。「隣のビルとの兼ね合いで、陽当たりが悪かったんです」

彼女がそれまで住んでいた部屋も陽当たりの悪い部屋だった。陽も射《さ》さず、窓を開けても風すら通らず、騒音だけが吹き込んでくる。どうせ家は帰って寝るだけの場所だから、と割り切って賃貸料と通勤時間を優先で探した部屋だったが、今度は家でゆっくり生活し、落ち着いて仕事のできる環境が欲しかった。

「不動産会社の人にそう言ったら、別の物件をいくつか紹介されました。中の一つがいまのマンションだったんです」

そのマンション――岡谷マンションは首都近郊にある何の変哲もないベッドタウンにあった。駅前には繁華街が形成され、大型の商業施設などもあるが、そこから一歩離れれば平坦《へいたん》な土地に中低層の住宅がひたすら広がっている。岡谷マンションは駅から徒歩十五分。大通りを一筋入った静かな住宅地の中にある。築八年、鉄骨コンクリート造の四階建て。一フロアに五室の小さな建物だった。

久保さんが紹介されたのは、このマンションの二階にある1LDKの部屋だった。リビング部分は九畳と手狭だが、小さいながらもカウンター付きのキッチンが独立して付属しており、これに六畳の和室、浴室と洗面所、トイレが付く。マンション自体は東向きで、格別陽当たりが良いとは言えなかったし、二階なので眺望が良いとも言えなかったが、リビング、和室はともにベランダに面していて昼間は電灯が要らない。共用通路に面したキッチンと洗面所の双方に換気窓があって風通しも良い。周囲は一戸建ての多い住宅街で、いたって静かだ。駅までは少し距離があるが、電車に乗ってしまえば二駅で乗り換えに便利なターミナル駅に着く。情報誌で見つけた部屋とは違い、オートロックではなかったし、床面積も少ないうえ、築年数も三年ほど古かったものの、こちらの部屋のほうが交通の便が良く、家賃も若干、安かった。

久保さんが部屋を下見に行ったときには、ちょうど前の住人が出たばかりでリフォーム前だったが、前の住人は綺麗《きれい》に部屋を使っていたらしく、ほとんど傷《いた》みは見えなかった。しかも、図面で見て想像していたよりも垢抜《あかぬ》けた印象の建物だった。

「専門業者がクリーニングに入りますし、壁紙や襖《ふすま》は全部貼《は》り直します。新築同様になりますよ」と、業者は言った。

頷《うなず》きながら、彼女は部屋を見て廻り、そして何気ない素振りで押入の中や靴箱の中を覗《のぞ》いてみた。――つまり、御札の類《たぐい》がないか、確認してみたのだ。

異常を疑う何かがあったわけではない。変な気配を感じたなどということでもない。強いて言うなら「ホラー好きの嗜《たしな》みでしょうね」と、久保さんは笑う。彼女はホテルに入っても、額の裏などを確認する。何かを恐れてやっていることではない。むしろ半ば、期待している。

「信じてないわけじゃないんですけど」

幽霊の存在や超常的なものを頭から否定する気はない。第一、久保さん自身、祖母が亡《な》くなったときに虫の知らせめいたものを体験したり、旅行先で妙なものを目撃したりしたことがある。にもかかわらず「いると思うか」と問われると首をかしげてしまう。虫の知らせは偶然だと取れないこともないし、無人の大浴場へと消えた従業員は、何かの勘違いということもある。

——それはある温泉地でのことだ。

久保さんは深夜、友人たちとホテルの大浴場に向かっていた。ふと気づくと、廊下の前方を法被《はっぴ》を着た男性が歩いている。廊下は長く広く薄暗く、しかも男性までは距離もあり、どんな人物なのかは分からなかったが、法被の背中に宿の名前が入っていたので、従業員であることは間違いないと思う。特に様子の可怪《おか》しいところはなかった。単に「いるな」と思っただけだ。

その男性は、久保さんたちの前方を背を丸めて歩き、そして大浴場の前に来ると、すっと女湯に入っていった。その様子があまりに「当たり前」というふうだったので、久保さんは大浴場が閉まってしまったのだろうか、と思った。宿の案内には二十四時間入浴できると書いてあったのに。友達ともそう話しながら女湯の前まで行くと、べつに閉まっている様子はない。だが、脱衣所を覗き込んでも従業員の姿は見えなかった。それどころか、大浴場にも、その外にある露天風呂《ぶろ》にも誰の姿もない。

友人たちは幽霊だと大騒ぎだったし、久保さんもそのときには一緒になって騒いだ。けれどものちに振り返ってみて、本当に幽霊だったのかな、と思う。どこかに従業員が通り抜けることのできるドアでもあったのじゃないだろうか。何か用があって女湯に入った従業員は、そこから出ていっただけなのでは。いや、そもそも従業員が女湯に入っていったように見えたこと自体、勘違いだったのかもしれない。

久保さんは常にそんなふうに考えてしまう質《たち》なので、御札を探すことについても、真剣に確認したいという欲求があってのことではない。本当に御札を発見してしまったら、きっとすごく嫌な気分になるのだろうが、実際に見つけたことはなかった。なければ少しアテが外れた感じがする。

「たぶん、本当にあったらどうしよう——そう思いながら額をめくるまでの緊張感が楽しいのでしょう」と、久保さんは言う。「ということは、信じてない、ということなのかもしれません」

幸か不幸か、紹介されたマンションのその部屋にも御札のようなものはなかった。明るいし間取りも悪くない。リビングが手狭で、仕事机を置くとダイニングテーブルが入りそうもないことだけは気になったが、家賃を考えれば我慢できそうだった。それ以外に引っ掛かることがあるとすれば、基本的にファミリー仕様のマンションだったので、ほかの部屋には子供がいることだろうか。自宅で仕事をするつもりだから、あまりに煩《うるさ》いのは困るし、苦情を言って揉《も》め事になっても面倒だ。

それでしばらく部屋にいて様子を窺《うかが》ってみた。窓の外から子供の声は聞こえていたが、気になるほどではなかったし、真上の部屋も静かだった。業者によれば、上には独身の男性が住んでいるということだった。ならばそう煩いこともないだろう。

振り返ってみても、業者から特にその部屋を強く勧められたという覚えはなかった。

ほかに紹介された部屋に比べ、格別割安だったというわけでもない。一長一短はあるものの、相場の範囲内で妥協できる範囲内、築年数のわりに建物が綺麗だったこと、エントランスや共用通路の手入れが行き届いており、管理がしっかりしているように思われたことが気に入って、久保さんは二〇〇一年十月の終わり、契約を済ませた。住まいを移したのはその半月後、部屋は業者の言う通り、新築同然になっていた。

話を聞く限り、久保さんは冷静に部屋を選んでいる。実際に決めるまでの流れもとくに自然で、不審を感じるようなところはどこにもない。誰もが辿《たど》るような成り行きを経て、彼女はその部屋に落ち着いた。

「実際に引っ越してみると、思っていた以上に良い部屋でした。子供のいる気配はしますけど、ほとんど煩いと感じることはなかったし、昼間にのんびりしていると、むしろ子供の声っていいものだな、という感じがして。なんだか明るい気がするんです」

もともとファミリー仕様のマンションだから、台所の設備もしっかりしている。引っ越しを機に人間らしい生活がしたいと思っていたところだったので、頑張って料理をしようという気にもなった。越した当初は慌《あわ》ただしかったが、十二月に入った頃には部屋も片付き、腰を据えて部屋で仕事ができるようになった。そんな新生活の中に、契機を思い出すこともできないほどそろりと異物は侵入してきたのだった。

背後の和室で何かが畳を擦る音がする。

それが正確にいつ始まったのか、久保さんは覚えていない。最初に「何だろう」と意識したのは生活が落ち着いたこの頃だが、それ以前にも「おや」と思ったことはあったのだと思う。ただ、それまでは気にせずに受け流していた。それが、ある日ふっと気になった。

——時折するこの音は、いったい何の音だろう？

背後を振り返ったものの、音を立てるようなものは何もない。最初はただ「何だったのかな」で終わっていた。しかしながら、一旦《いったん》気にかかると、音がするたび耳がそれを拾う。テープ起こしをする際にはヘッドフォンを使うから気にならないが、記事を纏める段になると気にかかった。気にかかれば音の原因を探したくなる。探しても原因が見つからない。しかも、久保さんが和室にいるとき、あるいは、和室のほうを見ているときに音がした例《ため》しがない。振り返ればやむくせに、振り返らずに聞き耳を立てていると、存在を主張するかのようにひとしきり続く。

——この物音は、何か可怪しい。

当初は誰かが畳を掃く音のようだと思った。「誰か」などいるはずもないのだから、だとすればそれは幽霊が立てる物音だということになる。「畳を掃く」というイメージが、「畳を掃く中年女性の幽霊」というイメージに横滑りしていくのには、いくらもからなかった。自分の作り出したイメージに怯《おび》えた。

だが、時間が経《た》てばそれでも慣れてはいくものだ。慣れた頃に、久保さんは背後の暗がりに帯のようなものを見た。


のちに久保さんに確認してもらったところ、彼女が一番似ていると言って示したのは金襴《きんらん》の袋帯だった。『花嫁人形』の童謡でお馴染《なじ》みの、いわゆる「金襴緞子《どんす》の帯」だ。ただし、これは主に祝儀《しゅうぎ》に使う。つまり、ハレの場で締める帯だ。普通は晴着に合わせ、二重太鼓に結ぶ。

「帯って長いですか」

久保さんにそう訊《き》かれたので、「長いですよ」と私は答えた。袋帯は通常、四メートルほどある。着物は脱げば、素干しといって風を通すために吊《つる》しておくが、これは帯も同様だ。とはいえ、普通に吊して畳に届くことはないと思う。単純に下げれば床に引きずる計算になるが、金襴の帯は高価だ。そんな干し方はしないだろう。普通は床に届かないよう按配《あんばい》してハンガーなり衣桁《いこう》なりに掛けておく。

「よく、女性が解けかけた帯を引きずってる図ってありますよね」

そう言う久保さんが何をイメージしているのかは分かった。実際、私がイメージしていたのも、それだ。

　二重太鼓に結ぶ場合、帯を胴に巻き付け、帯枕《おびまくら》と帯揚げ、帯締めで身体《からだ》に留め付ける。帯の真中に締めるのが帯締めで、これは組緒《くみお》製の丈夫な紐《ひも》だ。絹糸を組んで優雅に作られたロープだ、と言ってもいい。

「ということは、人間の体重を支えられますか」と、久保さんが言うので、「大丈夫だと思います」と答えた。ただし、二重太鼓の場合、帯締めを解いただけでは帯は床を這《は》わない。帯枕と帯揚げも外してしまう必要がある。帯枕は太鼓を形作るための支えで、帯揚げはそれをくるむための手拭《てぬぐ》い状をした薄い絹布だ。さほど長くはないが、柔らかいから手足を縛るくらいの役には立つ。

　帯締めを解き、高所に掛けて結び、輪にする。台に昇って帯枕、帯揚げを解いて抜く。帯は背後にだらりと垂れ下がり、床に這う。抜いた帯揚げで両足を括《くく》ると裾《すそ》が乱れない。古風な作法だ。そうして輪の中に首を入れ、台を蹴《け》る。帯は揺れ、畳を擦る。

　暗がりの中、晴着姿の女が首を吊って揺れている——。

「過去に、この部屋で自殺した人がいるということなんでしょうか」と、久保さんが言うので、私は首をかしげた。

　怪談の文法に則《のっと》って解釈するなら、そういうことになる。ただ、その場合、別の部屋から同様の怪談が報告されたことの意味が分からない。

久保さんの住む岡谷マンションには、一フロアに五室の賃貸物件がある。ただし、一階にはエントランスがある都合上、四部屋しか存在しない。各フロアの部屋割りはどれも同じで、建物の両端に角部屋になる2LDKの物件があり、この二室に挟まれた三室のうち、エントランス寄りに1LDKの部屋があった。その他の二室は2LDKだ。1LDKの部屋だけ床面積が少ないが、そのぶんがエレベーターと階段に充《あ》てられている。

各部屋にはフロア番号に部屋番号を割り振る形で、定型通り一〇一号室から四〇五号室までの番号が付いている。一階は奥が角部屋になる一〇一号室で、そこから一〇二、一〇三、一〇四号室と続く。最も道路側がエントランスホールだ。二階は奥から二〇一、二〇二、二〇三、二〇四、二〇五と部屋が並ぶ。久保さんが住んでいるのは、このうちの四番目の部屋、つまり二〇四号室になる。

一方、手紙をくれた屋嶋さんの部屋番号は四〇一、つまり四階の一番奥の部屋だということになる。

私からのメールを受け取って、久保さんはエントランスにあるメールボックスを見てみたが、そのときにはもう四〇一号室は別の名字に変わっていた。

残念ながら、私は屋嶋さんに返信したかどうかを覚えていない。たとえ返信していたとしても、ほかに屋嶋さんからの手紙は見当たらなかったから、その後に怪談話の続きが送られてくることはなかったのだろう。したがって屋嶋さんの現在の住所は分からない。引っ越して一年以内なら、四〇一号室宛《あ》てに手紙を出せば転送される可能性があるが——そう思っていると、久保さんも同じことに思い至ったのか、現在の住人が入居したのはいつ頃なのかを確認するため、四〇一号室を訪ねてみた、という。

四〇一号室に住んでいるのは、西條《さいじょう》さんという一家だった。奥さんは三十代半ばの専業主婦で、五歳と三歳、二歳の子供がいる。久保さんは部屋を訪ね、前の住人の所在を捜していることを伝えたうえで、西條さんが越してきたのはいつ頃か尋ねてみた。すると、西條さん一家が越してきたのは一九九九年の年末だという。

「場合によっては屋嶋さんの話をして、何かないか訊いてみようかとも思ったんですけど、さすがにちょっと訊けませんでした」と、久保さんは言う。

屋嶋さんが手紙をくれたのは一九九九年七月で、この時点で越して四カ月ほどという話だったから、転入してきたのはその年の三月頃ということになる。それが年末にはすでに西條さんが入居している。屋嶋さんが住んでいたのは、最長でも九カ月にしかならない。西條さんが例の「畳を擦る音」を聞いているかどうかは分からない。何も聞いていないのだとすれば、前の住人がたった九カ月で出ていったという話は耳に入れないほうがいいだろう。聞いて気分の良い話ではあるまい。

「九カ月は短いですよね」と、久保さんは言う。

マンションの契約期間がどれくらいかを尋ねると、二年だという。二年ならば昨今ではごく普通の部類だろう。数年というなら不都合があった時点で思い切って引っ越すということもあるだろうが、二年のことであれば、多少のことがあっても契約更新までは我慢するものではないだろうか。契約解除の事前通告期間を考慮に入れると、どうせ一年と十カ月程度で次の住まいを探さねばならない。

「――ですよね。私もとりあえず、契約更新までは頑張ろうと思ってますし」と、久保さんは言う。「実害があるわけではないですから。次の部屋の敷金のことや引っ越し費用や、契約を途中解除する手間のことを考えると、我慢しようって気持ちになります」

昨今では契約更新料がかからない場合もあるが、この当時は、更新料はかかって当たり前だった。どうせ出費があるのだから、ひと思いに居心地の悪い部屋を出る、という選択はあり得る。逆に言うなら、更新以前の引っ越しには、不要な出費だという感覚がつきまとう。纏まった金額のことだけに、どうしても躊躇《ちゅうちょ》する。誰もがそう思うのか、日本賃貸住宅管理協会の統計でも、一年以内に転居する例は一％未満だ。特にファミリーでは七割近くが四年以上を同じ物件に住み続ける。

「それでもあえて契約途中で引っ越したんですよね。手紙を出したあと、何か実害があったんでしょうか」

これについては「分からない」としか言いようがない。あるいは、娘さんが絡《から》んでいるだけに危機感が強かったのかもしれない。

「いずれにしても、確実に何かあったんだと思うんです。普通なら、たった九カ月で引っ越したりはしないでしょう」

屋嶋さんの手紙を額面通りに捉《とら》えるなら、四〇一号室には何かがいたのだ。それは宙にぶら下がる何かで、ときおり畳を擦るような音を立てた。イメージされるのは揺れている縊死者《いししゃ》の霊だ。爪先《つまさき》か、あるいは衣服の一部が床を擦って音を立てる。久保さんの見たものと考え合わせると、和服の女性が首を吊っている、解けた帯が床を擦っている、と考えるのが自然だろう。——問題は、久保さんが住んでいるのは二〇四号室だ、というところにある。

二〇四号室で過去に自殺者がいたとして、その霊が四〇一号室に現れる理屈が分からない。これは逆の場合でも同様だ。四〇一号室と二〇四号室では、横並びの部屋でも縦並びの部屋でもない。

そもそも、自殺者など本当に存在したのだろうか。もしも過去に自殺者がいたとしたら、業者は事前に通告していたはずだが。

昨今では心理的瑕疵《かし》を瑕疵担保責任に含めて考えることが当然だとされている。賃貸物件における瑕疵担保責任とは、部屋に隠れた疵《きず》や欠陥があった場合、貸主が借主に対して負う責任のことをいう。例えば、配管設備に欠陥があったとして、普通に部屋を下見した程度では借主がこれを発見することは困難だ。欠陥に気づかず賃貸契約を結んでしまい、居住してからその欠陥が原因で水漏れが起こったとき、住人は貸主の責任を問うことができる。通常、欠陥を知ってから一年以内であれば損害賠償を請求できるし、無償で補修を求めることができる。補修が不可能で居住には適さないということになれば、契約を解除することも可能だ。法律上、貸主は知っている瑕疵について、借主に対し告知する義務があり、たとえ貸主自身が知らなくても瑕疵に対しては責任を負わなくてはならない（ただし、契約によって瑕疵担保責任が免除されている場合もある）。

この「瑕疵」には「心理的瑕疵」も含まれる、と考える。心理的瑕疵とは、文字通り「心理的な傷」のことで、過去に火災や水災などがあった、近所にゴミ焼却場や葬儀場、宗教団体の施設がある、あるいは指定暴力団の事務所がある、さらには、神社や墓地の跡地である――などの、住人が事前に知れば契約を忌避したかもしれない事象を指す。ここには、過去に自殺があった、殺人などの事件があったなど、いわゆる「事故物件」も含まれる。

例えば、購入したマンションで六年前に自殺があったことを理由に、契約の解除と損害賠償を求めて認められたケースがある（横浜地裁一九八九年）。また、土地売買のケースでは、三年前まで存在していた建物が火災に遭い、建物内で焼死者が出たことを心理的瑕疵と認めた事例がある（東京地裁二〇一〇年）。さらにまた、建物に附属する物置で自殺があった件でも心理的瑕疵と認められている。過去にあった自殺は、土地及び建物にまつわる「嫌悪《けんお》すべき歴史的背景に起因する心理的欠陥」にあたり、瑕疵になるとされている（東京地裁一九九五年）。

その一方で、過去に自殺があったが、その建物は取り壊され、のちに新築された物件の場合は瑕疵には該当しないとした判決もある（大阪地裁一九九九年）。ただし、同じく建物を取り壊した場合でも、殺人事件だった場合には瑕疵にあたるとされている（大阪高裁二〇〇六年）。殺人のあった建物は取り壊されたものの、女性が刺殺されるという事件で、残虐性《ざんぎやく》が大きく、一般人の嫌悪の度合も大きい。新聞報道もされており、八年以上前とはいえ付近住民の記憶にも残っていて、住み心地が良くないから居住の用に適さないと感じることに合理性がある、と判断された。

これらの判例から、事故物件に関しては十年程度、告知するのが慣例になっているようだ。もしも久保さんの住む部屋で過去に自殺があったとすれば、業者はそれを告知する義務がある。

「何も言われませんでしたけど……。告知は必ず行なわれるんでしょうか」

絶対かと問われると微妙だ。判例においても、過去に起こった「事故」の内容や、時間経過、事故のあった建物の状態や近隣に知れ渡っているか否《いな》かで判断が分かれているから、どの程度の事故なら告知するか、これは業者の判断に委《ゆだ》ねられている側面がある。

訴えられなければ勝ちだ、と考える業者がいても不思議はない。

「もしも自殺者が出たのが四〇一号室なら、私に告知はされませんよね？」

――そういうことになる、としか答えようがなかった。

## 2　岡谷マンション

もしも自殺者が出たのが久保さんの住む二〇四号室ではなく四〇一号室ならば、屋嶋さんが告知を受けていたはずだ。だが、手紙を読む限りでは、そんな様子は感じられなかった。では、現在の住人、西條さんはどうか。

しかしこれは、さすがに当人には訊きにくい。代わりに久保さんが向かったのは、部屋を斡旋《あっせん》した不動産業者だ。自分の住む部屋で――あるいはマンションで、過去に自殺した住人はいなかったか。だが、久保さんを担当した業者の返答は「否」だった。

「現在、お住まいの部屋で過去に自殺があったということはありません。何らかの事件や死亡事故も皆無です。昨今ではそういう物件は前もって告知することになっています。マンションのほかの部屋については、本来はお答えできないのですが、幸い、マンションが建ってから今日まで、どの部屋においても自殺や事件、死亡事故があったことはどざいませんから、一切なかった、と申し上げることができます」

嘘《うそ》をついている様子ではなかったが、必ず本当だとも限るまい。久保さんは念のため、図書館で過去の新聞をあたってみたが、それらしい記事は発見できなかった。となれば、本来ならマンションの大家に訊くのが早い。だが、岡谷マンションの所有者はマンション運営にはほぼノータッチで、いわゆる「大家」ではなく完全なオーナーだ。住んでいるのも遠隔地で、経営も管理も運営会社に一任しているようなので、居住者についての情報は期待できない。するとあとは付近の住民に訊くしかないのだが、岡谷マンションの住人は町内会などには所属しないし、独身の久保さんは地域コミュニティに縁がない。誰に訊いたものか躊躇している間に、四〇一号室の西條さんとたびたび顔を合わせるようになった。

西條さんは天気の良い日など、マンション前で子供を遊ばせていることがある。マンションには専用の駐輪場があり、エントランスに向かうポーチと駐輪場前のアプローチが一体になってちょっとした広さがある。そこが近所の若いママさんたちの集会場になっているようだった。植え込みの縁にママさんたちが腰を降ろし、その前で小さな子供たちが遊んでいる姿を見掛けることがよくある。

とはいえ、久保さんは基本的に勤めをしているから、子供たちが遊んでいる時間帯にマンションを出入りすることは稀《まれ》だ。それでも週に一度くらいは西條さんと顔を合わせることがあったし、その際、急ぐ用がなければ立ち話をするようになった。年の頃も同じだし、久保さんは仕事柄、人見知りをしない。西條さんも気安い性分のようで、子供を遊ばせながら思わぬ長話をすることもある。ママさんたちの会話に加わることもあって、その中で、ある日西條さんが「前の人は見つかったのか」という話を持ち出してきた。

「いいえ」と、久保さんは答えた。どうやら行方を捜すことは難しいようだ。

するとそのときいたママさんの一人が「屋嶋さんでしょう」と言う。

益子《ましこ》さんという若いママさんで、マンションとは通りを挟んだ並びの古い戸建てに、夫とその両親、四歳になったばかりの男児と暮らしている。

「一年もいないで急に引っ越しちゃったんだよね」と言ってから、益子さんは西條さんを見た。「だから、あの部屋は人が居着かないんだって」

久保さんが驚いたことに、四〇一号室には人が居着かないという噂《うわさ》があり、西條さんもそれは承知だったらしい。

「屋嶋さんの前の人なんて半年もいなかったし、その前にも三、四人は住人が変わっていると思う」

そう益子さんは言ったが、

「だけど、特に何もないからねえ」と、西條さんは笑った。

益子さんに「住人が居着かない部屋だ」と聞いて以来、何かないかと期待していた。少しでも何かあれば、不動産屋に言って家賃を値引きさせよう、などと冗談まじりに考えていたのだが、あいにく今日まで何事もない。だが、益子さんは、「四〇一号室だけじゃない」と言う。このマンションにはほかにも人の居着かない部屋があるのだ、と。

久保さんはどきりとしたが、居着かない部屋とは、久保さんの隣の二〇三号室のことのようだった。同じマンションに住んでいるわけではないから定かではないが、益子さんには始終人が入れ替わっている、という印象がある。同意したのは辺見《へんみ》さんで、辺見さんは五歳と四歳の子供と一緒に岡谷マンションの四〇三号室に住んでいる。

辺見さんはマンションに住んで三年以上になるが、その間に少なくとも五家族が二〇三号室に入っては出て行っている、最短は三カ月だった、という。

「越してくるたびに挨拶《あいさつ》に来るんだけど、回転が速くて覚えきれないんです」

――そういえば、と久保さんも思った。二〇三号室は今年の春に住人が変わったばかりだ。だが、久保さんがマンションに入居し、隣に挨拶に行ったとき、「うちも越してきたばかりで」と言っていたような気がする。住人に会ったのはそれきりだ。夫婦二人、共働きの家庭で、二人とも家にいないことが多かった。久保さんも勤務時間が不規則だが、隣もどうやら同様らしく、意外な時間に部屋の灯りが点《つ》いていることがあった。

「前の方は、いつごろ入居したんですか」と、久保さんが訊いてみると、たぶん九月の終わりか十月頃だったと思う、という。おそらく入居期間は半年ほど。

「そんなものなんですか？」

久保さんは驚いた。自分が入ったときにはすでにいた住人だし、退去したのも引っ越しシーズンの三月だったからことさら意識していなかった。

「そのくらいです」と、辺見さんは言う。「半年ぐらいって人が、いちばん多いんじゃないかな」

久保さんは、「二〇四号室はどうでしょう」と訊いてみたが、これには微妙な答えが返ってきた。辺見さんによれば、久保さんの前に住んでいたのは独身の若い男性で、彼もまた半年程度で転居していた。ただ、その前に住んでいた若い夫婦は、辺見さんが入居したときすでにいたので、最低でも三年近くは居住していたことになる。

「前の人はたまたま短かったけど、その前の人はずっといたわけだから、回転が速いという印象ではないですねえ」

分譲ではなく賃貸の部屋だから、事情によって早々に転居することもある。そもそも、仕事などの諸事情で、いずれ転居するだろうことを前提にしているから賃貸住宅を選ぶ、ということだってある。

「出て行った人たちは、何か言ってなかったんでしょうか」と、久保さんが問うと、三人は一様に首をかしげた。それぞれに事情があって転居していったようだが、それが本当のことかどうかを確かめる術《すべ》はない。ただ、転居する前に何かがあったという話は誰も聞いていなかった。過去に自殺はもちろん、事件や事故があったという話もない。益子さんは六年前、当地に嫁入りして来たが、マンションのみならず近所でも自殺や事件、事故などがあったという話は聞いていない。

居住期間が短かった住人がいるというだけでは異常だとは思われない。それが続けば訝《いぶか》しく感じるが、岡谷マンションにおいて該当するのは、四〇一号室と二〇三号室だけだ。しかも、現在四〇一号室に住む西條さんは異常なことなど何もない、という。越してきて二年以上、居心地良く暮らしている。これは三年以上を四〇三号室で過ごしている辺見さんも同様だ。

「たまたまそういう人たちが続いたってことなんでしょうね」と、辺見さんは言う。

そういうこともありますよ、と笑った。岡谷マンションの隣には狭小住宅数棟が立ち並ぶ小さな団地のような場所があるが、そこでも人の出入りが多い、という。こちらは賃貸ではなく分譲だが、中の一軒は貸家になっている。その家がやはり人の居着かない家らしい。

「冗談はおいといて、そういう土地柄なんじゃないかな」と、益子さんも言う。「もともと、このへんは人の定着しないところなんだよね」

変な意味ではなく、そもそも人の入れ替わりが激しい地域なのだと益子さんは言う。結婚や出産に際して住み変わるにはちょうど手頃な場所だが、終《つい》の棲家《すみか》にするには物足りない。そういう益子さんは夫の実家に入ってきた嫁だ。だからここに住み続けるのだと諦《あきら》めているが、西條さんや辺見さんは、いずれもっと別の場所で自分の家を持ちたいと思っている。つまりは住民の流動性が高い土地柄なのだ。

久保さんはこのときも、自分の部屋でする妙な物音のことや、屋嶋さんが訴えていたことについては話すことができなかった。

「人の居着かない部屋がある、と言われるといろいろと勘ぐりたくなるんですけど、住民の流動性が高い地域なんだ、と言われるとそれもそうだな、と思うし……」

久保さんが以前住んでいたマンションも、住人は頻繁に入れ替わっていた。ほとんど近所付き合いのない単身者マンションだったから、どの部屋の住人が替わったのか、久保さんは把握していないが、たまたま短期間で転居する住人が続く部屋だってあっただろう、という気がする。

「前のマンションは一年契約でしたし……」

だからそもそも誰も——久保さん自身も——そこに長く居続けようと思って入居してなどいない。

「過去に自殺した人がいないんだったら、幽霊が出る理由がありません。だったら、あれは何だったんでしょう」

普通は気のせいだ、ということになるのだろう。人によっては幻聴だ、幻覚だと言うのかもしれない。ただ、私は個人的にこういう言い方には違和感がある。久保さんも屋嶋さんも、まったく存在しない音を聞いたわけではないだろう。二人は確かに、何らかの音を聞いたのではないか。ただ、それは異常でも何でもなくマンションのどこからか──あるいは、近所のどこからか普通に聞こえている音なのかもしれない。すると、二人が同じ音を聞いたのも当然のことになる。ほかの住人は気にしていない。たまたま久保さんと屋嶋さんが耳に拾い、音の調子から似た連想をしたのではないか。

久保さんの見た「帯のようなもの」についてもそうだ。久保さんが坐《すわ》ったリビングは明るく、背後の和室は暗かった。戸口は開けっ放しで、だから和室の畳には四角く帯状に光が射していたはずだ。急に振り返ったから、その光が一瞬、帯のように見えた。細かい模様も畳表をそう見間違えただけだと考えられなくもない。一瞬、錯覚によって「帯のようなもの」を見た。すぐにそれは畳だと認識されたから、帯のようなものは一瞬で消え去ったように感じてしまった。

つまりは、虚妄《こもう》、なのだと思う。

「虚妄」とは仏教用語で、真実の対語だ。真実とは異なること、迷いから起こる現象をいう。「虚妄見《こもうけん》」といえば誤って本当でないものを本当だと思い込むことだし、「虚妄体《こもうたい》相《そう》」といえば、煩悩《ぼんのう》や先入観に囚《とら》われた目により、本来存在しないのに存在すると思い込んでしまった状態や姿をいう。――そのように、「虚」を「実」、「妄」を「真」だと思い込んでしまった。根底にあるのは、ある種の先入観だ。そもそも、久保さんも屋嶋さんも私の書いたホラーシリーズを読んで手紙をくれたのだ。久保さんは実話怪談なども好きだし、ホラー映画もよく見る。つまり、二人とも引っ越しに際して、新しく住むことになる家に「何か」がいるかもしれない可能性を認識していたはずだ。想像だにしないわけではない、想像可能だし、多少は身構えている。御札の類を探してみた、という久保さんの行動がその証左だ。恐れてもいるが、半ば期待もしている。そうでなければホラー小説など読んだりしないだろう。

だからこそ、何でもない物音でも聞き慣れない音であれば敏感に耳が拾うし、拾った音を「見えない何かが立てる音」という方向性で怪談的に解釈してしまう。何かがいるのではないか、と思ってしまえば、何でもない現象でもすべてその方向で解釈することが可能だ。そもそも、我々の五感は存在するものをただ受け止めることしかできない。「……のような音」「……みたいなもの」と判断するのは脳だ。そして脳は、きわめて間違いを犯しやすい。

「なるほど、そうですねえ」と、久保さんは苦笑するふうだった。

おそらくは、こういった出来事から怪談話は生まれるのだろう、と思う。ここで即座に「怖い」と納得してしまえることが、霊を見る才能の実体なのかもしれない。いちいちに合理的な説明を探していては、霊を見る機会など一生かかっても巡っては来ないだろう。――実際、つい合理的な説明を探す私を見て、「そんなふうに考えていたら、絶対に幽霊なんて見られないよ」と言った人がいた。それは間違いなく真理だろう。仮に本当に幽霊を見たとしても、屁理屈《へりくつ》を捏《こ》ねて見逃すに違いない。

「冷静でいいじゃないですか」と、久保さんが慰めてくれるので、どうでしょう、と私は答えた。

久保さん自身、「見間違いかも」と言いながら、どうしても「首を吊る女」のイメージが拭えず、結局、和室を閉ざしてしまった。虚妄である可能性は認めつつも、確実に彼女は怯えたのだ。ならば最初から素直に捉え、率直に「怖い」と受け入れればいい。それでも結果は変わらないのだから。

それができる人間を、「霊感がある」と言うのだろう。霊感のある人間のほうが余計な葛藤《かっとう》がないだけ健全だとも言える。

私がそう言うと、「かもしれませんね」と、久保さんは笑った。私も笑い――そして一旦、この件を忘れた。

## 3　前住者

ちょうどこの春、私は私事で慌ただしかった。長い間、賃貸マンションで生活していたが、そろそろ家を持とうかという話になったのだ。私には夫がいるが、夫も同業者で、ともに一人で閉じ籠《こ》もってしまわないと仕事ができない質だ。それで二人きりの世帯であるにもかかわらず、同じマンションの隣同士の部屋で別々に暮らしていた。だが、これは不経済だし何かと効率も悪い。もともと家を持ちたい気もある。ただ、どこに家を持つかという点については、なかなか判断が付かなかった。しかしながらこの頃には、一生このまま京都でいいか、という気になっていた。なにぶん大家さんが親切で居心地の良いマンションだったからつい長居をしてしまったが、もろもろの事情を考えると、いまが踏ん切り時だという気がした。

そこで一念発起したのがこの年の初頭だった。以来、土地探しに忙殺され、六月になってようやく気に入った土地を見つけた。土地の購入、それに伴う諸手続き、新居の設計と、膨大な雑事が押し寄せてきた。しかもこの年、私は仕事の面でも、執筆以外のことで何かと忙しかった。時間は慌ただしく過ぎる。久保さんとのんびりホラー映画の話をする余裕もないまま秋を迎えた。紅葉が始まろうかという頃、久しぶりに久保さんから電話があった。

「ちょっと後味の悪い話なんですが、いいですか？」

久保さんはそう暗い声で切り出してきた。聞くと、久保さんは春以来、相変わらず岡谷マンションについて調べていたらしい。付近で知り合いや行きつけの店ができるたびに情報を集めていた。

「もう気にしないようにしよう、忘れようと思ったのですけど、どうしても音が気になって……」

久保さんの部屋では、相変わらず「畳を擦る音」が続いていた。基本的に和室は閉め切ってある。閉め切った当初は、例の音も聞こえなかったのだが、このところ別の音が聞こえるようになった。

それはゴトンという重く硬い音だ。何かが倒れた音のようにも聞こえる。久保さんはそれがどうしても、踏台のようなものが倒れる音に聞こえた。暗闇《くらやみ》の中で帯が揺れるイメージと重なって、たったいま誰かが首を吊った、という印象が拭えない。

「これこそ何でもない音だと思うんです。上の階とか隣の部屋で家具が動いた音なんでしょう。そう自分に言い聞かせるんですけど」

ゴトンという音を耳にするたび、つい息を潜めて耳を澄ましてしまう。すると、間仕切りの向こうで畳を掃くような例の音が微《かす》かに聞こえるような気がする。——あるいは、ありもしない音を聞いているのかもしれない。

たったそれだけのことだが、落ち着かない。特にゴトンというその音は、「たったいま」という緊張感があって居たたまれない気分にさせられた。

岡谷マンションには自殺者はいない――これは、ほぼ確定事項のようだ。そう分かっていても、過去、早々にマンションを出て行った人たちがなぜ転居したのかを知りたい、と思う。納得できる事情があれば、「畳を擦る音」も何もかも、虚妄だと踏ん切りをつけることができる。そう思って過去の住人を捜すのだが、不動産会社は基本的に前住者についての情報を教えてくれたりはしない。西條さんや辺見さん、益子さんたちママさんグループも転居して出て行った人々の新しい連絡先は知らなかった。ただし、行きつけの店で転居していった人物に会うことがあるという。再度会ったら連絡が取れるようにしてくれると約束してくれた。もう一人、四〇三号室に住む辺見さんの御主人が、久保さんの前に二〇四号室に住んでいた男性を何度かマンションの外で見掛けたことがあるという。

久保さんの前に二〇四号室に住んでいた男性は、辺見さんの御主人が仕事で出入りしている家電量販店に勤務していた。御主人が最初に見掛けたのは、まだ彼が岡谷マンションに住んでいる頃で、ゴミ出しの際などに会って顔に見覚えがあったことから、声をかけて挨拶をしたらしい。のち、彼はマンションを出て行ったが、それまでに二、三度、同じ店舗で顔を合わせている。

これを聞いて、久保さんは二駅ほど離れた場所にあるその量販店に向かった。ところが、久保さんが訪ねたときには、彼はすでに退職していた。同僚などの伝《つて》を辿《たど》り、転居先を探していたのだが。

「昨年、亡くなっていました。——首を吊ったんだそうです」

部屋の主は、梶川亮《かじかわあきら》氏としておく。年齢は二十七歳、独身だった。近隣の家電量販店に販売員として勤務しており、商品知識が豊富で真面目《まじめ》、人柄は誠実、という評価だったが、前年——二〇〇一年から体調を崩すことが多く、店を休みがちだった。結局、久保さんが入居する二月《ふたつき》前に転居。ほどなく仕事も辞めて、以来ずっと新しい住まいに引き籠もっていたようだ。そしてそこで自死した。

「亡くなったのが、十二月の頭だったそうなんです。……偶然なのかもしれませんけど、私が部屋で例の音に気づいた頃です」

久保さんはそう言うが、子細に検討してみると、微妙に前後しているような気もする。梶川氏が亡くなる以前に久保さんは「畳を擦る音」を聞いていた可能性が高い。

それはさておき、梶川氏が岡谷マンションに越してきたのは二〇〇一年四月のことだった。退去したのは九月初頭のことだったと思われる。久保さんが部屋を下見に行ったとき、部屋が綺麗だったのも道理だ。梶川氏は正味五ヵ月しかその部屋にいなかった。

勤務先では、岡谷マンションに転居したあとのゴールデンウィークぐらいから、梶川氏が何やら悩みを抱えているようだった、と言われている。浮かない顔をしていたり、手隙《てすき》の時間にぼうっとしていることが増えた。夏頃からしばしば欠勤するようになり、同時に仕事上のミスが目立つようになった。周囲が注意すると、早退や遅刻が増え、さらには無断欠勤までするようになった。仲の良かった同僚は事情を訊いたが、梶川氏は答えなかった、という。もともとあまり、自分のことを話すタイプではなかったようだ。見かねた上司が無断欠勤を叱責《しっせき》すると、九月、辞表を郵送してくる形で一方的に辞職した。上司や同僚が慰留のため梶川氏の家を訪ねたが、会えなかった。失業給付を受けるには離職票などの書類が必要だが、これは本人の希望で郵送された。ゆえに退職後、梶川氏に会った人物はいない。

梶川氏は岡谷マンションを退去し、同時に勤務先に近いアパートに入居した。遅刻や欠勤が多かったというから、少しでも職場に近い場所に住まいを移すことで生活を立て直したかったのかもしれない。だが、梶川氏は結局、いくらも経たずに勤務先を辞める。以後、職探しをしていたはずだが、職が見つかった様子はない。

「そもそも、ほとんど出掛けるところを見たことがないですねえ」と、言ったのはアパートの大家、伊藤《いとう》さんだ。

伊藤さんはアパートの管理を自分でしている。自宅はアパートの隣にあり、居住者が不在のときには代わりに荷物を預かったりする。共用部分の掃除もすれば、独り暮らしの高齢者の様子も見に行くし、具合が悪ければ食事なども差し入れする。古き良き時代の「大家さん」だ。四六時中アパートに出入りしているが、梶川氏の姿を見掛けることはほとんどなかった。

「喋《しゃべ》ったのは、不動産会社の人と下見に来たときぐらいですかねえ。入居するとき、挨拶にみえられましたけど、そのときは本当に挨拶だけだったんで。分からないことは訊いてちょうだいよ、困ったことがあったら相談してね、とは言ったんですけど」

だが、入居後に梶川氏が伊藤さんと会話することは一度もなかった。

「だから、下見のときがいちばん喋ったことになるでしょうね。——話したのは、当たり障《さわ》りのないことですよ。出身はどこかとか、御両親はどうしてんの、とか。お仕事は何をしてるの、なんてこと」

このとき、伊藤さんは梶川氏に対して、真面目でかなり神経質な人なのだな、という印象を抱いたという。これは職場における評価と少し異なる。「真面目」は、同僚らの一致するところだ。調子を崩して勤務態度が変わったが、それまでは遅刻や欠勤もなく、仕事にも熱心だった。欠勤が増えてからも、不真面目になった、ルーズになった、という印象は持たれていない。何か事情があるようだ、と周囲は認識していた。ただ、「神経質だ」という声はどこからも聞こえてこない。むしろ口下手だが鷹揚《おうよう》で包容力があり、客のクレームなどに対応するのが上手《うま》かった。同僚のミスに対しても寛容で、愚痴や相談には熱心に耳を傾けた。

「そうですか？　——じゃあ、なんでそういう印象になったのかしらねえ」

首を捻《ひね》ってから、「たぶん」と伊藤さんは言う。「ほかの居住者のことを、すごく気にしてたからでしょうね」

梶川氏は、朝が辛《つら》いので職場の近くに引っ越すことにしたのだ、と言っていたらしい。そのうえで、

「このアパートに子供はいるか、って訊かれましたね。赤ん坊はいるか、って。小学生はいるけど、小さい子はいないわよって言ったら、安心したみたいでした。それで、前の住まいでは夜泣きが煩くて寝られなかったのかな、と思ったのよ。夜泣きするような歳《とし》の子もいないし、夜に騒ぐ人もいないわよって言ったら、良かった、って言ってました」

アパートは軽量鉄骨造の二階建て、それが同じ敷地内に二棟あって、梶川氏が入った建物はつい昨年、建て替えられたばかりだ。そのせいで防音性能も上がった。

「建て替えたときに、床を畳からフローリングにしたからね。フローリングだと音が響くでしょう。いまは隣近所の物音に神経質な人も多いし、防音には気を遣ったのよ。そんな話をしてたら熱心に頷《うなず》いてたから、物音に神経質な人だと思ったのかもね」

もう一つ、梶川氏が気にしていたのは前住者のことだ。アパートは不動産業者で新築物件として紹介されていた。実際のところはもともと古くからあったアパートで、店子《たなこ》の中には建て替え前からいる住人も多い。長く住んでいる店子もいる、という話を聞いて、梶川氏は「新築じゃないんですか」と、やや強い口調で問い質《ただ》してきた。建物は新築なのだということを説明すると、本当に前住者はいないのか、何度も念を押した、という。

「部屋がちょっとでも傷《いた》んだりしてたら嫌なのかな、と思ったのね。それで、この人は神経質だ、って感じたのよねえ」

そうですか、と相槌《あいづち》を打ちながら、久保さんは別のことを考えていた。

ひょっとしたら梶川氏は、岡谷マンションで何らかの異常を感じていたのではないか。それで自分の住む部屋に何らかの曰《いわ》くがあるのではないかと疑っていた。だからこそ、曰くのない新築物件に拘《こだわ》っていたのではないか。

だが、その梶川氏自身が「曰く」そのものになってしまった。

梶川氏は十二月、部屋で縊死した。発見したのは伊藤さんだ。

「驚かれたでしょう」と久保さんが言うと、「そりゃあね」と同意しながら、伊藤さんは何やら複雑そうだった。

「予感はあったのよね。……というか、夢を見たから」

久保さんが先を促すと、伊藤さんは照れ臭そうにした。

「主人は夢だって言うし、私もそうだと思うんだけど」

そう、前置きして話してくれた。


それは梶川氏が遺体で発見された前夜のことだ。伊藤さんは深夜に目覚めた。歳のせいか、最近では夜中にトイレに行きたくて目を覚ますことがある。だが、このときはそれではなかった。なぜかふっと目を覚ましてしまったのだ。闇の濃さや周囲の物音から深夜──それも明け方のほうに近い──なのだということはすぐに分かった。それで、寝直そうと布団《ふとん》を襟許《えりもと》に掻《か》き寄せながら再び眼を閉じたのだが。

こん、と硬い音がした。はっと眼を開けると、こんこん、と控え目にノックでもするような音が続く。伊藤さんは音のするほうに視線を向けた。枕許には腰高の窓がある。カーテンを引いているから外の様子は見えないが、どうやら誰かが窓ガラスを遠慮がちに叩《たた》いているようだった。

「だあれ？」

伊藤さんは怪訝《けげん》に思い、布団の中から声をかけた。窓の外から「梶川ですけど」という小声が聞こえた。

伊藤さんはようやく起き上がった。何か急を要することでもあるのだろうか、と思ったのだ。夜中に突然、店子が訪ねてくることもないではない。たいがいは子供や老人などが急病に罹《かか》ったときだ。

「どうしたの、何かあったの？」

伊藤さんは声をかけながら窓のほうへと向かった。カーテンの向こうから「済みません」という声が聞こえた。

「はいはい。どうしたの」

伊藤さんは言いながらカーテンを開けた。窓の外には誰の姿もなかった。

伊藤さん宅はアパートに隣接している。窓の向こうはちょうどアパートの駐車場に面しているが、幅一メートルほどの通路を隔てて目隠しの生垣を設けてあった。生垣の向こうからでは窓に手が届かず、生垣のこちら側なら身を隠す場所がない。寒い季節のことなので、窓は開けず、ガラスに鼻先を擦りつけるようにして左右を覗《のぞ》き込んでみたが、狭い通路には誰の姿も見えなかった――。

怪訝に思ったところで、目が覚めた。

なんだ、夢だったのか、と思うと同時に、夢と同じように枕許のほうからコンコンとガラスをノックする音が聞こえた。夢と同じく、憚《はばか》るような控え目な調子だ。ノックの音は夢じゃなかったのか、と思った。これのせいであんな夢を見たのだろう。

伊藤さんは身体を起こした。

「どうしたの。どなた?」

梶川ですけど、という小声が窓の外から聞こえた。伊藤さんはカーテンの合わせ目を少し開いて外を見た。

誰もいないのでは、という気がしたが、窓の外にある通路には梶川氏が立っていた。街灯の明かりで浮かない表情が見て取れた。

「何かあったの」

声をかけながらカーテンを開いた。梶川氏は「済みません」と小声で言う。伊藤さんは梶川氏が用件を切り出すのを待ったが、軽く頭を下げたきり、梶川氏は沈黙していた。窓の錠を外す間にも、「申し訳ありません」と小声で言う。

「いいけど。急用?」

窓を開けながら言うと、「済みません」とまた小声で言って頭を下げる。

「とにかくここじゃなんだから」と、伊藤さんは玄関のほうを見た。「玄関に廻って」ちょうだい、と言いかけて視線を窓の外に戻すと、梶川氏の姿が消えていた。驚いて窓から左右を見渡したが、街灯に照らされた通路はしんと冷えて動くものの姿もない。通路には防犯砂利を敷いているから、急いで居場所を変えたのなら、必ず足音がしたはずだ。念のために窓から身を乗り出すようにして周囲を見てみたが、霜の降りた砂利が鈍く光っているだけだった。

そんな、と唖然《あぜん》としたところで目が覚めた。なんなのよ、これ、と独白すると同時に、控え目なノックの音が聞こえた。気味が悪かった。怯えた気分で枕許《まくらもと》を見たが、どうやら音の出処は窓のほうではない。伊藤さんは半身を起こした。音は右手の戸襖《とぶすま》のほうから聞こえる。戸襖の向こうは玄関ホールだ。

ノックの音は続いている。枕許の時計に目をやると、四時になろうとするところだった。それを確認しながら、伊藤さんは布団から身を乗り出して戸を開いた。暗い玄関、ガラス戸の向こうに人影があった。格子《こうし》に入った模様ガラス越し、街灯の仄暗《ほのぐら》い光を浴びて佇《たたず》んでいる男の姿が滲《にじ》んで見えた。

「だあれ」

確信を抱きながら、伊藤さんは声をかけた。ガラス戸の向こうにいる人影は軽く頭を下げた。

「梶川です」

「こんな時間にどうしたの」と、声をかけながら、伊藤さんは布団を出なかった。なぜか出たくなかった。

済みません、と梶川氏は小声で言う。滲んだ人影は両手を腿《もも》に当て、頭を下げるようにしていた。その姿勢のまま動かない。

「なあに？　どうしたの？」

声をかけても、用件はない。「申し訳ありません」という小声だけが聞こえた。

「急ぎじゃないなら、明日にしてもらえる?」

伊藤さんが言うと、「済みません」と梶川氏は頭を下げた。「ほんと、済みません」と一礼し、項垂《うなだ》れた様子で玄関先を離れていった。

なんだったのかしら——と、据わりの悪い気分で戸襖を閉めた。梶川氏のことや、繰り返した夢のことを思って怪訝な気分で布団に横たわり、襟許を掻き寄せたときに枕許の窓のほうから声がした。

「申し訳ありません」

驚いて目線を向けたが、カーテンは閉じている。窓の外から、砂利を踏んで遠ざかる力ない足音が聞こえた。

伊藤さんはほっと息を吐いて寝直したが、その朝はいつもより早く目覚めてしまった。寝直す気にはなれなかった。梶川氏のことが気になって手早く身支度をしていると、隣の布団で目を覚ました御主人が「どうしたんだ」と問う。明け方の件を話すと、「そりゃあ夢だ」と笑った。御主人は眠りが浅い。だが、そんな物音をまるで聞いてない。梶川氏のノックや声はともかく、隣の布団に入っている伊藤さんが、玄関先の人物と会話したなら必ず目が覚めてしまう。

それもそうね、と思った。全部が全部、夢だったのだろうか。それでも気になるので、いの一番にアパートのほうに向かった。季節柄、外はまだ明けたばかり、蒼白《あおじろ》い夜明けの色が残っていた。駐車場を抜けて建物へと近づくと、梶川氏の部屋のドアに一枚の紙が貼《は》られているのが白々と目に入った。

それを見たとたん、予感がした、という。小走りに近づいてみると、貼り紙には「御迷惑をおかけします」と書かれていた。やはり、という気がした。ドアノブに手を伸ばすと、鍵《かぎ》が開いている。何を見ることになるのか、伊藤さんにはもう分かっていた──。

「──あれも虫の知らせ、っていうんですかね。ドアを開けたら、すぐに梶川くんの姿が目に入りました」

伊藤さんは溜息《ためいき》まじりに言った。

「夜中の一時とか二時とか、それくらいだったみたいです。だから、梶川くんが来たと思ったのは、やっぱり夢だったんでしょう。でも……」

部屋は綺麗《きれい》に掃除され、実家に送り返す品物は送り状を貼った段ボール箱の中に収めてあった。送料を同封した封筒が添えてあり、ほかの荷物は処分してほしい旨《むね》、記してあったが、遺書のようなものはなかったという。部屋を汚すことを憚ったのか、身体《からだ》の下にはブルーシートを敷いてあった。

「何度も何度も謝っていたのが本当の声みたいで。なんだか……ねえ」

「御家族によれば、貯金は底をついていたそうです」と、久保さんは言った。

翌月の家賃や光熱費はもう引き落とすことができないことが確定していた。

「家賃のことだったら、相談してくれたら良かったのに、って大家さんは不憫《ふびん》がってました。……痛ましいです」

確かに、痛ましいと言うしかない。自らの死に際し、精一杯迷惑をかけるまいと気配りしているふうなのが本人の性向を窺《うかが》わせて悲しい。

「私の部屋で物音がし始めたのが同じ頃でしょう。まるで梶川くんが元の部屋に帰ってきたみたいですよね」

岡谷マンション二〇四号室。

和室で揺れていたのは、彼だったのだろうか。

——そんなはずはない。久保さんの見たものが確かならば、和室で揺れていたのは和服の女性であって梶川氏ではない。しかも梶川氏はロフトベッドを使っての非定型縊死だったようだから、虚空に揺れていたりはしない。時期だってずれる。久保さんが「畳を擦る音」を意識するようになったのは十二月だが、その前から耳にしていたと思う、と彼女自身が言っていた。

「……それとも予言だったんでしょうか」

久保さんはそう言ったが、もっと怪談話的にありがちなのは、和服の女が梶川氏を呼んだ、という可能性だ。

怪談では、よく「祟《たた》る」「取り憑《つ》く」「呼ぶ」「招く」などと言われるが、その実体が何なのかは分からない。ただ、自殺者の霊が出る部屋にいた住人が、同じく自殺に至る、という怪談が一つの類型であることは確かだ。自殺のあった部屋で自殺が続く。あるいは、本人にはそのつもりもなかったのに、ふらふらと自殺しそうになる。その部屋は実は過去に自殺者が出た部屋だった——という。

これはたぶん、「自殺者は続く」という現実における経験則から生じているのだろう。実際のところ、同じ場所で自殺者が続くことがある。ただしこれは、自殺を企図した人間が、過去に自殺の起こった場所を死に場所として選ぶために起こる現象だ。いわゆる「自殺名所」がこれにあたる。あるいは、過去の自殺を模倣するということもある。新幹線からの飛び降りが起こると、ひとしきり同じ手法の自殺が続く。その意味で、「自殺者は自殺者を呼ぶ」のだ。ゆえに報道する際、場所や方法を詳述しない、という方針をとっている国もあるし、これは自殺の抑制に一定の効果があるとされている。

ただし、梶川氏の場合はこの例にはあたらない。岡谷マンションには過去、自殺者はいないし、ゆえに梶川氏がそれを模倣することもあり得ない。むしろ典型的な怪談話の類型に沿っている。

異音のする部屋、過去に自殺者がいたらしい、かつての住人は五カ月で転居し、そののち自殺した。——完全にありがちな怪談のパターンだ。

だが、梶川氏の自死は厳然たる事実だ。これをどう捉えればいいのか困惑した。怪談話の作法に則《のっと》って解釈するのには抵抗があるが、その一方で久保さんは大丈夫なのだろうか、と気になって仕方がなかった。梶川氏が久保さんを呼ぶ——などとは思えない。だが、「縁起でもない」とよく言う。その意味で、久保さんの住んでいる部屋は「縁起でもない」部屋、ということになりはしないか。自殺という縁が結ばれている。

越したほうが良くはないか、と何度も言いそうになったが、当の久保さんがそれを考えてはいないようなので気後れがした。本人が「出たい」と言うなら「そのほうがいい」と言えるが、こちらから「出たほうがいいのでは」と切り出すのには抵抗があった。

幽霊も祟りも信じていない。なのに「縁起でもない」という言葉には心が揺れる。合理的説明のつかない「何か」が、現象と現象を結び付ける——そういうことなら、あるような気がする。理屈ではなくそう感じているようだ。しかもこれは自分だけに限ったことではないらしい。私の周囲には私と同様の合理主義者が多いが、それでも「ついている」「ついてない」「縁がある」「縁がなかった」などという言葉はしばしば耳にする。夫は私以上の心霊現象完全否定論者だが、麻雀《マージャン》に関してだけは、「運」や「流れ」などという非合理な言葉を大真面目に口にする。新居のための土地を探したときもそうだった。たくさんの物件を見た。ここでいいか、と妥協しそうになったこともあったが、いざ購入しようという段になると話が順調に進まない。細かなことが折り合わず足踏みする一方で、競合者が現れて急《せ》かされる。つい急かされるまま決断したものの、最後の最後で破談になった。そのあとに、購入することになる土地に出会ったのだが、こちらは一目惚《ひとめぼ》れに近い状態だったうえ、購入に至るまでがとんとん拍子に進んだ。事前に地盤調査をしたり熟考したりとかなりの時間をかけたのだが、不思議に競合者が現れることもなく、またほかに目移りするような物件も一切出てこなかった。なんの抵抗もなくするすると流れるようにして契約に至った。「縁があったんだね」と、夫と話し合ったものだが、「縁があった」で納得し合う合理主義者というのも変な話だ。

現象と現象を結び付ける合理的説明のつかない「何か」が存在するのか。それとも、存在しない「何か」をつい見てしまう本能的宗教心とでも言うべきものが人間には備わっているのか。——どちらなのだろう、と考えていた頃、久保さんから再び電話がかかってきた。受話器越しに聞こえる久保さんの声は、明らかに狼狽《ろうばい》していた。

「二〇三号室が空いてます」

久保さんは出勤する際、隣の二〇三号室のドアに、電力会社の連絡票がぶら下がっているのを目撃した。電気の使用開始を電力会社に連絡するための申込書だ。つまりは部屋の主は住居を出、電気使用をやめた、ということになる。それで慌《あわ》てて電話をくれたのだった。

隣の二〇三号室は、この年の三月に入居者が変わったばかりだ。どんな人物が住んでいるのかははっきりしない。住人が挨拶に来たようだが、久保さんはちょうど留守にしていて、ドアノブにメモを添えた焼き菓子の紙袋が下げてあった、という。だから顔も見ていないし、家族構成も分からない。ほとんど見掛けることもなかったと思う。ろくに顔を覚える時間もないまま越していった。居住期間は今度もまた六カ月だった。

「唐突に済みません。つい、びっくりしてしまって。これから仕事なので、帰ってからまた改めて連絡します」

久保さんはそう言って電話を切った。

再び電話をしてきたのは、その日の夜だった。久保さんは仕事を終えてから、四〇三号室の辺見さんを訪ねていたらしい。そこで聞いたところによれば、三日ほど前、久保さんが仕事に出ていた間に引っ越しがなされたらしい。辺見さんもマンションの前に停まった引っ越し業者のトラックを見ている。その日はトラックを目撃しただけで、部屋から出て行く住人の姿は見ていない。なのでどの部屋が引っ越したのかは分からなかった。二〇三号室だったのだ、と気づいたのは、久保さんと同じく、朝、新聞を取りに行く際に電力会社の連絡票を見たときだ。

「なんだか私も気味悪くなってきちゃった」と、辺見さんは言っていたという。「いままであまり意識してなかったけど、こうまで続くと——ねえ」

辺見さん自身は、いまも何ら異常は感じていない。久保さんも、自身の部屋のことも梶川氏のことも話題にしてはいない。だが、何度か「人の居着かない部屋」のことを話題にすることで、辺見さんはそれを強く意識し始めたようだ。辺見さんはこの日の昼間、西條さんに会っているが、西條さんもやはり気にしている様子だった、という。そして、それは久保さんも同様だ。

「やっぱり、引っ越したほうがいいんでしょうか」

久保さんが言って、私は「そのほうがいいのじゃないか」と答えた。「縁起でもない部屋」というものが本当にあるかどうかは分からない。だが、「何かあるのでは」と気にしていては落ち着いて生活できないだろう。精神衛生上、良くないのではないか。だが、久保さんにも事情がある。越して一年にも満たないこの時期に、再び引っ越しするのは経済的にも心情的にも辛い。

「もうちょっと調べてみて、本当に可怪《おか》しい、ということになったら、真剣に考えてみます」と、久保さんは判断を先延ばしにした。

しかし、調べるといっても、そろそろ限界ではないのだろうか。前住者を探して事情を訊《き》くのは、想像以上に難しいことだ。

「興信所に依頼するとかすれば、また違ってくるのかもしれませんけど」

そこまではできない——というより、そこまではしたくない様子だった。

「ただ私、可怪しいのはこの部屋じゃなく、このマンション自体なんじゃないかって気がするんです。たまたま私の部屋や隣に現れてるだけなんじゃないか、って」

その可能性は高い、と思う。

同じマンションの二〇四号室と四〇一号室、別の部屋で同じ怪異が報告される。そして詳細は分からないが、二〇三号室では住人が居着かない。四〇一号室もかつては「人が居着かない」と言われていたものの、現在の住人は問題なく生活している。しかも二〇四号室の前住者、梶川氏の件がある。

梶川氏の自死は偶然なのかもしれない。だが、そうとは考えにくい——考えたくないという気がしていた。大家の伊藤さんが見たという夢は、梶川氏の為人《ひととなり》を示しているように思える。それを「単なる夢だ」とは言いたくない。むしろ、梶川氏が死亡したのちにも迷惑をかけることを気に病んで、詫《わ》びに来たのだと理解したい、という私情を捨て切れなかった。超常的な方法で謝罪を伝えることが可能なのであれば、梶川氏が自死するに至ったのも決して偶然ではないだろう。「偶然」などという手軽な言葉で片付けたくない、と思ってしまう。

私情に沿って梶川氏の自死までを一連の現象として考えると、二〇四号室にはやはり何かあるのだと思わざるを得ない。しかしながら、梶川氏以前に住んでいた住人は長期間入居していたのだから、異常はなかったか、あったとしても気にするほどのことではなかったのだろう。どの部屋が、という問題ではないという気がする。何らかの異常がマンション自体にあって、それが時と場合により、部屋ごとに現れたり消えたりしている印象がある。

私がそう言うと、久保さんも同意した。

「でも、このマンションでは自殺なんて起こってないんですよね。とすると、何かがあったとしたら、マンション以前ってことになるんじゃないでしょうか」

確かに、そう考えるべきなのだろう。

岡谷マンションが建つ以前、ここで何かがあったのだろうか？

——そもそも、マンション以前、ここには何があったのだろうか。

# 三前世紀

## 1 マンション以前

岡谷マンションが建つ以前、ここには何があったのか。これは古い住宅地図で容易に確認することができる。一九九一年版の住宅地図によれば、マンションの所在地は駐車場になっている。マンションの着工が同年だから、マンション以前は駐車場だった、これは確実だろう。この駐車場は岡谷マンションの敷地とぴったり一致する。つまり、駐車場がマンションになった、ということだ。

ここからさらに遡《さかのぼ》ってみると、一九八九年版ではマンション用地に該当する場所は、ほとんどが空白になっている。建物の形状を示す家型も戸別名の表記もないから、おそらくは空地だったのだろう。ただし、角地にのみ家型があって、そこには「小井戸《こいど》」という表記がある。どうやら小井戸という人物の家だったようだ。

さらに一九八七年版では、小井戸家のほかに三軒の住宅があったことが確認できる。そのうち二軒には「根本《ねもと》」「藤原《ふじわら》」という表記があるが、残る一軒には家型はあるものの住人の記載がない。空家だったのだろうか、あるいは表札を上げていなかったのだろうか。それ以前の住宅地図は見つからないが、一九八七年から一九八九年までの間に、三軒の家が次々に消え、角地にあった小井戸家だけを残して空地になっていった経過は見て取ることができる。この空地が駐車場になり、岡谷マンションになった。

一九八七年以降といえば、時代はちょうどバブル期の最中だ。一九八五年のプラザ合意によって日本は一気に円高になる。円高不況を危惧《きぐ》した日銀は大幅に公定歩合を引き下げた。これにより、借入金の利子を地価上昇率が上まわることになり、にわかに不動産投資が過熱した。地価上昇率の高いエリアは次々に買い漁《あさ》られ、纏《まと》まった面積に達すると、そこにマンションが建つ。このマンションも得てして投機の対象になった。

岡谷マンションのある地域の路線価の推移を見ると、ここでも当時、大幅な地価の上昇があったことが見て取れる。おそらくはこれらの家は土地の買い漁りにあったものと思われる。実際、当時の住宅地図を眺めていくと、岡谷マンションのある地区から最寄り駅の周辺にかけて、次々に空白が生まれ、それが合わさってマンションや商業施設になっていく過程を読み取ることができる。特に駅前から大通りに面する地域では、すさまじい勢いで土地が再編されていっている。

しかしながら、岡谷マンションのあたりでは用地買収が難航したようだ。まず、角地に小井戸家が残っている。この一軒によって用地の利用価値は著しく下がってしまう。

それればかりでなく、岡谷マンションの周辺には虫が喰った――いや、喰い残したように住宅が点在して残っている。喰われて消えた空白地から想像するに、大通りから岡谷マンションのある裏道までの一ブロックを確保しようという動きがあったのではないか。それが成功しないまま、一九八九年から一九九〇年にかけて、小井戸家一軒が残った状態でバブルが弾《はじ》けた。

ほとんどの空白地は岡谷マンション用地の例と同様、しばらくの間、駐車場として機能していたようだ。だが、岡谷マンションの周辺は敷地に余裕のある一戸建ての多い地区なので、これだけの駐車場にニーズがあったとは思えない。おそらくは、バブルが弾けたせいで建設計画が頓挫《とんざ》し、当面は駐車場にでもしておくしかなかったのだろう。岡谷マンションの用地も、二年ほどにわたって駐車場のまま放置されていた。

バブル期、土地を買い漁る中で、「地上げ」と称される悪質な買い漁りも横行した。あるいはその過程で、何かが起こったのかもしれない。だが、新聞の縮刷版を見る限りでは、この地区に自殺などの不吉な出来事は確認できなかった。

実際何が起こったのか――あるいは何も起こらなかったのか、これはもう現地の人々に訊《き》いてみるしかない。話のついでにそれとなく訊く、というレベルを超えて、積極的に聞き取りを行なう必要があるが、これは久保さんが引き受けてくれた。

「自分のためにやりたいです。何もなければ気のせいで納得できるし、何かあれば、この部屋は良くない場所だと見切って引っ越す踏ん切りもつきますから」

幸い、マンションや近所に住むママさんに顔見知りもできた。ママさんたちは地域のママさんグループのネットワークがあるし、持ち家の住人はいちおう地元の自治会に所属しているので、土地の人との橋渡しも期待できる。こういう場合、「土地の歴史を調べている」と説明する、とは怪奇探偵・小池壮彦《こいけたけひこ》氏の言だ。久保さんも小池氏の機知に倣《なら》った。このとき、久保さんの編集プロダクション所属のライターという肩書きが大いに役立ってくれたことを、ここに告白しておく。なお、登場する人物はすべて仮名にしてある。


周辺の住人によれば、この地区で、特に事件や事故などは起こっていない、という。最初に聞き取りに答えてくれたのは、ママさんグループの一員である益子美和《みわ》さんの義父母、益子茂《しげる》さん、益子香奈恵《かなえ》さん、そして益子さんの御主人の純二《じゅんじ》さんだった。益子茂さんは取材当時六十二歳、当地に越してきたのはちょうど三十のときだった。

「昭和四十五年──万博の年だね」と、茂さんは言う。

茂さんは定年を迎えた会社を、前年に退職したばかりだった。勤め先はいわゆるゼネコンで、越してきた当時は高度経済成長期だ。就職したときから働き盛りまでを上り調子で過ごした。

「おかげで三十で戸建ての家を持つことができた。その代わり仕事は忙しかったね。家のことは家内に任せっきりで仕事一筋」

　だから隣近所のことはよく分からない。一年間の雇用延長があって六十一歳で退職したが、しばらくは家にいることに戸惑った。周囲の住民とは面識がろくになく、周辺には馴染《なじ》みの店も行き場もない。

「やっと慣れてきたってところかね。相変わらず行き場はないんだけど、孫の相手をしていると日が経《た》つ」

　茂さんが定年を迎えるのと同時に、奥さんの香奈恵さんはパートに出るようになった。

「高校を出て、お見合いで結婚して、社会に出ることのないまま家の中に収まっちゃいましたからね。ちょっとは社会経験をしとこうと思って。毎日主人と顔を合わせていても疲れるし。なにしろ、ずっと家にいないのが当たり前だったから」と、香奈恵さんは朗らかに笑う。

　朝食と夕食は香奈恵さんが用意するが、昼御飯はお嫁さんである美和さんが作る。掃除洗濯も美和さんが受け持つ。その間、四歳になる息子の颯人《はやと》くんの面倒を見るのは茂さんの役目だ。

「だから近所のことはよく分からないねえ。家内に訊いてもらったほうがいい」と、茂さんは言うが、香奈恵さんも、

「私もよく分からないんですよ。あまり近所付き合いをしてこなかったんで」

益子家がこの地に越してきたのは、一九七〇年のことだ。その頃、周辺はまだ発展の途上にあった。益子家が越してきた当時、大通りに近いこの周辺には真新しい戸建て住宅がぽつぽつと建っていたが、隙間《すきま》には畑が多く、田圃《たんぼ》や農家がまだまだ残っていた、という。

「地元の古い人たちはそれなりに横の繋《つな》がりがあるようなんですけど、私たち新住民とはあまり交流がなくて。いちおう町内会があって私たちも入ってはいました。でも、かなり長い間、舵《かじ》を取るのは古い家の人たちで、私たちはそれに黙って従うだけ、って感じでしたねえ」

古くからこの土地に住む人々と、あとから流入してきた新住民の間にはある種の断絶があったようだ。自治会は存在していても、これは基本的に旧住民のもので、新住民はそこに参加したところで「お客さん」扱いを免れない。土地の祭祀《さいし》や慣習など、新住民には分からないことも多く、対等に口出しすることは難しかった。その代わり、面倒な役員などは免除され、煩《うるさ》く干渉もされない、という関係が形成されていたようだ。

「それも徐々に変わってきましたけど、うちはあまり自治会活動に熱心じゃなかったんで……。だから本当に御近所のことしか分からないし、それもごく浅くて。せめて子供が地元の学校に行ってれば親同士で横の繋がりができたんでしょうけど。うちは上二人の出来が良かったんですよ。それで、長男と長女は私立に入れてしまいましたからねえ。次男の純二だけは出来が悪くて地元の公立に行きましたけど、こっちは悪さばっかりしてるんで肩身が狭くって」

結局、親同士のネットワークには入れないままだった、と香奈恵さんは笑う。息子さんの純二さんは二十六歳、お嫁さんの美和さんは二十二になったところだ。強面《こわもて》で鳴らした純二さんも、美和さんと結婚し、息子の颯人くんが生まれたのを機にすっかり落ち着いて良きパパになった。

「でも、出来の良かった長男と娘は結局未《いま》だに独り者で。長男は海外赴任中だし、娘も遠方に勤務してるし。どっちも仕事があるんで、およそ同居なんてしてくれそうにないです。それを思うと、年寄りと同居してもいいって言ってくれるお嫁さんを貰《もら》ってくれただけ上出来かしら、とも思いますねえ」

純二さんは高校を卒業後、地元の運送会社に勤務している。二十二で四つ年下の美和さんと結婚、すぐに颯人くんが生まれた。

だが、その純二さんもあまり近所の人たちとは交流がない。

「地元に友達がいないわけじゃないけど、この近所ってのはいないなあ。俺、近所の連中には敬遠されてたから」と、純二さんは苦笑する。「だから、美和のほうが近所の人と親しいぐらいですよ。あいつ、遠慮がないから」

その美和さんも親しいのは近所のママさんグループであり、そのほとんどは地元に根付いたわけではない流動民だ。茂さんは述懐する。

「私の子供の頃は、近所の家のどこに誰が住んでいてどういう人だか、当然のように分かっていたものだけどねえ。——まあ、私の実家は地方の小さい町なんで、時代の問題じゃなく地域の問題なのかもしれませんが」

香奈恵さんも頷《うなず》く。

「やっぱり御時世ってやつなんじゃないですか。私は家にいて、最低限のお付き合いをしてきましたし、御近所とはそれなりに話ぐらいはしてたんですけど。とりあえずいま、隣近所がなんていう家なのかぐらいは分かってますが、以前住んでいた人となると……」

例えば現在、同じ並びにどういう家があるかは把握している。住人の顔にも見覚えがあり、会えば挨拶《あいさつ》もするし、回覧板を持って行ったついでに立ち話ぐらいはする。だが、具体的にどんな人なのかは判然としないままだ。関わりが薄いから、越してしまえばすぐに記憶は朧《おぼろ》になる。数年前まで住んでいた人の名前がもう思い出せない、ということが頻繁にある。

「特に、バブルっていうんですか。十年ぐらい前に、このあたりの家って様変わりしちゃいましたから。古い人がどんどんいなくなって、新しい人が入ってきて。それも持ち家じゃなくマンションとかアパートが増えましたから、お付き合いもないですし。本当にさっぱり分からないんですよ」

とりあえず岡谷マンションが建つ前、そこは駐車場だった、これははっきり覚えている。

「でも、あまり契約している車はいなかったな。ほとんど空地みたいなもの」と、純二さんは振り返る。その前は実際に空地だった。

バブル期に土地が買い漁りにあい、古い住宅が次々に立ち退《の》いて更地になっていった。最後まで残っていたのが角地の小井戸家だ。

「小井戸さんのことはよく覚えてます」と、香奈恵さんは言う。

さすがに忘れられません、と言うので、何か事件でも、と久保さんは身構えたが、そういうことではなかった。

「実はあそこ、近所でも有名なゴミ屋敷だったんです」

敷地内は言うに及ばず、生垣や隣の空地との間にある塀際《へいぎわ》にまで堆《うずたか》くゴミが積まれていた、という。

「小井戸さんは、私たちが越してきたときにはすでに住んでいました。古い住民ってことになりますが、地元の人ではなかったようです。いつ頃越してきたのかは知りませんが、かなり古い木造の建物に住んでましたよ」

益子家が越してきた当初は、まだ小井戸家にゴミはなかった。その頃は年嵩《としかさ》の女性が中年の息子と二人で住んでいたようだ。その女性が亡《な》くなり、息子だけが残されるといつの間にかゴミが増えていった。やがて家は荒《すさ》み、庭木などはゴミに埋もれて立ち枯れ、場所によっては人の背丈ほどもゴミが堆積《たいせき》していった。ゴミの間から見える家の窓も、染みの浮いたカーテンの残骸《ざんがい》とゴミで埋めつくされていた、という。

その小井戸家がなくなったのは一九九〇年頃のことだと思われる。純二さんはまだ中学生だった。

「俺が物心ついたときには、もう母親はいなかったんじゃないかな。爺《じい》さんが一人で住んでる家、って認識だった。でも、その爺さんも、ほとんど見た覚えがないんだよね。年寄りがゴミの間でうろうろしてたのは記憶にあるんだけど、口を利《き》いたこともないし、まじまじと顔を見たこともない。だからぜんぜん覚えてない」

とにかく無口で、人見知りする人だった、と香奈恵さんは言う。

「引き籠《こ》もりって言うのかしら。家の中に引っ込んだままほとんど出てこなかったですね。近所付き合いもありませんでした。なんだかおどおどした印象の人で、たまに見掛けて挨拶しても、口の中でもごもご言いながら家の中に引っ込んじゃうんです」

そんなふうだったから、どんな人物だったか分からない。とにかく増える一方のゴミに、近所の住人は困り果てていた。

「そりゃあ、すごかったです。夏場なんかはうちまで臭《にお》って。蠅《はえ》なんかもすごいし、烏《からす》やら猫やら集まって」

　ゴミが溜《た》まり始めた当初こそ、「どうにかならないんですか」と益子さんも穏便に苦情を言ったが、ある程度を越えたところでそれも絶えた。

「だってねえ……。言って片付けてくれるようなら、最初からあんなに溜めないでしょう。煩く言って敵意を持たれても嫌だし」

　困ったものだ、と住人同士、顔を合わすたびに話題にはなったが、常軌を逸した家の様子に沈黙するしかなかったようだ。穏和《おとな》しそうに見えても、敵意を持たれたら豹変《ひょうへん》するかもしれない。それを恐れるうちに地上げが始まった。周囲の家は次々に越していき、そして小井戸家も姿を消した。

「越されたんですね」と、久保さんが言うと、
　いいえ、と香奈恵さんは言う。

「知らない間に亡くなっていたんですよ、小井戸さん」

　それもどうやら、家の中で死亡しているのを発見されたらしい。

「変死、ですか」

「てことになるのかしら。町内会の人が遺体を見つけたんだそうですよ。夏場のことだったと思います。なにしろ臭いがすごくて。いくらなんでもこれじゃあ堪《たま》らない、って

話になって訪ねていったら、本人は死んでいたんですよ。臭いの半分はそれだったんですね。常に多少の臭いはあったから、みんな気づかなかったんです。とにかくあのゴミの山ですもんね。気温も上がってきたし、臭って当然だという気がありましたからねえ」

死因について久保さんは尋ねたが、益子家の人々は誰も知らなかった。ちなみに、嫁の美和さんはもちろんまだ当地にいない。

「死後一週間か二週間か――かなり経ってたそうです。でも、べつに事件だとか自殺だとかいう話は聞こえてこなかったですから、病死だったんじゃないですかねえ」

小井戸家の周囲にあった家はどうだったのだろうか。

「お隣は松坂《まつざか》さんでした。お年を召した御夫婦で、うちが越してきたときから住んでました。お子さんはいなかったと思います。奥さんは気の好《い》い人で、旦那《だんな》さんも優しそうな、穏和しい感じの人でした。だから小井戸さんに対して、苦情なんかは言いづらかったんでしょうね。困った困った、とは言ってましたけど、特に抗議をしたとか、そういう話は聞いたことがないです」

たぶん御主人は勤め人だったと思う、奥さんは専業主婦だったと思うが、はっきりしない。十五年ほど前、岡谷マンション用地となった家々の中で、真っ先に転居していった。転居先は聞いていない。

「どこか田舎に引っ込むんだ、と言っていたような気もするんですけど。——小井戸さんの向こうに住んでいたのは、根本さんといったんじゃなかったかしら。お婆《ばあ》さんの顔はぼんやり覚えているんですけど、そのほかのことは……」

はっきりしないが、益子さん一家よりもあとに越してきたと思う。益子さんよりも一廻りほど上の世代ではなかったか、という。子供もいたように思うが、ほとんど付き合いはなかったので覚えていない。これは純二さんも同様らしい。少なくとも一緒に遊ぶような年頃の子供ではなかった。

「お婆ちゃんが呆《ぼ》けちゃった、という話は聞いたような気がします。お爺ちゃんが一人で面倒を見ていたようですけど、息子さんと暮らすことにしたんだったと思いますよ」

この根本家の向こうが藤原家で、ここは地元の古い家だったようだ。越してきた当初は自治会などで世話になったが、特に付き合いはなかった。家業は農家で、少し離れた場所に畑があったらしい。御主人はやはり茂さんより一廻りほど年上で、無口で堅苦しい人だという印象があった。

「奥さんも木訥《ぼくとつ》とした人でしたね。ただ、町内会のことなんかは、お爺ちゃんのほうがやってましたから、奥さんの印象はほとんどないです」

覚えているのは、その程度のことだ。向こう三軒両隣までは住人の顔と名前が分かっているし、転居した人たちの顔も漠然とながら覚えているが、それ以外の家となるとかなり怪しい。特にバブル期に転出していった家は、ほとんど記憶が消えてしまっている。ましてや茂さんはまったく分からない。さすがに小井戸家のことだけは記憶していたが、それ以外の家はどこにどんな家があったかさえ、いまとなっては曖昧《あいまい》になっている。純二さんのほうが茂さんよりましだが、大同小異というところだ。

久保さんは三つのことを除いて、ほとんど収穫のないまま益子家を辞去した。手に入れることのできた三つのことのうち一つは、小井戸家というゴミ屋敷があり、住人は変死した、ということ。

もう一つは、記憶は曖昧ながらも、自殺のあった家はないと思われること。少なくとも家で自殺体が発見されたり、事件や重大事故の現場になった建物はない。「あればさすがに忘れません。絶対に覚えていると思います」と、香奈恵さんは断言した。ただ、家の外で自殺していた場合、把握し切れているかどうかは分からない。益子家が当地にいる間に町内で亡くなった住人は、当然ながらゼロではない。具体的な記憶はないが、四家も例外ではないと思われる。家によっては葬儀にも参加したし、昔は葬儀自体を手伝うこともあった。だが、自殺だったようだという噂《うわさ》は聞いた覚えがない。本当にゼロだったとは断言できないが、たぶんなかったのではないかと思う、という。

最後の一つは、土地に関する記憶がほとんど途絶している、ということだ。

これはあるいは、日本の都市部で普遍的に起こっている現象なのかもしれない。とにかくこの土地に関する記憶には、二つの大きな亀裂《きれつ》が横たわっている。一つは高度成長期における急激な開発だ。岡谷マンション付近はその頃に開発された。ここで古くから土地に根付いて生活している人々と新たに編入してきた人々がシャッフルされることになった。旧住民と新住民の間には強い繋がりがなく、ある種の断絶がある。この断絶は保存されたまま、二つ目の亀裂が入る。バブル期における土地の買い漁りだ。旧住民、新住民を問わず、住民の多くが一掃され、どっと新しい住民が流れ込んできた。これによって旧住民を中心とした自治会の活動も解体されてしまう。しかも、新たに入ってきた住民は完全な流動民だ。彼らは自治会に参加せず、土地に根付かず、短期間でどこかへ流れ去ってしまう。かろうじて残っている旧住民や新住民も世代交代が進んでいる。三世代が同居している益子家のような例は稀《まれ》で、老人だけの世帯が多く、老人が亡くなれば家は壊され、単身者や若い世帯向けの賃貸物件ができる。それが新たな流動民を呼び込む。彼らは土地に対する記憶を一切、保存しない。つまりは現在、三つ目の新たな亀裂が進行していると言える。

「三つ目がまだ進行中で良かった、と考えるべきなんでしょうか」と、久保さんは言う。

「これがもう十年もしたら、完全に土地に関する記憶は失われたかもしれません」

まだぎりぎりで辿《たど》ることができる。だが、実際問題として益子さんの紹介を得て古い住民を辿っていっても、土地に関する記憶は益子家と大差ない。得られるのは断片ばかりで、これらのピースを繋ぎ合わせて古い記憶を再生するしかない。これにはどうやら時間がかかりそうだった。

「いずれにしても、小井戸さんが気になります。遺体で発見されたというから、あるいは……」

久保さんはそう言うが、小井戸氏は老年の男性だったようだ。ならば「畳を擦る音」を立てていた「帯のようなもの」との関連を想像しにくい。もしも久保さんの見たそれが本当に金襴《きんらん》の帯で、ならば暗闇《くらやみ》で揺れていたのが晴着姿の女性だったと考えると、小井戸氏以前に縁起は遡ることになる。

どこまで繋がるのだろう、とふと思った。

縁起が、ではない。ひょっとしたら、小井戸氏が問題の自殺者だったのかもしれない。それ以前に、そもそも自殺者などどこにもいず、すべては虚妄《こもう》だったのかも。——気になったのは別のことだ。

我々がいま住んでいるこの場所、そこには確実に過去の住人がいたはずだ。前住者の前にはさらに前の住人がおり、その前にはさらに以前の住人がいた。もちろんどこかで何もない原野だったという段階に辿り着くのだろうが、そこに至るまでにどれだけの人間がそこに住み、どんな人生を営んでいたのだろう。多くの人々が住んでいたに違いない以上、そこでは様々なことがあったに違いない。良いこともあれば悪いこともあっただろう。時には不幸な死――無念を残す死もあったに違いない。

もしも無念の死が未来に影響を残すのだとしたら、それはいったいどれだけの期間なのだろう。無限なのだろうか、それとも有限なのだろうか。有限だとすれば、何年なのだろう。何十年――あるいは、何百年なのだろうか。

過去に「ある部屋」に住んでいた住人が、ではない。ある建物が建設される以前の土地、その「土地」に住んでいた住人までもが現在に影響を与え得るとすれば、問題のない場所など、果たしてこの世に存在するのだろうか。

そんなことを思いながら年を越えた。明けて二月、私は小さなイベントを迎えた。新居がいよいよ着工することになり、地鎮祭が行なわれたのだ。呪《まじな》い、占いの類《たぐい》は一切信じないし、ゆえに家を建てるにあたっても、方位や家相などはまったく考慮していない。なのにやはり地鎮祭だけは飛ばせなかった。やらなければ据わりが悪い、という気がする。そういう自分を不思議だと思いながら儀式に参加した。

同時に、どれだけの人が自分の住む土地の来歴を知っているのだろう、と思った。賃貸住宅の場合、新築の物件でなければ、自分の前に誰かが住んでいたことは自明のこととして了解している。小さな傷や、場合によっては落書きなど、部屋には前住者の痕跡《こんせき》が残っていることもあるし、そうなれば嫌でも意識せざるを得ない。だが、その実体まではでは想像できまい。「誰か」がいたことは分かっていても、実際にどんな人間が住んでいたのか、どれくらいの期間住んでいたのか、どんな生活を送っていたのかは分からないし、多くの場合、それを知るチャンスもなければ、知る必要に迫られることもない。ましてや賃貸物件が建つ以前のことなど想像してみることさえないのではないか。

これは持ち家の場合も同様だ。もともとあった建物を目にしていればともかく、最初に更地の状態で見たとき、更地になる前、ここにはどんな建物が建っていてどんな人物が住んでいたのか、深く考えることがあるだろうか。ましてや、以前あった建物のさらに以前のことまで考える人は多くないのではないか。

実際、自分が土地を探すとき、そんなことは考えてみもしなかった。更地に会えば単純に何もない土地として受け止める。前の建物の痕跡が残っていれば、以前あった建物を壊したんだな、程度のことは想像するが、そこがどんな建物でどんな歴史を背負っているかなど、まったく念頭に浮かばなかった。だが、地鎮祭に至るまでの間に「この土地は以前、何だったのだろう」ということが妙に気になるようになっていた。建物はあったのか、あったとすればどんな人間が住んでいて、なぜ家を手放したのか。その建物が建つ以前はどうだったのか。この土地はどんな歴史を辿ってきたのか。

自分の場合、その答えは単純だった。登記簿を見ればある程度の来歴は分かる。そして、私が手に入れた土地は造成される以前、農地だった。農地が宅地に転用され、造成されたことが記録に残っているので間違いはない。農地になる以前のことは分からないが、どうやらこのあたりに寺院があったであろうことは想像がついた。調べてみると、平安時代に焼失した記録が残っている。おそらく再建されたのだろうが、南北朝期に完全に失われたようだ。その後、戦において陣営が設けられたというから、基本的に何もない場所だったのだろう。それが江戸時代には天皇家の領地になったらしい。禁裏御料地だったというから、農地があったのではないか。それが明治期に入って京都府の所轄《しょかつ》になり、村として編成されたようだから、総じて何もない場所だったと言って問題はないだろう。

これといって何もない——そういうところで、そのことに妙に安堵《あんど》した。終《つい》の棲家《すみか》として選んだ土地だから、複雑な来歴など背負いたくはない。この頃の私はそういう気分になっていた。農地といえど、何の凶事もないとは限らないが、とりあえずきちんと地鎮祭も執り行なったことだし、因縁があったとしてもリセットされたと考えていいのではないか。そういう意味で妙に清々《すがすが》しい気分になっている自分が不思議だった。

## 2　黒石《くろいし》邸

この頃、久保さんは周囲の住民に話を聞くのと同時に、岡谷マンションを出て行った住人についても、連絡を取る方法がないか探し続けていた。特に、マンション前に集まるママさんグループの中には、以前の住人を行きつけの店などで見掛けることがある、という話もあったので、もしも連絡が取れるようなら紹介してほしい旨《むね》、お願いしておいた。

「見つかりましたよ」と、声をかけてくれたのは、隣の団地に住む大塚《おおつか》さんだった。春が過ぎ、夏になろうとしていた。

岡谷マンションの隣には、わりに新しい狭小住宅が六軒ほど集まった区画がある。大塚さんはその中の一軒に住んでいて、子供が一人。三歳の女児がいる。

その大塚さんが、以前の住人で比較的親しかった黒石さんと駅前の商業施設で出会った、という。取材を受けても良い、ということだった。

ところが、マンションのどの部屋にいつ頃住んでいたか訊くと、話がすれ違う。ひとしきり話して、大塚さんが誤解に気づいた。

「済みません。探してたのは、マンションに住んでいた人ですか？　黒石さんはマンションではなく、もともとうちの斜め向かいに住んでいた奥さんです」

そういえば、このあたりは人が定着しない、という話だったか。

岡谷マンションの隣にある小団地は、もともと不動産会社が造成し、建売住宅として分譲したものだ。販売開始の広告には団地名のようなものが付いていたらしいが、購入した大塚さん自身も覚えてはいない。ここでは分かりやすく岡谷団地と呼んでおく。岡谷団地の分譲が始まったのは一九九五年――岡谷マンションが完成して入居が始まった二年後のことだった。大塚さんは分譲が始まってすぐに売買契約を結んでいる。まだ建物は躯体《くたい》工事を行なっている最中で、デザイン変更が可能だった。ほかの住宅も同様で、それで住人の個性のぶん多少外見が違っているが、基本的にはほぼ同一の木造二階建ての狭小住宅が六軒、私道を挟んで東西に三軒ずつ向かい合う形で並んでいる。家が完成して引き渡しが完了し、入居が始まったのが、翌一九九六年のことだった。

このうちの二軒で、すでに住人が変わっている、という。

「一軒は、一年ちょっとで出て行っちゃったんですよ。御主人が転勤になったって言ってましたけど。戻ってくるかどうかは分からないから、家は売るつもりだって言ってました。でも、未だに買い手はついてないみたいですね。特に仲介業者の看板なんかは立っていないんで、ひょっとしたら売るのをやめたのかもしれません」

もう一軒が黒石さんの住宅だった。黒石さんは団地の完成直後に入居し、三年後には出て行った。家は賃貸物件として貸し出されているが、人の居着かない家だという。

「黒石さんが出て行ってから、もう三年になるかな。それから五人以上、変わっていると思います。短い人だとワンシーズン――三カ月くらい。一番長く住んでるのは、いまの人で、二年近くになるでしょうか」

岡谷団地が完成してまだ六年にしかならない。にもかかわらず、六軒のうちの二軒がすでに出て行っているというのは、普通でないことのように思われる。賃貸の物件ならいざ知らず、ここは建売なのだ。そして一方は四年ものあいだ空家のまま、もう一方は三年間で五人以上、住人が変わっている。最も長い住人は、現在住んでいる安藤《あんどう》という男性で、どうやら独身のようだが、どういった人物なのかは大塚さんもよく知らない。引っ越しの際にも挨拶には来なかったし、朝夕に出勤、帰宅する姿を見掛ける程度で、ほとんど話をしたこともないという。

黒石さんは家を出るに際して、「一軒家は無理」とだけ言っていたらしい。性に合わないという意味か、あるいは子供が小さくて維持管理が手に余るという意味だったのだろう、と大塚さんは思っていた。

——実際のところは、どうだったのだろうか。

久保さんが大塚さんの紹介で黒石さんに会ったのは、八月に入ってすぐのことだった。黒石さんは取材当時三十六歳、八つになる女児がいる。岡谷団地に入居したのは黒石さんが二十九歳のときで、娘さんは一歳だった。私道の西側、最も公道側の、角地にある家が黒石邸だ。

転居の理由については「一軒家は性に合わなくて」ということだった。御主人が長期の出張をすることが多く、娘と二人きりで家に残されるのが心細くて嫌だったらしい。

「なぜ心細く思われたのですか」と、久保さんは質問をしてみた。「あまり治安が悪い場所でもないようですが」

「治安の問題ではなく……」と、黒石さんは迷うように口を開いた。「些細《ささい》なことなんですけど……実は、悪戯《いたずら》電話が多かったんです。引っ越したときから始まって、だんだん増えてきて……いえ、べつに脅されたりしたわけじゃないんですよ。ほとんど無言電話みたいな内容で、怖がるようなものじゃなかったんですけど……。でも、あの家に住んでた頃って、嫌な事件が多かったじゃないですか。通り魔事件みたいなのとか、少年犯罪とか。それで……」

「悪戯電話の主に心当たりはなかったんですか？」

「まったくありません。……悪戯電話がかかってくると、どうしても戸締まりを確認しちゃうんですよね。それが、一戸建てだと窓が多いでしょう。もちろん戸締まりはしてますけど、ガラスなんて割られてしまったらおしまいだし。なのに目の届かない場所に、ドアとか窓がいっぱいあるんですよ」

リビングにいれば洗面所や寝室の窓が気になる。寝室にいればリビングやトイレの窓が気になる。確認のために見に行けば、それまでいた場所に残した娘さんのことが気になって堪らない。

「びくびくしているせいか、家のあちこちで足音や物音がする気がするんです。隣の部屋とか、上の部屋とか、見えないところで誰かが動き廻っているみたいな……」

例えばある夜、黒石さんは一人、寝室で娘さんを寝かしつけていた。すると、隣の部屋から物音が聞こえた。人が動き廻るような——歩き廻りつつ物を動かしているような物音を聞いたように思った。

寝室の隣にある部屋は、将来、娘さんの個室にするつもりで空けてある部屋だった。家具はないが、衣装ケースなどを重ねて娘さんの道具をしまってある。もう使わなくなった道具や、親戚《しんせき》や友人から貰ったもののまだ娘さんには早い玩具《おもちゃ》や服など。それがそっと動かされる音がする、と思った。

怖いから見に行けない。なのに、見ないまま放置しておくのも怖い。物音を聞くたび、いつもそう思う。迷った末に、たいがいはおっかなびっくり見に行って、何の異状も発見できず、気のせいだったのだと思う。——今度もまたそれなのだろう。分かっていても、同時に「今度こそ、実は」という気もする。

外れて当然の籤《くじ》だが、稀に当たり籤が交じっている。それが何十本に一本なのか、何万本に一本なのかは分からない。だが、不幸にして当たり籤を引いてしまう人物も確実にいるのだ。新聞に写真を載せられたあの人も、この人も、自分が当たり籤を引くなんて、その瞬間まで夢にも思わなかったはずだ。自分もそうでないとは言い切れない。

気になるが確かめるのが怖い。迷っている間にやんでくれないかと思う。だが、物音は続いている。ミシリ、と床を踏む音がしたような気がする。カタン、と物がぶつかる音がしたように感じる。

このときも、いつものように迷いながら、結局、立ち上がった。堪《こら》えきれずに立ち上がるまでの間に物音がやむことはなかった。

黒石さんはそっと寝室のドアを開けた。灯りの消えた階段ホールの左右を窺《うかが》う。左右にも階段にも、人影も人の気配もないことを確認し、物音を立てないようそろりと寝室を出た。こうしている間にやんでくれればいいのに、と思いながら、壁に縋《すが》るように身を縮めて同じく階段ホールに面する隣の部屋に向かい、そしてドアに耳を当ててみた。

ひんやりとしたドアの感触が蟀谷《こめかみ》に当たった。そっと頬を寄せ、中の様子を確かめられないか、耳を澄ます。そのときだ。

——はぁっ……。

もう一方の耳許《みみもと》で、低く重い男の溜息《ためいき》を聞いた。耳朶《じだ》に息がかかるかと思うほど至近の距離だった。

全身の血の気が引く思いで振り返った。

自分のそばにも薄暗い周囲にも、誰の姿もなかった。

「……もちろん、私の気のせいだったんだと思います。幻聴ってやつなのかもしれませんね。でも、もう限界だって気がしたんです。自分に一軒家は無理だ、って」

御主人にそう訴えた。実家の父母にも訴えた。誰もが心配し、大丈夫だと宥《なだ》めてくれたし、宥められれば耐えられる気もするのだが、娘さんと二人きりで家にいると、誰かがいるような気がする。誰かが立てる物音や足音を聞いたような気がしてならなかった。

「あんまり私が怖がるから、主人が長い出張に出るときは、両親や主人のお母さんが来てくれたりもしたんですけど……。ただ、うちの母なんかも、何か音がしなかった、なんて言ってましたから、ひょっとしたら、全部が全部気のせいだったわけじゃなかったのかもしれません。なんだか気味の悪い家ね、って言うんです」

そうしているうちに、娘さんの具合が悪くなった。喘息《ぜんそく》のような症状が現れたのだという。ただし、病院では喘息だとは診断されなかった。黒石さん自身が買い物の帰り、自転車にぶつかられて転倒した。冬の夕刻で周囲はもう暗かった。自転車は無灯火で、乗っていた人物は黒い影のようだった。その人物は「済みません」と声だけ残してスピードを緩めることもなく去っていったが、激しい腰と足の痛みで黒石さんは転んだまま立ち上がることができなかった。当時は携帯電話を持っていなかったので、近くの家まで這《は》っていって救急車を呼んでもらわねばならなかった。

「若い声でした。黒っぽい服だったんでしょうね、姿形がはっきりしなくて。まるで通り魔みたいだって思いました。……わざとじゃないって分かっているんですが、『済みません』って言った声が笑ってた気がして」

その後も、手伝いに来てくれた母親が階段から落ちて怪我《けが》をする、御主人が昼食を摂《と》っていた定食屋に車が突っ込んでくるなどの事故が続いた。

「……べつに家のせいではないんでしょうけど、縁起の悪い家だ、ってことになったんです。そんなこと、家を買うまではなかったんですから。主人の両親は先々、都会のマンションに住みたいって言ってて。いまの家は車がないと買い物にも通院にも不便なんです。それでマンションを買うから、自分たちが隠居するまでそこに住んだらどうだって言ってくれたんです」

相談の末、駅前に程近いマンションに部屋を購入して引っ越した。

「ほっとしました。一軒家に比べてマンションって用心がいいんですよね。しかもうちは八階ですから。引っ越してから、娘の具合も良くなりましたし、悪戯電話もやみました。安心したせいか、変な物音を聞くこともなくなったんです」

岡谷団地の家には未練がない。ただ、ローンが残っているので支払いの足しにしようと賃貸することにした。管理は仲介業者に任せているが、確かに人の居着かない家だという。借主と接触することはないので、住人が短期間で出ていってしまう理由は黒石さんにも分からない。仲介業者は「そういうこともありますよ」と言うだけなのだそうだ。

「ひょっとしたら、やっぱり家に問題があったんでしょうか。損をしてもいいから売ろうかな、とも思うんですけど、私が出る前に引っ越した家がまだ売れ残っているって聞いて、それも難しいのかな、って」

黒石さんに会って、久保さんは「微妙な気分になっちゃいました」と言った。

黒石さんの話を聞く限り、岡谷マンションと共通することは何もない。それどころか、異常な何かがあったと考えることすら難しい。悪戯電話は不快な被害だが、異常とは呼べない。現代では、ままあることだ。

――実際のところ、我々の体感治安は確実に悪化している。特に黒石さんが岡谷団地に居住していた一九九六年から九九年にかけては、それが強まった時期ではあった。黒石さんが新居に入った前年――購入契約を結んだ年には地下鉄サリン事件が起こった。通勤時間帯の地下鉄で毒ガスが撒《ま》かれるという蛮行は、確実に我々の安全に対する認識を大きく揺るがした。黒石さんが引っ越した九六年にも、未だサリン事件の余波は続いていた。しかも翌九七年には神戸連続児童殺傷事件が起こって世間を震撼《しんかん》させている。さらに翌九八年には和歌山の毒物カレー事件が、さらに翌九九年には池袋と下関で二件の通り魔殺傷事件が連続して起こっている。いずれも被害者は無差別的に選ばれ、マスコミが盛んに世間の不安を煽《あお》っていた。しかも、九八年には学校内で男子生徒が女性教師をバタフライナイフで殺害するという栃木女性教師刺殺事件が、九九年には光市母子殺害事件が起こり、神戸の連続児童殺傷事件以来、少年犯罪が大きくクローズアップされていた時期でもあった。おそらくは黒石さんの中でも印象が混じっているのだろうが、彼女が引っ越した翌年の二〇〇〇年は、豊川主婦殺害事件、西鉄バスジャック事件、岡山金属バット母親殺害事件と、同世代の少年による犯行が続いて「十七歳」が時代のキーワードになった年でもある。この年はほかにも、十六歳少年による山口母親殺害事件、十五歳少年による大分一家六人殺傷事件、十七歳少年による歌舞伎町《かぶきちょう》ビデオ店爆破事件などが起こっているが、当時の我々の誰もが二〇〇〇年になって唐突に少年犯罪が増えた、という印象を抱きはしなかったはずだ。すでにそれ以前から、「加害者としての少年」という不安は社会を蝕《むしば》んでいた。あちこちで散発的に芽を出していた地下茎が、一気に育って爆発的に芽吹き始めた、という印象を抱いてはいなかっただろうか。

実を言えば、無差別殺人や通り魔事件は、過去に幾度となく繰り返されている。凶悪な少年犯罪にしても、過去連綿とあったことだ。この当時に極端に治安が悪化したわけではなかったし、犯罪者が格段に凶悪になったわけでもない。我々の社会は常にこうだったのだ。ただ、マスコミが盛んに不安を煽っていた時期であったことは確かで、その中で悪戯電話が続けば、身の安全に不安を覚えるのも無理はない。強い不安を抱けば、家の中に誰かがいるという錯覚も起こしやすいだろうし、ありもしない物音を聞くこともあるだろう。しかも、建設時期や娘さんの病気のことなどを考えると、シックハウス症候群だった可能性もある。建材に含まれる化学物質が、娘さんの呼吸器と黒石さんの精神状態に影響を与えていたことは充分に考えられる。このうえ不運が続けば「縁起の悪い家だ」という気もするだろう。せっかく購入した新居を出て行く気になっても不思議はない。

「ただ……」と、久保さんは首をかしげる。「大塚さんはぜんぜん問題なく暮らしているんですよね。ほかの家の人も、普通に暮らしてるようです。二軒だけなんです、人が住めないのは」

私道を挟んで西側、最も公道側の角地の黒石家と、逆に東側——岡谷マンションに隣接する側の最も奥にある家、その二軒。先に住人が出て行った岡谷マンション側奥の空家は、なぜ住人がたった一年と少しで出て行き、いまも買い手がつかないのか、確認できていない。

「でも、三年で五人以上も住人が変わるって、やっぱり変ですよね」

釈然としないのは確かだ、と思う。私の個人的な印象だが、短期間で住み変わるつもりがあるなら、最初から戸建ての借家になど住まないのではないだろうか。

「黒石さんの家に住んでる男性に話を聞けるといいんですけど、ほとんど見掛けないんですよ。突然、訪ねていくのも突撃取材みたいで抵抗があるし……」

それはやめておきましょう、と私は苦笑した。我々は単に気になるから調べているだけだ。調査追求して世に問う義務を感じているわけではない。

ですよね、と久保さんは笑ったが、「ところで、例の音、最近はどうです」と訊くと、「相変わらずです」と硬い声で答えた。

それからすぐのことだ。ちょうど大文字の夜、意外な人から電話があった。

その夜は、長い間親しんだマンションの屋上で見る最後の大文字だった。この年の年末には新居に移ることが決まっていた。しみじみした気分で夫と大文字を眺め、互いにそれぞれの部屋に戻ったところで一本の電話がかかってきた。

それは、かつて岡谷マンションの四〇一号室に住んでいた屋嶋さんからだった。

実を言えば私は、万が一にも転送届けが延長されている可能性を考え、屋嶋さん宛《あて》に手紙を出してみた。残念ながらこれは回送されて戻ってきたのだが、そこで思いついて宅配便を出してみたのだ。郵便物の転送は本人が希望届けを出さなければ行なわれないし、これは基本的に一年間で有効期限が切れる。延長するには再び一年ごとに届け出が必要だ。だが、宅配便の場合、業者によっては転居先を把握していて、サービスの一環としてそちらに届けてくれる場合がある。これはあくまでも業者がサービスとして行なっていることなので、必ず転送されるとは限らない代わり、いつまで、という期限もないようだ。業者の目が行き届く限り、ということだろう。そしてこれが図に当たった。

幼い子供のいる屋嶋さん宅では通販を利用することが多く、宅配便の利用頻度が高かった。しかも同一営業所管内に引っ越していたせいだろう、手紙に拙著を同封した荷物が転居先に届いたのだ。「以前住んでいた岡谷マンションについて訊《き》きたいことがある」と書いた手紙に応《こた》えて、わざわざ電話をくれたのだった。

## 3 岡谷マンション四〇一号室

屋嶋さんが岡谷マンションに入居したのは、一九九九年三月末のことだった。御主人が営業所を転属になったのに伴い、通勤に便利な場所に新居を探して不動産業者の紹介で入った部屋だった。久保さんと違って、屋嶋さんはそもそも岡谷マンションも、四〇一号室も、なんとなく気に入らなかった、という。

「事前に業者とやりとりして、いくつか部屋の候補を出してもらって、図面をＦＡＸで送ってもらっていたんです。図面を見る限りでは、いちばん気に入った物件だったんですけど」

図面と条件から六軒に絞り込み、二歳になる娘さんを友人に預け、屋嶋さんは御主人と下見に来た。実際に部屋を見てみると、どうしても気が進まない。

「どこがどう、とは言えないのですが、なんだか暗い気がして」

建物は決して古くないし、手入れも良かった。角部屋なので採光も良かったし、ちょっとした造作が洒落《しゃれ》ている。なのになぜか印象として「暗い」。「なんだか暗くない？」と御主人に言ったのだが、どこが暗いんだ、と不思議そうにされたという。実際、その日見たどの部屋よりも採光は良かった。四階のベランダは眺めも良い。視野を遮るものがなく、遠くに緑の丘陵地が見えている。それでも屋嶋さんは尻込《しりご》みするものを感じた。できればここじゃないほうがいい、と思ったのだが、値段や広さや周囲の環境、通勤の便からすると、最も条件の良い物件だった。

「時間があれば、もう少し探してみよう、と言えたんですけど。急に決まった転勤で、四月一日《いっぴ》から新しい営業所に行かないといけなかったし、出直して新たに部屋を見て廻る余裕がなかったんです」

具体的にどこがどうという不満があるわけではない。御主人は乗り気だったし、それで屋嶋さんも同意した。そこから大急ぎで引っ越し、無事三月末日には一通りの片付けまで済ませることができたのだが。

「やっぱり暗い気がしました。部屋にいると、なんとなく憂鬱《ゆううつ》になるんです。もともとはあまり外に出るの、好きではないんですけど、引っ越してからは部屋を出ていることが増えました。なぜか部屋にいたくないんです、自分でも不思議なことに」

生活するうちに次第に慣れてはいったのだが、ふとした弾みに「やっぱり、この部屋じゃないほうが良かった」と思う。ずっと小さな後悔が胸の奥に沈んでいた。

そんなふうに感じるのは屋嶋さんだけのようで、御主人も娘さんも新しい部屋が気に入ったようだった。前の住まいは交通量の多い——けれども細い旧道沿いにあって、トラックの行き交う歩道もない道を通って買い物に行かねばならなかった。道を渡らなければ公園にも行けない。娘の美都《みと》ちゃんが歩き始めただけに、心配で堪らなかった。それに比べれば新しい住まいは安心だ。気軽に美都ちゃんの手を引いてお散歩にも行けるし、買い物にも行ける。駅前の繁華街までは車通りの少ない閑静な住宅地を抜けていくか、そうでなければ歩道のしっかり整備された大通りを通っていけばいい。公園だってすぐ近所だ。

なのになぜか気に入らない。特に、引っ越してから美都ちゃんが部屋の中のあらぬほうを見つめていることが多くて、それがいっそう気になった。もともと美都ちゃんは赤ん坊の頃から、どこかをじっと見つめる癖のある子供だった。何もない虚空をきらきらする眼で見つめて、ふいに笑ったりする。見えない誰かにあやされているかのように、両手を開いて御機嫌な様子を見せたりした。かと思えば、屋嶋さんが滅入《めい》っていたりすると、つぶらな瞳《ひとみ》でじっと屋嶋さんの顔を見つめていたりする。少し不思議なところのある子だった。だから引っ越して宙を見つめていても、新居のせいとは限らない。御主人なども「いつものことだろ」と言う。だが、屋嶋さんは何かが違う、という気がしていた。

「前はどこかを見ているというか……見ている場所がいろいろだったんですけど、引っ越してから必ず同じところを見ているんです。リビングに続く和室の天井のあたり」

美都ちゃんの様子を見ていると、そこに見えない何かがある、という気がしてならなかった。何を見ているの、と訊くと、「ぶらんこ」と言う。美都ちゃんの言う「ぶらんこ」は、どうやら遊具のブランコとは別物のようだった。時には触ろうとするかのように、手を伸ばすこともある。

同時に、屋嶋さんは部屋の中で何かを掃くようなサッという音を聞くことがあった。最初は誰かがゆっくりと足を引きずって歩くような音だと思った。あるいは畳の表面を手で払ったような。はっと顔を向けても何もないし音もやむ。そんな時、必ず美都ちゃんも和室の宙を見上げている。

異常だ、と思ったのは、美都ちゃんがぬいぐるみの首に紐《ひも》を掛けて遊んでいるのを見たときだ。お気に入りのぬいぐるみの首に紐を掛け、それを揺らして「ぶらんこ」だと言った。屋嶋さんもそれまでに、なんとなく同じイメージを抱いていた。和室にぶら下がって揺れている何か。

「それで手紙を書いたんですけど……」

屋嶋さんが手紙をくれたのは七月のことだった。それからも美都ちゃんは宙を見ていた。何度も問いかけると、やはり美都ちゃんの目にはそこに紐で吊《つる》された誰かが見えているようだった。サッという音は相変わらず、思い出したように続いた。のみならず、夜中に部屋の中を何かが這い廻るような音を聞いた。

「和室に布団《ふとん》を敷いて三人で寝ていたんですけど、夜中に目が覚めると、布団の周囲でハイハイするような音がするんです。これは主人も何度か聞いたようでした」

叱《しか》ったので、美都ちゃんがぬいぐるみを吊すことは、あれきりなかったが、やはり紐で吊された何かは相変わらず見えているようだった。以前は御機嫌で見つめていたが、手紙を書いた頃には怯《おび》えた顔を見せるようになった。

「そしたら九月くらいでしょうか、赤ん坊の泣き声が聞こえるようになったんです」

まだ厳しい残暑が残っていて、だから夜には窓を開けていることが多かった。声は窓の外から聞こえるような気がした。

「音がその方向から聞こえるというより、窓越しにどこからか泣き声が聞こえる——そのくらいの音量でした」

最初は、マンションの隣の部屋——あるいは、下の部屋のどこかだと思っていた。ところが朝晩涼しくなって、窓を閉めるようになっても同じぐらいの音量で聞こえる。

「隣の声が壁伝いに聞こえてるんだろ」と、御主人は言ったが、

「隣、男の人の一人暮らしだよ」

屋嶋さんが言って、それで御主人の顔が強張《こわば》った。屋嶋さんの部屋は角部屋だから、「隣」は一軒しかない。

引っ越そう、と屋嶋さんは言った。夏ぐらいから物件の広告を集めていた。それを差し出し、大差ない条件の部屋はほかにもある、築年数に目を瞑《つぶ》れば、もっと安い部屋もある、と御主人を説得した。

「礼金が惜しいふうでしたけど、わたし、引っ越してからやりくりしてお金を貯《た》めてたんで……それで主人も納得してくれました」

一九九九年十月、屋嶋さんは岡谷マンションを出た。さほど離れていない場所だが、最寄り駅は一駅ずれる。新しいマンションに入って以来、美都ちゃんは宙を凝視するのをやめた。

「ちょうどそういう時期だったのかもしれませんけど。ただ、新しい部屋は居心地がいいんです。古いですけど落ち着く感じで。主人も、こっちのほうが良かったな、と言ってます。変な物音もしません」

美都ちゃんはもう岡谷マンションで見ていたもののことを覚えてないらしい。しっかり喋《しゃべ》るようになったが、「前のおうちで何を見てたの？」と訊いても首をかしげるだけだという。

それにしても岡谷マンションに存在する怪異は「首を吊った何者か」だけではないのだろうか。屋嶋さんは赤ん坊の泣き声を聞き、這い廻る何者かの物音を聞いたという。そういえば、二〇四号室の前住者、梶川氏も転居先で赤ん坊がいないか気にしていた様子だ。何者かには子供がいた、ということなのだろうか？

――怪談話を聞いて、溜息をつきたくなるのはこういう時だ。実話怪談でもよくある。どこそこで女の姿を見た、驚いて逃げ出すと足許に老婆《ろうば》が蹲《うずくま》っていた、あとから聞くと、かつてそこでは女が自殺していた、というような。自殺した女が化けて出るのなら、老婆はいったい何だろう？　現象としての整合性がないのだ。整合性がないからこそ、実話なのだとも言えるが、怪異が事実存在するなら、これは特異とはいえ「自然現象」の一部であるはずだ。自然現象である以上、整合性はあってしかるべきだと思う。

やはりすべては虚妄なのかもしれない。事実、岡谷マンションで自殺者は出ておらず、事故も事件もなかったし死者もゼロだというのだから、赤ん坊だって死んではいない。異常の原因が見当たらない。ならば「畳を擦る音」は、何らかの物理的な物音なのだし、屋嶋さんが聞いた赤ん坊の泣き声は、事実夜泣きする赤ちゃんがいた、ということなのだろう。音は意外な場所から伝わって聞こえてくるものだ。這い廻る音も、「畳を擦る音」との類似性を考えれば、同じ物音の調子が変わったためにそのように聞こえた、と判断するのが常識的だろう。

——こんなものか、と思う反面、本当にそれだけだろうか、という気がする。久保さんにせよ屋嶋さんにせよ、経験に対する証言は冷静かつ鮮明で、すべてを虚妄で片付けづらい感触がする。同時に梶川氏の件がある。和室で揺れている誰かと同じように縊死《いし》した元住人。これを偶然の一致で片付けることは、心情的に難しい。

マンションで自殺や事故はなかったのだが、と私が言うと、屋嶋さんは意外なことを言った。

「マンションが原因じゃないと思います。マンションの隣に小さな団地があるんですけど、そこに住んでいた人も、似たような経験をしたそうですから」

私は驚いた。話の主は、鈴木《すずき》さんという。岡谷団地に三カ月だけ住んでいた。

「鈴木さんは賃貸だったんです。団地の中に家を貸しているところがあって、そこに住んでました。ママさん仲間で、話をしてみたら同郷で、それで親しくなったんです」

鈴木さんは黒石さんの家に住んでいたのだ。屋嶋さんはいまも鈴木さんと親交があるという。私は鈴木さんの話を聞きたい旨、お願いしてみた。屋嶋さんは快く頷《うなず》いてくれ、後日、鈴木さんと共に久保さんと会ってくれることになった。

# 4 岡谷団地

鈴木さんは取材当時三十五歳、紹介してくれた屋嶋さんの二歳上だった。子供が一人。男の子で、屋嶋さんのところの美都ちゃんより一歳上だ。

鈴木さんは不動産会社の仲介で一九九九年九月、岡谷団地の黒石さん宅に入った。

「下見に行った印象は、新しくて綺麗《きれい》、ってことでした。家賃はわりと安めだったので、こんなところにこんな値段でいいのかしら、って気はしました」

相場より二万円近く安かった、という。「安いですね」と鈴木さんが言うと、不動産会社は「出物ですよ」と、笑った。この値段ならマンションと変わらない。管理費が付かないぶん割安だった。来歴や前住者についてなどは、一切説明されなかった。

実は、鈴木さんは黒石邸を借りた二人目の住人だ。黒石さんが転居し、家を賃貸してすぐ、最初の居住者が入っている。この一家は四カ月ほどで家を出ていた。転居の理由は分からない。

久保さんがそう言うと、

「そうだったんですね。……入居して近所に挨拶《あいさつ》に行ったとき、どこかの家で、あなたは長くいてね、と言われたことは覚えています。それで、あれ、とは思ったんです」

前に住んでいた人物は、短期間で出ていったのだろうか。——だが、そのときはそれ以上のことは考えなかった。その「短期間」も、まさか月単位というスケールだとは、この時点ではまったく想像してみもしなかった。

「とにかく家賃が安かったんで、主人も、何かあったりしてな、なんて言ってたんです。もちろん、主人のは冗談ですし、私も本当のことだなんて思っていませんでした。いい物件に巡り会ったな、って喜んで入居したんです」

越した当初の住み心地は良かった。設備もまだ新しいし、まわりの環境もいい。近所には同じくらいの子供を抱えるママさんたちも多くて心強かったし、すぐに溶け込むことができた。

「その中に屋嶋さんがいたんです。話をしてみたら同郷で、実家も近かった。学校は違いましたけど、いろんな場所で何度もすれ違っていたのかもしれないね、なんて話をして。それで親しくなったんです」

鈴木さんは越したばかり、目を離せない男児を抱えていたので片付けは遅々として進まなかった。それを屋嶋さんがしばしば訪ねてきて手伝ってくれた。

「あとから考えると、あんなに急いで片付けなきゃ良かったって思いました。やっと片付いたところでまた引っ越しでしたから。住んでたのは三カ月です。正味、二カ月半ぐらい。私、昔から霊感が強くて。だから駄目だったんです、どうしても」

子供の頃から、見たり聞いたりするタイプだった、と鈴木さんは言う。新居に入ってすぐ気づいたのは、妙な物音がする、ということだった。隣の部屋や背後で、誰かが歩き廻っているような足音がする。あるいは、物を動かしている音がする。

「たいがいは昼間でした。主人は仕事に行っていないし、子供だって目の前にいる。それでも音がしてたので、拙《まず》いな、と思ったんです」

この家には何かいるのじゃないか。

「見たり聞いたりするくせに、雰囲気が可怪《おか》しいとか、そういう勘は働かないんです。だから家を下見に来たときも何も感じなかった。家賃が安いのも気にしなかった。ラッキーだって思ってたんですから、ほんと、おめでたいですよね」

——嫌な家に当たってしまったかもしれない。

そして、最初にそれを見てしまったのは、夜に夕飯の後片付けをしているときだったと思う、という。御主人は帰りが遅くて、鈴木さんは息子さんと二人きりだった。息子さんに玩具をあてがい、鈴木さんは洗い物をしていた。台所は対面式で、シンクのところからはカウンター越しにリビングのテレビが見える。BGM代わりにお笑い番組を流しながら食器を洗っていると、ふいにテレビのボリュームが下がっていった。

あれ、と独白して鈴木さんは顔を上げた。リビングの床では息子さんが機嫌良く遊んでいた。テレビのコントローラーは、さっき自分が置いた通り、カウンターの上に載っている。息子さんの手が届く場所ではなかった。

嫌な感じだ、と鈴木さんは思った。テレビ番組の音が虫の羽音のように流れていた。小さいけれども耳につき、かえって静寂が強調される。思わずコントローラーに手を伸ばそうとしたときだ。背筋に悪寒《おかん》が走った。背後に何か、冷え冷えとした塊が生じたようだった。

すぐ後ろに、何かいる。

鈴木さんはそちらを振り返ることができず、手許に意識を集中しようとした。こういうときは、何も気づかなかったふりをするに限る。変に振り向いたり、狼狽《ろうばい》してはいけない。無視するのがいちばんだと、鈴木さんは考えている。

背後を意識しながら、ことさら何でもないふうを装《よそお》って洗い物を続けた。ふと、視線が蛇口に止まった。銀色に研《みが》かれた長く平たい蛇口の表面に、洗い物をする鈴木さんの頭が映り込んでいた。そして、その背後に別の何者かの顔が。

それは鈴木さんのすぐ後ろにいた。長い髪の女のようだった。乱れた髪が青黒い顔に打ちかかっている。髪の間から見える眼は大きく見開かれ、極端に下に寄った瞳が鈴木さんの手許を肩越しに覗《のぞ》き見ていた。

鈴木さんはぎゅっと眼を閉じた。一呼吸して眼を開け、洗い物をする手許だけを注視しながら手を動かした。冷え冷えとした空気は依然として背中を撫《な》でるように流れてくる。——と、ふいにテレビのボリュームが戻った。同時に背後の冷気が消えた。緊張が解け、鈴木さんは蛇口に目をやった。鈴木さんの背後にはもう誰の姿もなかった。

何者かが消えたことを確認するために振り返りたかったが、自制した。無視し通すことだ。洗い物を続け、ごく普通に台所を片付けて息子さんの許に戻った。

「その夜はそれきりでした。でも、大変なところに越してきちゃったなあ、って。夫はそういうの、真面目《まじめ》に取り合ってくれないんで、困ったな、って思ったんです」

それからも、時折、背後に何者かの気配を感じることがあった。鈴木さんは無視し続けたが、越してきたばかりなのに、と思うと憂鬱だった。

物音は相変わらず続いていた。小さな音だが、ひっそりという感じはしない。むしろ、わざと物音を立てて自分の存在を誇示している感じがした。そればかりでなく、視野の端をすっと人影のようなものが掠《かす》めることがある。

リビングでテレビを見ていると、入口にあるガラス扉の向こうを影が過《よぎ》るのがガラス越しに見える。風呂場《ふろば》の掃除をしていると、開け放したドアから誰かが廊下を通っていくのが見える。外出から帰ってくると、二階や三階の窓に人影が見え、それがすっと窓辺を離れていく。

「それで、つい屋嶋さんに愚痴っちゃったんです。家が可怪しいのよ、って」

すると、屋嶋さんもそうだという。マンションの部屋に何かがいる気がする。

鈴木さんはそれまで、何度も屋嶋さんの部屋を訪ねていたが、特に妙なものの気配を感じたことはない。だが、屋嶋さんの話を聞いていて、ふと思い至ることがあった。リッという物音を、確かに何度か聞いたことがあるような気がする。そのときは子供か誰かが立てた音だろうと思って気にしなかったのだが。――そう考えていて、鈴木さんははっとした。蛇口に映って見えた女の顔。

よく考えたら、位置が可怪しい。

鈴木さんは女性にしては背の高いほうだ。その彼女がシンクに向かって屈《かが》み込んでいた。蛇口に向かって心持ち俯《うつむ》く恰好《かっこう》で、だから斜め上から蛇口を覗き込んでいたことになる。その鈴木さんの頭が映っていて、その背後に女はいた。つまり、女の位置が高いのだ。鈴木さんより頭一つぶんは高い位置にいたことになる。

「ということは、一メートル九〇とか。私、身長が一七〇近くありますから」

あれは、ぶら下がっていたんだ、と思った。

「冷静に考えると、屋嶋さんの部屋にいるものが、うちの家にいるはずはないんですけど。でも、妙に確信しちゃったんです。あれは私の手許を覗き込んでいたんじゃない、背後に首を吊ってぶら下がっていたんだ、って」

その確信のせいだろうか、以来、鈴木さんは床を掃くような音を聞くことがあった。

サッと乾いた音がして、しばらく揺れているかのように、サッ、サッと間歇《かんけつ》的な音を立て続ける。それは屋嶋さんの部屋で聞いた音に似ているように思われた。

「きついなあ、と思ったんです。いまのところ実害はないけど、これが続くのは嫌だな、って」

そう思った頃、屋嶋さんがついに「引っ越す」と言い出した。置いて行かれる、と思うと心細い。かといって引き留めるわけにもいかず、鈴木さんも引っ越しを考えるようになった。

「でも、夫に切り出したら、馬鹿《ばか》を言うなって言われちゃって。……当たり前ですよね」

音は続いた。人影を見ることもあった。そうした中、屋嶋さんは越していった。新居から連絡をくれて、「すごく気が楽になった」などと聞くと羨《うらや》ましい。自分も楽になりたかった。

そんなある日、御主人の従弟《いとこ》が遊びに来た。一泊で引っ越しのお祝いに来てくれたのだ。従弟は御主人より二つ下、二人は兄弟のように仲がいい。鈴木さんも婚約時代から親しくしていた。

従弟の持ってきたビールを飲みながら夕食を摂っていたとき、「こいつ、この家に何かいるって言うんだ」と、御主人が言い出した。怯えていること、引っ越したいと言っていることなどを笑いの種にされてしまった。従弟もまったく幽霊や超能力などというものは信じない質《たち》なので、ひとしきり揶揄《からか》われた。

「霊感のない夫からすると、冗談のつもりなんでしょうけど。でも、さんざんネタにされて、ちょっぴりムッとしてたんです」

だがその夜、夜半に従弟が大声を上げて、鈴木さん夫婦は飛び起きた。寝室から廊下に駆け出すと、従弟が客間から転がり出てきたところだった。

「夜中にふっと目が覚めて、そしたら自分の足許に誰かが首を吊ってるのが見えた、って言うんです」

従弟は空いた六畳の洋間に布団を敷いて休んでいた。足許には窓がある。カーテンは閉め切ってあったが街灯の明かりで仄白《ほのじろ》かった。そこに黒く、首を吊って揺れている人影が見えたのだという。確かに見た、絶対に夢じゃない、と大の男が真っ青になって訴えた。それで御主人が部屋を検《あらた》めに行ったが、もちろん誰の姿もなかった。

結局、従弟は客間に戻るのを嫌がり、鈴木さんたち夫婦が休むベッドの下に布団を移して泊まっていった。

「それで夫も、なんか気味が悪いな、って言うようになったんです」

その少しあとだ。夜に、御主人が不機嫌な顔で三階の寝室から降りてきた。

「お前、何してんだよ、って言うんです」

御主人は翌日、仕事が早出なので早々に眠っていたのだ。

「隣の部屋でごそごそするから、目が覚めちゃったじゃないか、って」

だが、鈴木さんはさっきまで風呂に入っていた。つい先ほど風呂から上がって、リビングで一休みしていたところだ。そう言うと、御主人の顔が強張った。

「何度も、本当か、って念を押してましたけど。最後には、じゃあ、聞き間違いかな、なんて言って。でも、そのあとにも同じようなことがあったんです。リビングにいたら、ガラス扉の外をうろうろする人影が見えたんですって」

扉のガラスを人影がすっと過って、浴室のほうに向かう。浴室でゴトゴトと音がする。御主人は鈴木さんが何かしているのだろう、と思った。少しして音がやみ、すっと人影がガラス扉を通り過ぎる。通り過ぎた先には玄関に向かう階段しかない。どうしたのだろう、と思っていると、また人影が戻ってきて通り過ぎる。浴室でゴトゴト音がする。

それを何度か繰り返したので、御主人は浴室に行ってみた。誰の人影もなかった。怪《け》訝《げん》に思って三階に行くと、鈴木さんは寝室で息子さんと寝ていた。子供を寝かしつけていて、一緒に寝入ってしまっていたのだ。

「急に起こされてびっくりしました。血相を変えて私を揺すり起こして、お前、いま下にいただろ、って言うんです。ずっとここにいたわよ、って言ったら、おれ、駄目だ、って。ここ、駄目だから引っ越そうって」

鈴木さんはほっとした。大喜びで解いたばかりの荷物を荷造りし、急いで新居を探して引っ越した。新しい住まいは駅向こうのマンションだが、そこに越してからは異常な物音も人影もなく、心地よく暮らしている。

「おかげで夫が、少し私の霊感に敬意を払ってくれるようになりました」と、鈴木さんは笑う。「新居を探すときも、お前、何か感じなかったか、って大真面目に訊くんです」

いまから思うと、通り過ぎていた人影は、男だったように思う。足音も男性のもののように聞こえた。

「首を吊った女性の御主人かな、って気がします。夫婦の間で何かあったのかな、って。単なる勘ですけど」


我々は鈴木さんの話をどう受け止めるべきか迷った。鈴木さんもまた「畳を擦る音」を聞いているが、これは屋嶋さんの話を聞いたあとのことだ。鈴木さんが屋嶋さんに影響されたという可能性もある。首を吊った人影を見た、という従弟さんも同様で、事前に鈴木さんの話を聞いていたのだから、笑い話にしていても実は不安を感じていた可能性は高い。だから慣れない寝床で夢うつつにそんな幻影を見た。鈴木さんと従弟さん、二人の様子がさらに御主人に影響を与えた、という可能性は考えられなくないだろう。

ただし、鈴木さんは屋嶋さんに話を聞く前に、物を動かすような物音を聞いている。

背後に立つ女の顔は、物音に怯えていたせいだとも考えられるし、実はその女の顔こそが自分の顔であった可能性がある。しかしながら、物音については、原因が分からない。その前に前住者が短期間で出ていったことを仄めかされているから、それに影響されたせいだとも言えるが、黒石さんも似た証言をしていたのが気になる。

もちろん、すべてが事実である可能性もある。確かにその場合、屋嶋さんや久保さんの部屋に現れていたものは、鈴木さんの家にも現れていた、と言える。ならば確実に、その原因は岡谷マンションやその前の小井戸家にはない。過去のどの時点かは分からないが、岡谷マンションと団地、その双方に跨《また》がる家はなかったか。その家で何かがあったのだとすれば、少なくとも現象の理屈は合う。

しかし、どうやって過去に遡《さかのぼ》るのか——思っていた頃、久保さんからメールが来た。団地に住む大塚さんによれば、黒石さんの家を借りていた安藤氏が引っ越した、という。このときも挨拶などはなかったが、引っ越し業者のトラックが来て荷物を運び出していった。何日かして、賃貸物件であることを示す札が上がったらしい。

大塚さんによれば、安藤氏は破格に長く黒石邸に住んでいた。それでも二年と二カ月にしかならない。もちろん、仕事などの都合で転居を余儀なくされた可能性もあるが、黒石さんに確認したところ、賃貸契約は普通より長い四年になっているという。四年で契約を結んだのだから、当面は当地に住む心づもりがあったはずだ。にもかかわらず、二年と少しで転居していった。

　久保さんが黒石さんに調べてもらったところによると、黒石邸を借りた住人は、安藤氏で七人目になる。黒石さんが家を出たのは一九九九年の二月だった。以後、四年七カ月で七人は、異常と言っていい数字ではないか。そのうち二年二カ月は安藤氏が住んでいた。実質二年五カ月で六家族が黒石邸に入り、出ていったことになる。中には、自宅をリフォームする三カ月の間、と最初から明示して入居した例もあったようだが、それでも常識的な数字とは思えない。次に黒石邸を借りる人物が、この数字を知らされることはないのだろう。知ればどう感じるだろうか、と思う。

　この直後、久保さんの許に契約を更新するかどうかを問う葉書が来た。久保さんは悩んだ末、更新しない旨《むね》を伝えて新しい部屋を近くに探し始めた。

# 四　高度成長期

## 1　小井戸家

久保さんは鈴木さんに会ったあと、このあたりの事情に詳しい人物に辿《たど》り着くことができた。それが付近に住む秋山《あきやま》氏だった。二〇〇三年、十月に入ったばかりのことだ。

秋山氏は七十三歳の矍鑠《かくしゃく》とした老人だった。益子家と同じく、当地に三十年以上住んでおり、数年前までは小井戸家を含む町内会の会長もしていた。小井戸氏を訪ねて死体を発見した不幸な人物の一人でもある。郵便局に勤務しており、付近は局の管轄《かんかつ》区域だった。秋山氏自身は内勤の職員だったが、仕事柄、当地の歴史に詳しい。しかも、久保さんの「土地の歴史を調べている」という名目の意図を察してくれたようで、承知のうえで細々《こまごま》とした情報を提供してくれた。

秋山氏もまた、岡谷マンションで自殺などが起こったことはないはずだ、という。少なくとも住人が死亡したという話は、これまで聞いたことがない。

では、それ以前はどうだったのか。

マンションが建つ前は駐車場であり、その前は空地だった。これは益子さんの証言や住宅地図で確認した通りだった。角地には家が一軒だけ残っていた。

「住んでいたのは、小井戸泰志《やすし》さんです。泰志さんの正確な年齢は私も知りません。たぶん、私より三つ四つ上だったと思うんですが」

小井戸邸は敷地六十坪ほどの古い木造二階建ての小さな建物で、秋山氏の記憶にある限り、ずっとそこに存在していた。秋山氏がこの地に家を建てて移り住んできたのは益子家よりわずかに早い一九六八年頃のことだ。このときにも当然、小井戸家はすでに存在していた。住人は最終的に小井戸氏一人だったが、以前は小井戸氏の母親が健在だった。しかしながら、二人ともこの土地で生まれ育ったというわけではなかったようだ。おそらくは戦後あまり時をおかずに転入してきたのだろう、という。

「泰志さんには定職がありませんでした。何回か正月の年賀状配達で郵便局に出たことがあったと思います。あとは何をしてたのか分かりません。勤めたり辞めたりを繰り返していたようですね」

たぶん結婚したこともないのではないか、という。兄弟はいなかったと思われる。

「母子《おやこ》の生活費がどこから出ていたのかも分かりません。ただ、母親の照代《てるよ》さんは昔、仕立て物をしていたようですよ。近所の人に頼まれて着物なんかを縫ってたようです。それと恩給なんじゃないですかね。たしか、戦争未亡人だと聞いたことがあります。あの人もひっそりとした人でしたが、べつに他人を避けてるという感じじゃなかったです ね。ごく普通の穏和《おとな》しい人」

その照代さんが亡《な》くなったのは一九八〇年頃のことだという。ある時期を境に姿を見掛けなくなった。親しい人物によると、入院した、という。一月もせず、そのまま入院先の病院で亡くなった。

「見舞いに行った人が、癌《がん》だったらしい、と言ってましたかね。葬式は普通に泰志さんが出しました。それからです、泰志さんがゴミを溜《た》め込むようになったのは」

最初は、なんだか家が荒れたな、と思う程度だった。母親がいなくなったので掃除が行き届かず、庭の手入れもできないでいるんだろう、と秋山氏は思っていた。だが、次第にゴミが庭に積み上げられるようになった。やがて敷地いっぱい、土塁のようにゴミが山積し始めた。

「町内会費を集めたりで、年に何度か家を訪ねてましたけど、家の中はそりゃあ凄《すご》かったです。足の踏み場がないというより、空間がゴミで塞《ふさ》がってるんですよ。これじゃあ、あんたの身体《からだ》にも悪いよ、と言ったことがあるんですが、『いいんだ、隙間《すきま》が嫌いなんだよ。そっちのほうが身体に悪いんだ』と言ってました。——意味ですか？ いいえ、分かりません。私も尋ねたと思いますが、たぶん答えなかったんじゃないですかね。聞いた覚えはないです」

小井戸氏は単にゴミを溜め込んでいただけではなく、深夜や早朝に近所を徘徊《はいかい》して、ゴミを拾い集めてきてもいたようだ。ただし、小井戸氏自身は不用品の山をゴミだとは認識していなかったらしい。これもあれもまだ使える、と主張していた。

ただ、秋山氏は小井戸氏から精神を病んでいる印象は受けなかった。偏屈だし変わり者だと思っていただけだ。ゴミを溜め込むことを除けば、近くの住人とトラブルを起こしたことはない。

「ゴミに関して何か言っても、もごもご言い訳をしながら逃げ隠れするだけで、特に何かを言い返すなんてことはなかったですね。あの状態がさらに続けば、本格的なトラブルになったのかもしれませんが、地上げが始まっちゃったんで」

周辺一帯の土地を買い占めて、大型のマンションを建てようという計画が持ち上がった。周囲の住人は執拗《しつよう》な交渉と、若干の嫌がらせのせいもあって次々に土地を手放していった。中でも隣家の松坂家は、真っ先に家を手放して転居していった。

「揉《も》めたという話は聞いていません。まあ、穏和しい御夫婦でしたからね。隣はああだし、将来、家を売りたいと思ったときには売り物にならないかもしれない。だったらいま、そこそこの値で買いたいと言ってる業者がいるんだから売ってしまおう、って感じだったようです」

次いで裏手に住む人物が家を手放し、さらにはその隣の住人が家を手放している。小井戸家に近い家々が消えていった。

「おかげでどうにかしてもらわないと困る、と真っ先に言うべき人間がいなくなっちゃったんですねえ。だから結局、一回も公式に苦情を申し入れるとか、そういうことはなかったんじゃないかな。近所のことだから気にはなりますが、ちょうど地上げされてた区画の角地だったんで、そのうちあそこも買い上げられていなくなるだろう、とみんな思っていたんでしょう」

だが、小井戸氏は居坐《いすわ》り続け、そしてバブルが弾《はじ》けた。小井戸家にほど近い秋山氏の家にも、執拗に不動産会社が交渉に来ていたが、ある日、ぱたりと音沙汰《おとさた》がなくなった、という。

「毎日のように気は変わらないか、どうだって言ってきてたのに、一週間も二週間も顔を見せなくなって。電話もなくなってね。とうとう諦《あきら》めたかと思っていたら、倒産して夜逃げしたって。来ないはずですよ」

秋山氏の家は岡谷マンションと同じブロックにあるが、反対側になる。小井戸家周辺の家々に対し買い上げの交渉をしていた不動産業者と、秋山氏のところに通っていた業者は名前が違っていたが、実体は同じ会社だったのではないか、と秋山氏は言う。

「あの頃は多かったらしいですよ。別会社の顔をしてても実体は同じ連中がやってる、ってことが。そうやって協力して土地を集めて、身内で何度も転売し合って値を吊《つ》り上げていくんです。実際、うちによく顔を出していた営業を別の場所でも見たことがあります。別の会社の名刺を持ってね」

付近一帯の土地を複数の不動産会社が買い集めていたようだが、ある時期を境に、突然、すべての動きが止まった。

かくて小井戸家は残った。周囲はすでに更地になっていて、ぽつんと取り残された形だ。小井戸氏の住宅に積み上げられたゴミは境界から溢《あふ》れ、周囲の空地を侵蝕《しんしょく》していた。

「といっても、塀の外側に積み上げる程度だったんですが。でも、そうやってゴミを積まれると、余所《よそ》の連中がゴミを捨てに来るんです。夜中に軽トラで乗り付けて、冷蔵庫やら風呂桶《ふろおけ》やらを捨てていく連中もいたから、さすがに町内会でも問題になって」

最初は土地の管理者に処置してもらおうと、町内会で管理者を捜したが、抵当権が入り乱れているらしく、管理責任者がはっきりしない。小井戸氏に苦情を申し込むことも検討されたが、空地に溢れたゴミの大半は見ず知らずの余所者が捨てていったものだ。強く苦情も言いにくい。行政に相談もしたが埒《らち》が明かない。とにかく小井戸氏を交えて相談するしかない、と話が纏《まと》まって町内会の役員らが家を訪ね、小井戸氏が死亡しているのを発見した。

「玄関入ってすぐの廊下でね、ゴミの間に万年床が敷いてあって、その上に寝てたんです」

建物は一階が六畳の和室に四畳半のダイニング・キッチン、二階に六畳が二つという間取りだったが、そのほとんどが不用品やゴミに占拠されていた。そればかりか、あちこちの床板が剝《は》いであり、床下にまでぎっしりゴミが詰め込まれていたという。玄関からトイレを経て台所の流しの前に通じる通路だけが人の居住可能な空間だった。

「風呂場までゴミで埋まってました。このへんには銭湯もないし、どうやって身体を洗ってたんでしょうねえ」

家に入ると猛烈な臭《にお》いがした。声をかけても応答がない。一緒に行った役員の一人が上がり框《がまち》に爪先《つまさき》立って、廊下の中程にいる小井戸氏を発見した。全体の印象と臭気から、即座に死んでいるのだ、ということは分かったそうだ。なので一瞥《いちべつ》しただけで視線を逸《そ》らし、警察が来るまで家の前で待っていた。

「一瞬だったんで細かいことは覚えていませんけど。普通に寝てるみたいな恰好《かっこう》でした。くしゃくしゃに丸まった布団《ふとん》の上にいたんです。でも、印象として黒かったな。ああ、こりゃ生きてない、というのは瞬間的に分かりました。なので凝視できなかったんです。何かの間違いってこともあるから警察に確認してもらおう、ってことで通報したんですが」

警察は事情を聞いて遺体を運び去り、以後、特に連絡を寄越していない。したがって死因なども聞かされてはいないが、病死だろう、という話は小耳に挟んだ。

「死後二週間ほど経《た》っていたそうです」

周辺の家は異臭に気づいていたが、秋山氏ら役員たちは特に異臭が強くなったとは認識していなかった。役員が小井戸氏を訪ねたのは、あくまでも増えていくゴミに対応するためだった。

「遺体はどうするんだろうね、って話になりましてね。身寄りがないなら町内会で何とかせにゃいかんのじゃないか——火葬にしてお葬式ぐらいは出してやらないと、なんて話も出たんですが、どうやら親戚《しんせき》が遺体を引き取っていったようですね。その親戚が建物を売ったんでしょう、何カ月もしないうちに重機が入って、ゴミごと浚《さら》えてあっという間に更地にしちゃいました。周囲の空地までついでに均《なら》して、そこに砂利敷いて駐車場にしたんですよ」

小井戸泰志氏が亡くなったのは、一九九〇年のことと思われる。この年の三月、大蔵省は金融機関に対して総量規制を通達、それ以前から徐々に崩壊の兆《きざ》しをみせていたバブルは完全に弾けた。その七月、小井戸氏の遺体は発見された。直後、家は取り壊されて駐車場になり、以後、二年近くその状態が続く。そのあとに岡谷マンションが建設された。駐車場であった間も、特に異常なことは起こっていない、と秋山氏は証言する。

小井戸泰志氏は亡くなったとき、六十半ばぐらいだろう、という。

「いまどきにしちゃあ早いですよね。病死だった、と聞くと切なくてね。具合悪くして、何を思いながら寝てたんだろうなあ、って気がするんですよ。他人事じゃないですからね。うちの家内はまだ元気ですが、いずれどっちかが先に死んで片方が残されるわけでしょう。独りで家に残されて、具合悪くして寝込んで、そのまま死んで——ずっとそのまま、なんてね。想像すると堪《たま》らんのですが、自分にだってないとは言えない」

付近は高度経済成長期に開発された住宅地だ。付近に最寄り駅ができ、それによって急速に開発された。当時流入してきた住人は、そろそろ六十代から八十代になる。ほとんどが老人だけの住まいで、二世代以上が同居している家はあまり多くない。大多数は老人二人がひっそりと暮らし、ある日片方が亡くなって、いつの間にか残されたほうがいなくなる。するとその家は取り壊され、土地は分割されて狭小住宅が建つ。あるいは、付近の土地と合わさって単身者や若い家族向けのマンションが建つ。そうやって斑《まだら》に世代交代が起こっている。

「なんとか町内会やらでネットワークを作ろうとしてるんですが、もともとここで生まれ育った人間の集まりってわけじゃないですからね。古い住民は昔からの顔馴染《かおなじ》みだし、学校だって一緒で同級生だったり先輩後輩だったりするでしょう。だからやっぱり仲がいいんですね。けれど、我々のような新しい住民はそういうわけにいかない」

高度成長期、居を構えた若い夫婦は、そもそも核家族であり、家に縛られることを厭《いと》う。「家付き、カー付き、婆《ばば》ぬき」などと女性が結婚の条件を挙げていた世代だ。家を背負うことを厭い、合理的で進歩的、個人主義の傾向が強く、旧弊な拘束を嫌う。地縁を堅持している(せざるを得ない)田舎や下町とは違う。そもそもがばらばらで、もともとが開発された住宅地だけに、どの家もどこからかやってきた住人たちだ。それがかろうじて自治会の活動を通じて結びついていた。だが、時代とともに世代交代が起こり、それすらも切断されている。

「町内会があってもお義理な感じでしたからね。隣近所ぐらいなら行き来もしますけど、御近所みんなと親しく付き合うって土地柄ではないですし」

しかも近年、老人の姿が消えていくのと入れ替わりに、さらに若い世代が入ってくる。双方の間には世代的な齟齬《そご》もあり、馴染みにくい。しかもそうやって流入してきた世代はここを終《つい》の棲家《すみか》だとは考えていない。完全な流動民だ。

「だから、最近は人の出入りが激しいですね。若い人たちの顔は覚えきれません。頑張って覚えても仕方がない。顔馴染みになった頃には出て行っちゃいますから」

しかしながら、岡谷マンションに関しては、格別に引っ越しの多いマンションだ、という認識が、近所にもある、と秋山氏は言う。

「具体的に何がどうだって話を聞いたことはないんですが。近所のほかのマンションに比べて、人の出入りの多いとこだね、と言う人はいます。私もそう思いますね。このあたりはなべて人が定着しにくいんですが、にしてもあのマンションだけ、しょっちゅう引っ越しのトラックを見てる気がします。部屋数が何十もあるような大きなマンションならともかく、あそこはあれだけの小さな建物ですからね」

　ただ、理由については付近の住人の間でも思い当たるふしがないらしい。

「団地のほうもそうですね。なんだか人の居着かないところだね、という言い方をする人はいます。ただ、居着いてる人たちは、べつに不満もなく暮らしてるみたいですからね。まあ、たまたまそういう巡り合わせになってるんだろう、という感じですかね」

　団地のほうにも、これまでに事故や自殺、事件などが起こったことはない、と秋山氏は言う。団地が建つ以前は駐車場で、岡谷マンションが建った翌年に造成され、販売が開始された。

「ただ、団地のほうは駐車場のほかにもう一軒、家がありました。奥のほうにあった空家を取り壊して一緒に造成したんです」

　正確に言うなら、岡谷マンションの建設が始まったのは一九九二年のことだ。その翌年に完成して入居開始。さらに翌一九九四年、隣接する岡谷団地の造成が始まり、翌年には建売住宅として分譲が開始された。用地となったのは岡谷マンション予定地に隣り合う駐車場と、さらにその奥にあった住宅一棟だ。ここは空家になる前、稲葉《いなば》という夫婦が住んでいた。

「稲葉さんはもともと市内の公団住宅に住んでいたようです。それが仕事を引退して、庭のある家に住みたいってことで越してきたんです」

稲葉氏が越してきたのは、一九八五年頃のことではないか、という。

「それ以前は大里《おおさと》って家だったと思います。そこの一家が転出して、家が売りに出たんですね」

建物はリフォームされ、稲葉夫妻の手に渡った。夫妻はそこを終の棲家にするつもりだったが、地価の上昇が彼らの望みを妨げた。

「路線価がどんどん上がっていって、固定資産税だけであっぷあっぷするような有様になっちゃったんですよ。稲葉さんのところは御主人の年金だけで暮らしてたんです。奥さんのほうは年金貰《もら》うまでにまだだいぶあったから。もともと自営業かなんかで、サラリーマンみたいにどかんと退職金が出るわけじゃなし、国民年金だから月々のものだってたかが知れてる。こつこつ貯《た》めたもんも家買うのにはたいちゃって、辛抱しきれなくなったんですね。売り払って纏まった金持って田舎に引っ込んだほうがいいって。越してきたのは馬鹿《ばか》みたいに値上がりする前だったから、思いがけず、いい収入になったみたいですね」

稲葉夫妻は、結局、御主人の郷里に新しい家を求めて帰ることになった。

「ところが引っ越すときに気味の悪いことがあったんですよ。私は稲葉さんとわりに親しかったんですが、引っ越す前に『ちょっと来てくれ』って言われたことがあって」

稲葉氏は退去する前、不用な家財道具を処分した。同時に荷造りなども自分たちで行なっていたらしい。一部屋ずつ片付けては大掃除をしていく。しょせん壊される家であっても出る以上はきちんと掃除をしていく――このあたり、稲葉氏のような世代は律儀《りちぎ》だ。

ところが、その際に奥の和室の畳を上げると、下から異様な染《し》みが出てきた。

「これ、何だと思うって訊《き》かれてね。見に行ったんだけど、赤黒い染みでした。畳の隙間から染みたんじゃないかなあ。そんな形でしたよ」

その染みが何によるものなのかは分からない。ただ、かなりの量だったようだ。

稲葉さんは引っ越して以来、畳を上げたことがなかった。畳を上げてみたのは、このときが初めてだったという。

「どす黒い赤というか褐色っていうか。いかにも血の痕《あと》みたいでね。稲葉さんも気味悪がってましたし、私もぞっとしたもんです。血痕《けっこん》だとしたら出来たのは、その前の大里さんか、さらにその前の住人のときって話になるんですかね」

稲葉さんの前にその家に住んでいたのは、大里氏だが、秋山氏はあまり付き合いがなかったのでよく知らない。住んでいた期間も数年と短かったし、ほとんど姿を見掛けることはなかった、という。

「思い返してみると、あの家も人の居着かない家でしたねえ。大里さんの前には――さあ、なんていったかなあ、子沢山の家族が住んでました。これも数年ってとこじゃなかったですかね。その前は篠山《しのやま》さんといいましたか。たしか篠山さんとこの息子さんは失踪《しっそう》してるんですよ。最近姿を見ないなあと思って隣の者が訊いたら、いなくなったって。出掛けたきり帰ってこないんだ、っていうんですよ。家出だったのか失踪だったのか、よく分からないんですが。もういい大人でしたし、家族もあまり心配してるふうでもなかったから家を出ていったんだね、ぐらいに思ってたんですけど、その染みを見たとたん、それを思い出しちゃってねえ」

そう秋山氏は言うが、篠山氏の息子さんが姿を消したのは三十年ほど前のことだというから、その染みが彼のものだということはあり得ないだろう。そのあとに住んだ稲葉氏に心当たりがないのであれば、おそらくは血痕ではない。フィクションの中では美的な見地から、赤黒い血痕などと描かれるが、実は血液は非常に退色しやすい。新鮮な状態では暗赤色をしているが、日光の影響によって茶褐色から褐色、緑を帯びた褐色、墨色へと、たやすく色を変えてしまう。これは血液中の赤を呈するヘモグロビンが光の作用によってメトヘモグロビン、ヘマチンへと変化していくためだ。光の射《さ》さない場所でも赤味は数週間から一カ月ほどで消えてしまう。ごく弱い光なら数週間で、なおかつ直射日光が当たっていれば数時間以内に墨色に退色することもある。古い染みで、なおかつ暗赤色だったというなら、染料か、あるいは時間と共に暗赤色に変色していく何らかの液体だったのだろう。

「けれどもねえ。まさか血痕ってことはないだろうって。篠山さんとこで事件だとかそんな大量の出血があるような事故があったなんて話、聞いたこともないし、失踪した息子さんが絡《から》んでるんならとっくに時効ですよ。だからもう目を瞑《つぶ》って畳を敷き直したほうがいいよって言ったんです。きっと何でもないから忘れちゃいなさいって」

稲葉氏は頷《うなず》いたものの、拘《こだわ》りを感じるふうだった。自宅の畳の下から得体の知れない染みが出てくれば気味が悪いのも当然だが、と秋山氏が思っていると、稲葉氏が染みを見ながら呟《つぶや》いたのだ、という。

「この部屋、誰かの足音がするんだよね……」

どういうことだい、と秋山氏が問い返したが、稲葉氏は「もう引っ越すからいいけどね」と、頭を振ったという。

「ひょっとしたら、家を処分しちゃったのは、その足音のせいもあったんですかね。細かいことは聞けないまま越してっちゃいましたけど」

稲葉氏は転居し、家は取り壊された。隣の駐車場を含む区画に、いまでは六軒の住宅が建っている。では、稲葉邸以外の土地はどうだったのだろうか。

岡谷マンションは角地の小井戸邸、その西隣の松坂邸、北裏の根本邸、さらに北の藤原邸、都合四軒の跡地に建っている。小井戸邸、松坂邸はごく小さな建物だが、根本邸はそこそこの建物で、藤原邸は敷地に余裕のある大きな建物だったことが住宅地図で確認できる。

一方、地図上で確認する限り、岡谷団地は奥の稲葉邸、手前の村瀬《むらせ》邸、西側の政春《まさはる》邸と三軒の家が取り壊された跡地に造成されたようだ。このうち、村瀬邸と政春邸は、かなり大きな建物だった。

久保さんがそう指摘すると、秋山氏は頷いた。

「そうです。だいたいそんな感じだったと思いますね。小井戸さんの隣に松坂、裏に根本、さらに裏に藤原、これは長い間動いてません。ただ、根本さんところの家は、もともと藤原さんちの地所だったんじゃないかな。お祖父《じい》ちゃんが死んで、相続のために畑部分を分割したんだって話を聞いたことがあります。藤原さんは古くからの家だったと思いますよ。代々ここで農家をやっていたという話です」

根本氏と松坂氏は勤め人だった。地上げが始まった頃には、ともに退職して年金で生活をしていた。どちらも老夫婦の二人暮らし。子世帯は同居していなかった。

「根本さんのところは、奥さんが呆《ぼ》けちゃってねえ。一日中、家の中をうろうろ歩き廻ったり、床下に猫がいるんだって言い張って、縁の下に餌《えさ》を投げ込んだりするんです。いもしないのに、飼ってるつもりだったんですねえ。廊下や縁側にこう——べたっと伏せて、よく話し込んでたみたいですよ。倒れたのかと思って駆け寄ったら、ぶつぶつ話をしている。ミィちゃん、ミィちゃん、なんて呼びかけながらね」

家の中を歩き廻っているか、床に伏せて猫と話し込んでいるかで、家事はほとんどできなかった。慣れない家事と奥さんの世話で根本氏は疲労困憊《こんぱい》していた。

「自分だって元気ってわけじゃない。年を取ればいろいろと不具合も出てきますからね。あの人はたしか、糖尿と高血圧があったんじゃなかったかな。それで地上げの話が出たとき、すぐに家を売ってどこかの施設に入ることを考えたみたいですね」

だが、介護をしてくれる施設は、基本的に要介護者のみの入居を前提にしている。夫婦二人で入居できる施設はなかなか見つからなかった。

「それで結局、息子さんと同居することにしたみたいですね。家を売った金で二世帯住宅を買うことにした、とか言ってました。松坂さんのほうは幸い、お二人とも元気だったんで、田舎暮らしをすることにしたみたいですよ。最近じゃ、そういうのを斡旋《あっせん》してくれる自治体があるんだそうです。二人で畑でも作ってのんびりするんだ、と言ってました」

それぞれがそれぞれの事情を抱え、この地を離れていった。

「団地のほうの東側は村瀬さんでですね。ここも年寄りの二人住まいでした。娘さんの住まいの近くに引っ越すと言ってましたかね。村瀬さんの前は……そういえば、長らく空家だったかな。私が越してきた頃は、作業場か何かがあって人は住んでいなかったような気がしますが、覚えていないですねえ。その奥が稲葉さんで、ここは人の入れ替わりの多い家でしたね」

稲葉氏の前に住んでいたのは大里家だ。前述の益子さんなどの証言とも突き合わせると、数年ほどで転居していったようだ。さらにその前が関《せき》家。ここも数年に満たず転出している。さらにその前が長男が失踪したという篠山家だった。秋山氏がこの地に新居を建てて越してくる以前に、やはり新居を建てて入ってきたのが篠山家だったらしい。家はまだ新しかった。詳しく聞いたことはないが、たぶん数年と違わず転居してきたのではないか、という。

「歳《とし》はかなり上でした。うちの子が小学生のとき、あちらの長男がもう二十歳ぐらいでしたから。その長男さんが家出して、次男さんが独立して、夫婦で残っていたんですが、お二人とも相次いで亡くなっちゃいましたね」

おそらく一九七〇年代半ば頃のことと思われる。篠山氏がその家にいたのは、十年ほどということになる。

「それで売ったのか、貸したのか、次の家族が入って。ここは町内会にも入らなかったし、あまり近所付き合いのない家でした。なんだかガチャガチャした感じの家でしたね。子沢山で、どの子も野生児みたいでね。あまり豊かでない印象でした。だとしたら貸家だったのかな。行儀が良くない、っていうのか。躾《しつけ》が行き届かない感じでしたね。始終、親が怒鳴り散らしてました」

どうも荒《すさ》んだ印象のある家庭だったようだ。当時は、余裕のある人々が住む住宅地、という土地柄だったようだから、違和感があったのだろう。

「次が大里さん。ここは普通の一家でした。ただ、馴染む間もなく引っ越しちゃいましたが。——転居の理由ですか？　聞いてないですねえ。四十代の御夫婦でしたかね。幼稚園ぐらいの子供がいて。仕事の都合で、とか言っていたかなあ。いいえ、持ち家だったと思いますよ。一瞬でしたが、大里さんの入る前、売り家の札が立ってましたから」

そのあとに稲葉氏が入ったことになる。稲葉氏は四年ほどで転居していき、建物は長らく空家のまま放置された末に壊された。そのさらに隣にあったのは政春邸だ。

「ここは、私が越してきた頃、すでにいました。ごく普通の御夫婦でしたが、息子さんが結婚して同居し始めた頃からですかね、新興宗教か何かに塡《はま》っちゃってね。それで次第に付き合いが絶えちゃいました。だんだん姿も見掛けなくなってね。いつの間にかいなくなっちゃいましたね。挨拶《あいさつ》も何もないままでした。夜逃げだなんて言う人もいましたが、どうだったんでしょうか。自治会も途中で抜けちゃったので、私には分かりません」

言ってから、秋山氏は首をかしげた。

「そういえば、何度も家をお祓《はら》いしてた気もしますね。そういう宗教だったのかもしれませんが。窓開けて、そこから外に向かって塩を撒《ま》いたりね。――気になることはそのくらいでしょうか。このあたりは、なべて平和なもんですよ。事件があったこともないし、自殺やら事故やらがあったこともない。小井戸の泰志さんの件が異常――というか、まともでなかったぐらいですかね」

マンションでも団地でも、自殺などは起こっていない。少なくとも、この地域で異常な死者は出ていないようだ。唯一《ゆいいつ》の変死者が小井戸氏ということになるが、小井戸氏は縊死《いし》したわけではなく、久保さんの印象を信じるなら、自死したのは女性であって男性ではない。

「それ以前となると、ちょっと私では分かりません。もともとこの土地の生まれってわけじゃないんで」

秋山氏がこの地に越してきた当時、周辺は切り開かれて新しい戸建て住宅が並んでいたが、隙間には畑もあったし、周辺にはまだまだ田圃《たんぼ》や農家が残っていた。古くから町並みがあったというわけではなく、そもそも農家が点在する程度の、何もないところだったのではないか、と秋山氏は言う。

「だから、変な因縁みたいなものは何もないはずなんですがねえ」

## 2　転居者

秋山氏は何もないところだったのではないか、と言うが、一九六〇年以前の地図を見てみると、このあたりには大通りに沿って集落が点在していたことが分かる。特に駅前のあたりは二つの大通りが交わる場所でもあり、それなりに繁華街を形成していたようだ。一九五三年発行の地図を確認すると、岡谷マンションのある付近にも建物はあった。特にマンションと団地があるブロックには比較的大きな建物が建っていたようだ。

当時どういった住人が住んでいたのか、これは地図からは知りようがない。この頃はまだ住宅地図のようなものは存在しなかった。個別の住宅名が記載された日本初の住宅地図が大分県の別府で発行されたのが一九五二年のことだ。それが全国規模に拡大するには、さらに三十年ほどを要した。

マンション付近は基本的に、高度成長期に入ってから造成された町で、近辺の住人で昔の様子を知っている人はほとんどいない。大通り沿いに古くから町並みがあったことは分かるが、ここはバブル期に開発されて住人がほとんど入れ替わっている。過去を三十年ほど遡《さかのぼ》ったところで、我々は追跡する手段を失った。確実なのは、どうやらこの間、当該地区で事件や自殺、事故は起こっていないらしい、ということだけだ。

「どうやら、ここまでですかね」

久保さんには仕事があるから、基本的に過去を辿るため割けるのは休日の時間だけだ。私も私事で忙しく、しかも遠く京都に住んでいるので当地で取材することは難しい。地図を調べたり新聞の縮刷版を調べたり——という現地でなくてもできる手間のかかる調査には、大学時代の友人の手を借りていた。妙に後輩に信望の厚いハマさんが、暇のある後輩たちをその都度、動員して手伝ってくれた。

だが、調べようにも調べる手掛かりが徐々に失《な》くなりつつあった。ここが限界か、と我々がそう頻繁に口にするようになった頃、久保さんから電話がかかってきた。十月も終わろうとしていた。

胸騒ぎがした。久保さんがわざわざ電話をかけてくるときは、必ず何かあったときだ。

「団地を出た飯田《いいだ》さんの消息が分かったんです」と、久保さんは言って、しばらく言葉に詰まった。

「……どう受け取ったらいいのか分かりません。私、なんだか怖いです」

飯田家は岡谷団地にあって、最初に家を出ていった人物だ。居住期間はわずかに一年だった。転勤のため、ということで、家は売却するつもりだという話だったらしいが、いまに至るも売れた気配はない。飯田さんが転居後、どこに行ったのかは分からない。

団地の中にも知る人はいなかった。

その消息を知るため、久保さんが取った手段は単純明快だった。付近の不動産屋に飯田家の建物を短期契約で借りたいのだが、と相談して廻ったのだった。

久保さんは岡谷マンションを出ることにしていた。代わりの部屋を探さなくてはならない。不動産会社を廻っていて、ふと思いついた。ひょっとしたら久保さんが廻っているこれら不動産会社のどこかが、飯田さんから仲介を依頼されていないか。

そして、実際に大手一社が、一時期、飯田家の売却を依頼されていた。担当者から、そう連絡があったという。

休日ごとの不動産屋めぐりで、その一社に辿り着くまでは大変だったが、見つけてしまえば呆気《あっけ》ないほど簡単だった。

飯田家の土地建物は一九九七年、飯田家が退去してすぐに売りに出た。三カ月ほどして買い手が現れ、担当者が依頼者である飯田章一《しょういち》氏に連絡を取ったところ、親族を名乗る人物が応対に出て、依頼を取り下げさせてほしいと言ってきた、という。

飯田氏は亡くなっていた。家土地を相続することになる奥さんは入院中で、手続きができる状態になく、回復もいつになるかは分からないので、一旦《いったん》、話をなかったことにしてほしいということだった。担当者はそのとき、事故かな、という印象を受けたという。車の事故か何かで、御主人が亡くなり、同乗していた奥さんは入院中なのだろう。

そう了解して、依頼の件については了承し、見舞いに行きたいと言うと、いまはまだ見舞いを受けられる状態にない、とやんわり断られた。ずいぶん容体が良くないのだな、と思ったという。また売ることになったら連絡してほしい旨《むね》、伝えて担当者は電話を切ったが、以来、連絡はない。

事故であれば、新聞などで記事が見つかるかもしれない。どのあたりに転居したかは担当者が覚えていたので、久保さんが探してみたところ、転居先の地方紙に記事が見つかった。

ただし、事故に関する記事ではない。事件についての記事だった。

ある夜、付近の住民が飯田家から煙が出ているのを発見し、一一九番に通報した。消防隊員が駆けつけると、玄関を入ったところで妻の栄子《えいこ》さんが血だらけになって倒れていた。腕には六歳になる息子、一弥《かずや》くんを抱いていた。二人は救急車で搬送されたが、一弥くんは病院で死亡を確認。一弥くんには鋭利な刃物による刺し傷があった。これが原因の失血死だったようだ。栄子さんも数箇所を刺されていて重体。火災は二階部分を焼いただけで消し止めたが、焼け跡から主人の章一さんの遺体が発見された。章一さんは縊死していた。妻子を刺して自宅に火を放ち、自殺したものらしい。章一さんが無理心中を図ったと思われるが、動機は分からず続報はない。

「マンションと団地と、これでもう三人も亡くなっていることになります。これは偶然なんでしょうか」と、久保さんは狼狽《うろた》えているようだった。

たぶん、と思う。偶然だと捉《とら》えるのが常識的な対応なのだろう。こうやって過去の入居者を辿り、そこで「死亡」という現象に会えば、あまりにも重大な結果であるだけにそこに何らかの意味を感じてしまう。だが、普通、我々は過去の入居者をほとんど把握していないのだ。自分がいま住んでいるこの部屋に、過去、どんな人物が住んでいて転居後どうなったのかを知ることはまずない。しかも、我々が探しているのは一部屋についてだけではない。マンションの住人と団地の住人、これだけの範囲で探せば、たまたま不幸な死が重なることだってあるだろう。そもそも日本は世界で屈指の自殺大国だ。WHOの統計でも、人口十万人あたりの自殺率は先進国の中で一位二位を争う。日本人の死亡原因の三パーセント近くが自殺によるもので、自殺者数は毎年三万人を超える。これは交通事故死する人の六倍にあたる。そして、自殺者の六割が縊死を選ぶ。

「でも私、百人も捜してるわけじゃありません」

仮に捜したのが十人だとしても、この先、九十人を当たってそこに自殺者がいなければ、全体としては問題のない数字になる。――統計上の数字は、そういうものだ。ある局面では偏《かたよ》って現れる。だが、母数が多くなればなるほど統計上の数字に近づいていく。サンプル数が少ない段階で偏りを論《あげつら》っても意味がない。

「でも、飯田さんは単なる自殺じゃありません。奥さんと子供を道連れにしようとしたんですよ」

確かに事件自体は衝撃的に思える。だが、日本では無理心中は決して少なくないのだ。報道されていない、というだけのことで。

実際のところ、日本でどの程度無理心中が起こっているかは判然としない。警察庁の発表する統計には無理心中に関する数字がないからだ。ただ、かつて愛知県警が取った近親間殺人の統計を見ると、母子心中だけでも三割近くを占め、嬰児殺《えいじさつ》、配偶者殺人よりも多い。そもそも家族内の殺人は殺人事件の中で最も多く、約四割を占める。我々は見ず知らずの他人に殺される可能性よりも何らかの家族関係がある人間に殺される可能性のほうが高いのだ。

飯田氏の事件にしても、地方紙の地方欄にしか載っていなかった。全国紙で報じるほどの事件ではないということだ。妻子が発見された段階で飯田氏が行方不明であれば記事にもなるだろう。だが、報じられる前に飯田氏は自殺体で発見され、無理心中だと判断が下っている。これはどういうわけか、マスコミ的には「殺人及び殺人未遂事件」ではなく、「心中」という別現象になるらしい。「心中」は自殺の一種であって殺人の一種ではなく、自殺は殺人に比べてニュースになりにくい。昔から不思議でならないのだが、日本には家族による無理心中を軽く扱う傾向があるのだ。家族は一心同体だと看做《みな》されているのかもしれない。家族を殺して自身が死ぬことを、自身の身体を損壊してから死ぬことと同義であるかのように扱う傾向があり、これは裁判の上においても例外ではない。他人を殺して自殺を企図し死にそびれても、家族を道連れにして死にそびれても罪状は同じく殺人だが、概して後者のほうが量刑は軽くなる。

目にすることが珍しいだけで、無理心中は稀《まれ》な事件ではない。むしろ珍しくないからニュースにならないのかもしれない。

そうですね、と久保さんは答えたが、それでも割り切れないようだった。割り切れない気持ちは私にも分かる。久保さんを説得しながら、私自身、実は割り切れてなどいなかった。ただ、骨身に染み付いた懐疑主義が「これには何か意味がある」という結論に飛び付くことを嫌っただけだ。意味があるように見えるからこそ、あえて制動がかかる。制動のために理屈を探し出したのだ。

恣《し》意《い》的に理屈を用いれば結論はいかようにもなる。「何か意味がある」と直観的に信じることと、「意味があるように見えるから要注意」と本能的に尻込《しりご》みすることの間には、実はほとんど距離がない。久保さんは揺れているが、私はまだ揺れてない。これはひとえに実際に異常な音を聞いている久保さんと聞いていない私、という差に由来するに過ぎない。

いずれにしても、我々は妙にこの件から手を引きにくいものを感じていた。

知らないままで撤退はできない。

## 3　団地以前

近隣に古い住人がいない場合、寺社を頼るのが一番だ。住職や宮司がいれば土地の古い様子を記憶している可能性が高いし、たとえ無住であっても世話役がいれば、その世話役はほぼその土地の古老だ。久保さんが付近の寺院、神社を廻る一方、私は出身大学のOBに連絡を取った。私が通っていたのは浄土真宗系の大学で、周囲には寺の子が圧倒的に多かった。ほとんどは真宗系の寺の子弟だが、中には別宗派の者もいた。最も多かったのは浄土宗系の学生だったが、ほかにも禅宗や真言宗、あるいは系列大学を持たない宗派の関係者もいた。彼らの多くは実家の寺に帰り、あるいは別の地域の寺族と結婚しており、あるいは別の仏教系学校の教授や教師になっている例が多い。つまりは、寺には寺のネットワークがあるのだ。誰かこの近辺の寺に伝《つて》を持つ人物はいないか。これに応《こた》え、後輩が岡谷マンション付近に檀家《だんか》を持つ寺院を探し出して紹介してくれた。住職の林至道《はやししどう》氏は当該地区一帯に檀家を持つ。終戦の年の生まれで、以来、基本的に当地に住んでいる。寺を継いでからは二十年ほどになる。門徒は古い住民が圧倒的に多い。

我々が林氏に会ったのは、十一月初頭のことだった。私は取材に応じてくださったことにお礼を言い、当該地域の過去について訊いた。

「基本的に檀家さんではありませんので、知っていることといっても話に聞いた程度のことですが」と、前置きしたうえで、「小井戸さんと隣の松坂さん、あの二軒の家はもともと高野《たかの》さんという方の住んでおられた家の跡地に建ったのだったと思います。高野さんが家を引き払われて、土地が二分割されたんですね」

そもそも、と林氏は言う。

「あのあたりは工場か何かがあった場所だったと記憶しています。戦争中に焼失したのでしたか。私が物心ついたときにはもうありませんでしたから確かなことは分かりませんが、少なくとも戦後になってから住宅になったんだと思います」

高野家は戦後、その跡地に建った。

「高野さんと、その隣に藤原さんという方がお住まいでした。戦後すぐのことだと思いますが、はっきりした年代までは分かりません。あのあたりは総じて、戦後にばたばたと家が建ったところです。それまでは田圃や畑ばかりだったのですが、それが、あっちが欠け、こっちが欠けして家になっていって、住宅地になったのです」

高野家はのちに二分され、小さな家が二軒建った。藤原家は後年、敷地の一部を売却してそこに根本家が建ったが、バブル期まで現地に居住していた。

「藤原さんは地元の古い方です。もともと大きな農家だったと記憶しています」

この高野家、藤原家の跡地が、小井戸、松坂、根本、藤原という四家になり、現在の岡谷マンションになっている。一方、岡谷団地のほうは、

「政春さんという家があって、そちらも最近までお住まいでした。いま、団地になっているところにあった家です。そして川原《かわはら》さんだったですかね。奥が川原さんで、手前が後藤《ごとう》さんとおっしゃったと思うんですが」

秋山氏の記憶と突き合わせると、そもそも後藤家の住んでいた家が作業場になり、それが空家になって後年、村瀬夫妻が転居してきたものらしい。とすると、政春、川原、後藤の三家が岡谷団地になったと考えて良さそうだ。この三家は戦後になって当地に移り住んできた。

「川原さんが引っ越されてあとのことは残念ながら分かりません」

篠山家が出ていったあと、何人か住人が変わったことは朧《おぼろ》に記憶しているが、住人のことまでは覚えていない、と林氏は言う。近所というわけでもなく檀家というわけでもない。基本的に、高度成長期以降に流入してきた住民のことはよく分からない。

「古いお家《うち》の方は、それこそ学校で一緒だったりしましたから、まだ記憶にあるんですが、そのあとの開発で入ってこられた方は、お付き合いがないので。あの頃、急に生徒数が増えて学校も新設されて、校区が分かれてしまったんです。ですからうちの子供と

は学校も違います。そうでなければ子供の縁でお付き合いもあったのでしょうが」

マンション用地にあった二家と団地用地にあった三家、これらの家で事件などがなかったか尋ねてみたが、林氏の返答ははっきりしなかった。

「きっといろいろなことがあったのでしょうが……、お付き合いがあったわけでも、御近所だったわけでもないので分かりません。断言はできませんが、基本的に平和な土地柄なので、あったとしても大した事件ではなかったのじゃないでしょうか」

何もなかった、という表現ではなかった。だが、重大な事故や事件があったことを隠している口振りでもない。長いあいだ人が暮らせばいろいろある。中には口にしにくい性質のこともあるだろう、という感じだった。

久保さんが何度か水を向けてみたが、林氏はそれ以上のことは口にしなかった。口にすることを憚《はばか》られるような何事かがあったのか、本当に何もなかったのか。結局、判然としないままだった。

「何もなければ、ないと断言できるわけで」と、林氏の許《もと》を辞去した帰り、久保さんはしきりに首をかしげていた。「断言しないってことは、何かがあったって暗に認めているってことなんじゃないでしょうか」

かもしれない。寺という立場上、滅多なことは言えないということなのかも。

「にしても、ちょっと意外でした」と、久保さんは言う。

何がですか、と訊くと、

「私が、実は部屋で妙な音がするんです、という話をしたとき。林さん、結構、淡泊な反応だったでしょう。お寺さんなんだから、もっと前向き——というか、違う反応が出てくるもんだと思っていたので」

言わんとすることを悟って私は苦笑した。怪談話でも、怪異の被害者が救いを求めるのは寺社だ。特に寺には、ものの分かった住職がいて助力や助言をしてくれるタイプの話が多い。

寺にもいろいろあるんですよ、と私は言った。私の出身大学は、浄土真宗系の大学で、したがって後輩の伝で紹介してもらった林氏も、やはり真宗だ。そして、浄土真宗では基本的に悪霊《あくりょう》や幽霊の存在を想定しないのだ。阿弥陀仏《あみだぶつ》の本願によってなべて衆生は往生するのだから、往生できずに迷う霊など理屈上はいるはずがない。例外はあるのだが、怪談で言われるような、事件や事故の不幸な犠牲者や自殺者が迷って出ることはないはずだ。だから学生も、遊びとしては怪談を楽しむけれども、祟《たた》りだ怨念《おんねん》だと真剣に語る気風に乏しかった。

「そうか、悪人正機説でしたっけ。悪人だって極楽往生するんだから、幽霊なんているはずがないんだ」

それはだいぶ違います、と卒業生の義務として否定しておいた。悪人正機の「悪人」とは、いわゆる悪人――罪人のことではない。我々凡夫は、みな等しく煩悩《ぼんのう》に支配された悪人なのだ。「善人」には、その自覚がない。だから、「善人なおもて往生をとぐ」なのだし、悪に無自覚な善人が往生できるのなら、自らが悪人だと自覚できている人間が往生できないはずがない。だから「いわんや悪人においてをや」なのだ。

実際に宗旨のうえで幽霊の存在をどう取り扱うか、議論されたかどうかは寡聞《かぶん》にして知らないが（私の専攻はインド仏教学で、真宗学ではなかった）、自分が接していた教師、学生のほとんどが、怪異の存在に対しては淡泊だった。あると断言するのもどうかと思うが、ないと断言するのも狭量だ。問題がなければ信じたいほうを信じればいいんじゃないの、という態度だった。

「なんか、意外です」

お寺さんなのに、と久保さんが言うので、お寺さんだから、なんじゃないですか、と答えた。実家が寺で、死者と頻繁に付き合っていると、死者を異常なものとして捉えることは難しくなる。死は不吉なことでも忌《い》まわしいことでもなく、当たり前のことだ。死者の霊は尊ぶべきもので、禍々《まがまが》しいものなどにはなり得ない。目の前に死者を慕い、死を悲しんで供養《くよう》しようという遺族がいればいっそうそうなる。たとえ死者が迷い、無念が残ることは受け入れられても、怨霊悪霊の存在は受け入れにくい。人は死ねば、成《じょう》仏《ぶつ》するか、さもなくば成仏しそびれて六道を迷う。それは恐れるべきことではなく、悲しむべきこと、不幸なことだ。

だから、幽霊だ祟りだと深刻に騒ぐような感性にはならないのだと思う。夜に集まって怪談話にうち興じ、つい悪乗りして近郊の心霊スポットに出掛ける——若者のすべてによくある話で、私も含め、私の周囲にいる学生も例外ではなかったが、怖い雰囲気を楽しむだけで、霊が祟りが、と深刻な事態になることはなかった。たとえなにがしかの怪異らしきことが起こっても。

以前一度、友人のハマさんたちが奇妙な体験をしたことがある。京都の郊外に「出る」といわれるトンネルがある。クラブのコンパのあと、知り合いの下宿に流れて、そこで話し込んでいるうちに怪談になった。あのトンネルは出るらしい、という話題が出て、全員で「行ってみよう」という話になった。面白がってハマさんがテープレコーダーを担《かつ》ぎ出し、マイクを繋《つな》いで、車で向かう道中、実況録音をした。気分はテレビの心霊番組だ。

車はトンネルに差し掛かる。マイクを握ったハマさんはもっともらしいレポートを続けている。全員、盛り上がりながらトンネルに入った。そして、ちょうどトンネルの真ん中まで来たときだ。突然、車体の下でタイヤがバーストするような激しい音がした。

車中は静まりかえり、そして大騒ぎになった。もちろん車に異状はない。何の音だったかは未《いま》だに分からない。その時の出来事は、しばらく語り種《ぐさ》になっていた。

びっくりしたし、瞬間、ぞっとした、と参加者は言う。トンネルを出て、ひとしきり「なんだなんだ」と騒ぎになったようだ。テープには、異音と騒ぎが録音されていた。けれどもそれは、彼らにとって「恐ろしいこと」でも「忌まわしいこと」でもないようだ。参加者はこの話を披露するとき、「トンネルに行ったら、実際にすごいことがあったんですよお」と、さも面白いことが起こったように語る。——まあ、そんなものだ。

「そっか」と、久保さんは笑った。「じゃあ、今晩は大丈夫ですね」

たぶん、と私は答えた。この夜、私は久保さんの家を訪ね、一晩、泊めてもらうことになっていた。出不精の私がこの日はるばる出掛けてきたのは、後輩の紹介してくれた林氏に挨拶をしなければ、という思いがあったのと同時に、じきに久保さんが出てしまう部屋を最後に見ておきたい、という思いがあった。久保さんは「和室を用意しておきます」と悪戯《いたずら》っ子のように言った。「お願いします」と私は応じた。少なくとも雰囲気に呑《の》まれて怖《お》じ気《け》づくようなことはないと思う。

だが、実際にマンションを見てみると、その「雰囲気」も感じられなかった。初めて見る岡谷マンションは、ごく普通の小さなマンションにしか見えない。久保さんの言っていた通り、細かな造作が小洒落《こじゃれ》ていて、清掃や手入れも行き届いているから、むしろすっきりとした綺麗《きれい》な建物に見えた。

これは二〇四号室も同様だった。問題の和室は、意外にもさらりとした空気を湛《たた》えていた。使っていないことが明らかで、端々に雑多なものが積み上げられていたものの、こざっぱりとしている。畳の上にはラグが敷いてあった。

「こうすると音がやむんじゃないかと思って」と、久保さんは照れ臭そうに言った。

「本当にだいぶ慣れてはいたんですけど、やっぱり聞こえないに越したことはないんで。これ、敷いてから音がやんでるんですよ。少なくとも、私の耳には聞こえないです」

けれども和室に入る気はしないし、戸口を開けておく気もしない。家の中に開かずの間がある、という居心地の悪さと緊張感は消えていない。

「いちおう、風を通して掃除はしました。本当にここに布団、出します？」

出してください、と言ったものの、音がしないか確認する、という名目でリビングで夜更《よふ》かしし、ぐだぐだと他愛もない話をしているうちに夜明けが来てしまった。――したがって、私は結局、和室で「一夜」を過ごしてはいない。ちなみに、その夜は戸を開けっ放しにしておいたが、音はもちろん、怪しいものも見えなかった。薄明るくなってから和室で休ませてもらったが、何事もなく、常にそうであるように夢も見なかった。

## 4　過去

林氏の御厚意で、翌年一月、久保さんは林氏の檀家である佐熊《さくま》氏に会うことができた。

佐熊氏はマンションの近くでクリーニング店を営んでいる。

佐熊氏は取材当時、五十歳前、代々この地に住んでいる。父親の代からはクリーニング店を営んでいた。かつては完全な自営だったが、十年以上前に大手クリーニング業者の取次店になった。

「私も古い人のことはよく覚えてないんですが……」

佐熊氏が記憶している最も古い状態は、岡谷マンション用地に藤原家と松坂、小井戸家があった頃だ。

「記憶にある限り、その三家がずっと住んでましたよ。途中で藤原さんのところが地所を切り売りして根本って家が入ってきたぐらいで、バブルの頃まで変わらなかったですね。藤原さんのことはよく覚えています」

佐熊氏の亡《な》くなった父親と、藤原氏が親しかった。

「藤原さんは地元の古い人です。羽振りのいい農家だったそうですよ。このあたりにあちこち畑を持っててね。昔は大通り沿いに家があったという話ですが、戦後に通りを拡張することになって、マンションのそばの、あそこに家を建てて移ったんです。あそこも、もともとは藤原さんのところの畑かなんかじゃなかったかな。以来、自分ちのぶんだけ米や野菜を作りながら、あっちの畑を売り、こっちの畑を売りして喰ってた感じでしたよ。最後に残った家土地を狂乱地価のときに手放して、いまじゃ御夫婦で湯河原の高級老人ホームに入ってます」

あやかりたいもんですねえ、と佐熊氏は笑った。

一方、岡谷団地用地には、後藤、川原、政春の三家があった。政春家は同級生がいたので多少は知っていたが、後藤家、川原家のことはあまり記憶にない。後藤家も川原家も佐熊氏が小学生の頃にいなくなってしまった。

「団地のある場所のいちばん東側――マンション側は後藤さんですね。後藤さんがいた頃のことはほとんど覚えてません。私はまだ小学校の低学年とかだったんで。そのあとはしばらく空家だったと思います。近所の工務店の資材置き場だか作業所だかに貸していた時期もあったように思いますが。そのあとに別の家族が入ってきましたが、あまり記憶にないですね。ちょうどその家族が引っ越してきた頃、私は家を出ちゃったんで」

佐熊氏は高校を卒業後、家を離れて就職し、二十年ほど前に家業を継ぐべく戻ってきた。後藤家のあとに住んだ村瀬家は、ちょうど佐熊氏が家を出た年に転入し、佐熊氏が戻って何年もしないうちに転出していった。

「バブルの始まる頃だったか、その前だったか。——マンション用地で最初に出て行った松坂さんより前ですね、出て行ったのは」

川原家が出て行ったのは、そのさらに前のことだ。

「たぶん私が小学校を卒業するかしないかの頃だったんじゃないですかね。なので川原さんのこともほとんど覚えていないんですが、なんだかおっかない家だった記憶があります。私よりちょっと年上のお兄ちゃんがいて、その人が怖かったのかな。もう具体的なことは覚えてないですけど」

川原家が転出したあとに入ったのが篠山家だった。

「篠山さんのこともよく覚えていません。私より少し上の兄弟がいたと思いますが、ほとんど付き合いはなかったですね。私がここを離れている間に転出したようです。そのあとの家のことは、だからよく分からない。家を継ぐのに戻ってきたときは大里さんといったかな。年寄りの御夫婦が住んでましたが、すぐに相次いで亡くなっちゃいましたね。そのあとに何ていったかなあ、やっぱり年配の御夫婦が入ってこられたと思います」

稲葉氏のことだ。佐熊氏は稲葉家のこともほとんど覚えていない。まったく付き合いはなく、クリーニング店の顧客でもなかったようだ。

久保さんが、篠山家の長男が家出した件を持ち出すと、

「そういや、ありましたねえ。——確かに、息子さんが家を出て行った、という話は聞いたことがあります。私が高校生のときでしたかね。あそこは息子さんが二人いたのかな。長男のほうは跡取りだってことで大事にしてたんですけど、それが悪かったのか、あまり品行が良くなくてね。親と喧嘩《けんか》して出て行ってそれきりだって話だったと思います。戻ってきたって話は聞いてません。私は家を出てたんで、耳に入らなかっただけかもしれませんが。篠山さんが引っ越した経緯は聞いてないですねえ。どっちかが亡くなったという話だったかなあ。……いや、分からないですね」

総じて、なんだか人が出たり入ったりする家、という印象だった。この家のさらに西隣にあったのが政春家だ。ここは両親と長女、次女、長男、さらに祖母の六人家族で、次女が佐熊氏の同級生だった。

「女の子なんで、遊びに行くとかはほとんどなかったんですが。まあ、小さい頃はわりと遊んだし、学校入ってからも同じ学校だったんで。親しいというほどではなくても、よく知ってるって感じでした。幼馴染《おさななじ》みですよね。お馴染みさん」

幼馴染みは光奈子《みなこ》さんといった。お姉さんと弟さんがいた。お姉さんは佐熊氏の四つ上、弟さんは佐熊氏の三つ下だった。なので小学校を卒業して以来、どちらも同じ学校に通ったことはない。

「両親もお祖母《ばあ》ちゃんも、人の好《い》い人たちでね。お姉ちゃんはわりと美人で当時でいうマドンナ風でしたよ」と、佐熊氏は笑う。「用があって家を訪ねるとき、お姉ちゃんが出てくると、どきどきしたもんです。残念ながら、私が高校生のときにお嫁に行っちゃいましたが」

幼馴染みの光奈子さんも、佐熊氏が当地を離れている間に結婚したが、実家にはしばしば出入りしていた。

「弟さんは盛幸《もりゆき》くんといったですかね。盛幸くんも私がいない間に結婚したようなんですがね、そのお嫁さんが問題だったんですよね」

佐熊氏が戻ってきたとき、政春家は様変わりしていた。

「まったく近所付き合いをやめちゃってね。光奈ちゃんも出入りしてましたが、近所の人間とは没交渉です。お嫁さんが新興宗教に塡って、家族ぐるみ引っ張り込んだんですね。家に出入りするのは、教団の人ばっかりでね。光奈ちゃんも旦那《だんな》と入信してたみたいです。だからしょっちゅう出入りしてたけど、お姉ちゃんは家に寄りつかなかった。信者にならなかったんですね」

最初は近所の人々も心配していたが、口出しをすればするほど拒絶的になるので諭しようがなかった。政春家も近隣にずいぶん土地を持っていたようだが、次々にそれらを手放し、にもかかわらず家計はどんどん逼迫《ひっぱく》していくように見えた、という。

「全部教祖に吸い上げられちゃったんですかねえ。近所の者も、もう処置なしって感じで遠巻きにしてました。迂闊《うかつ》に口出しすると敵視されるか、逆に煩《うるさ》いほど入信しろって勧誘されるだけだったんで。どういう宗教かは、結局よく分かりません。名の通った教団じゃなかったと思います。この町の郊外に道場みたいなのがあってね、そこにみんなして通っているようでしたが、道場といっても古い民家で。政春さんちのほかにどれだけ信者がいたんですかねえ」

どうやら話を聞く限り、教祖を中心とするミニカルトだったようだ。宗旨は神道系または修験道系だったようだ、ということ以外、分からない。奇行としか思えない行動が増え、政春家は完全に地域社会から孤立してしまった。——というより、自ら閉じてしまったのだ。

「そのうち、光奈ちゃんの御両親は亡くなったようです。親父《おやじ》さんやお袋さんの葬儀も、近所の者は出てないんじゃないかな。葬式自体、出したのかどうかも分からないです」

いつの間にか亡くなっていた、としか言いようがなかった。そのうち出入りする人間を見掛けなくなって、ある日唐突に家が壊されたのだという。いつ転居したのかすら、近所の者は分からないままだった。

「政春家の人たちが信仰を始めたきっかけは何だったんでしょうか」

久保さんが問うと、

「何だろうねえ。——直接的には、嫁さんが塡っちゃった、ってことなんだけど、なんで家族ぐるみ引っ張り込まれちゃったんでしょうねえ」

佐熊氏は首をかしげてから、

「お祖母ちゃんが、私のいない間に亡くなってるんですよね。それと関係あるのかな。でなきゃ――あの家、なんか、いろいろあったようだから、それでですかね」

「いろいろ？」

佐熊氏は頷き、

「いや、私も詳しいことは分からないんですが、光奈ちゃんは自分ちをお化け屋敷だと言ってましたよ。出るんだ、って」

光奈子さんは、何者かが床下を這《は》うのだと言っていたらしい。

「床下をごそごそ這い廻って、人の坐《すわ》っているすぐ下――床の下にやってきて、そこからぶつぶつ縁起でもないことを呟《つぶや》くんだそうです。ものすごく薄気味が悪い声なんだ、と言ってたことがありました」

それはまだ光奈子さんが中学校に入ったばかりの頃だったのではないか、という。うちの床下にはお化けがいるのだと、真剣な調子で言っていた。トイレが水洗になったことをひどく喜んでいた。昔ながらの汲《く》み取り式のトイレは、下の汚物槽に何かが蹲《うずくま》っていることがあって気味が悪かった。

「――それは、実際に誰かいた、ということではなく？」

違うと思いますよ、と佐熊氏は首を振った。

「そういう言い方ではなかったです」

それは床下を這い廻る。光奈子さんが部屋の中を歩くと、床下をついてくることがあった。縁側やトイレや、床下に通じる場所に行くと、ぬっと出てきた手が触れることもある。迂闊に一階で横になると、頭の下にやってきて、ぶつぶつと何事かを呟く。「みんな死ぬ」だの、「死ね」だのという言葉が聞き取れた。気味が悪くて堪《たま》らなかったが、祖母は「あれは悪さをするわけじゃないから」と言っていたという。

「じゃあ、お祖母さんは知っていたんでしょうか」

「でしょうね。ずっと家にいるけど、悪さはしない、無視しなさい、と言われていたそうです」

きっと猫か鼬《いたち》でもいたんでしょうけどね、と佐熊氏は笑った。

祖母も了解していたということは、それはずっと政春家にいた、ということなのだろうか。そもそもそれはいつから政春家にいたのだろう。

「政春さんは地元の人ですか？」

「いや。大昔からというわけではなかったと思います。戦後に入ってきた家じゃないですかね。マンションと団地のある場所で、代々地元に住んでいた人は藤原さんだけだったと思いますよ。あの人ももともとは別の場所ですしね」

藤原氏も戦後にここに家を移したのだったか。それ以前、ここには何があったのだろう。林氏は工場があった、と言っていたが。問うと、佐熊氏は首をかしげた。

「さて、何だったんでしょうね。改めて聞いたことはなかったなあ。親父やお袋が生きていれば覚えていたんでしょうが、二人ともとっくに墓に入っちゃいましたからねえ」

政春家では何かお祓いのような儀式を行なっていた、という証言があった。だとすれば、政春家の人々は、本当に家に何かがいると思っていたのではないか。祖母によれば、それはずっと政春家にいたもののようだ。政春家の人々は慣れていて無視を決め込むことができただろうが、盛幸氏に嫁いできたお嫁さんはどうだっただろう。そのお嫁さんが最初に新興宗教に入信したというのは、意味ありげなことのように思われる。

「でも、マンションで起こっていることと、団地で起こっていることと、どちらとも関係がないですよね……」

久保さんは途方に暮れていた。

意味ありげな断片は現れるのに、いっこうに纏《まと》まらない。するとやはりすべては虚妄《こもう》かと疑いたくなる。

この頃、久保さんは新居で新しい生活を始めていた。前年十一月、駅に近いあたりに当面の住まいを見つけて引っ越した。岡谷マンションより手狭で古いが、いたって便利のいいところだ。いっそ別の場所に、と考えないでもなかったようだが、マンションの怪異に拘《こだわ》るなら、取材のしやすい場所がいい。結局、もうしばらく拘ることのほうを選んだようだった。

久保さんが新居に落ち着き、「音がしないと清々します！」と喜びの声を上げていた昨年末、私も新居に入った。大量の本を抱えての引っ越しは途方もない大事業だった。終《つい》の棲家《すみか》を決めて良かった、と思った。この先、本はさらに増えていく。二度と引っ越しなどしたくない。

私が後片付けに追われている間に、新居の暮らしが落ち着いた久保さんは、再び当地に住む古老を尋ね歩いていた。一方私は、相変わらず寺院からのルートを探る一方、当地の歴史に詳しそうな郷土史家に手紙を書いたりしていたが、いずれも結果ははかばかしくなかった。時間はあっという間に経《た》った。この夏、世にも珍しい怪談専門誌なるものが創刊された。

新居の完成祝いを兼ね、幻想文学評論家の東雅夫《ひがしまさお》さんがメディアファクトリー社の編集者と一緒にやってきたのはまだ寒い頃だったと思う。怪談雑誌を創刊する運びになったのだが、そこで何かやってくれないか、と言う。久保さんの件に関わるようになってから、読者に送ってもらった怪談をきちんと整理しなければ、と思っていた私にとっては渡りに船の企画だった。実話怪談のファンとしては、綺羅星《きらぼし》のような執筆陣も嬉《うれ》しい。

私はありがたく、その雑誌で怪談を披露させてもらうことにして、春以降、本腰を入れて集まった怪談をテキストデータにし始めていた。データの中から数本を選んで書いた。初めてのことなので緊張したし、綺羅星の間に挟まるのは僭越《せんえつ》な気もしたものの、実のところ、ちょっと嬉しかった。

## 5　小井戸家以前

久保さんは引っ越して以来、快適に生活をしているようだった。妙な音も聞こえないし、したがって家の中に開かずの間を作ることもない。夜中に仕事をしていても、何か聞いてしまうのでは、見てしまうのでは、と妙な緊張をすることもない。

一方、私はといえば、新居での生活に戸惑っていた。持ち家というのは、維持管理にこんなに手間がかかるのか、というのが本音だ。しかも、私の場合、夫とは長らく別の部屋で暮らしていた。久々に同居すると、家の中に自分以外の人間がいる生活に馴染まない。気がつくと、開けた覚えのない扉が開いている、動かした覚えのないものが動いている。同居人がいれば起こって当然のことなのだが、それまでは決してなかったことなので発見するたびに戸惑う。するはずのない物音がする。するはずないわけではない、して当然なのだ、と納得するまでに一呼吸かかる。夫とは生活時間帯がまったくずれているので余計だった。

私が新しい生活のペースを摑《つか》もうと悪戦苦闘していた間、久保さんは粘り強く伝を辿《たど》って地元の人々に聞き取りを行なっていた。その果てに、ついに鉱脈を探り当てたのは二〇〇四年九月のことだった。

「小井戸家以前の町の様子を覚えている人がいました」

もう朝晩には秋風が吹くようになっていた。久保さんから勢い込んだ様子で電話がかかってきた。

「どうやら、過去に自殺した人がいるようです」

自殺、と私は啞然《あぜん》とした。本当にいたのか、という気分がした。

「詳しいことは実際に会って伺うことになりました」

久保さんが見つけたのは、ほど近い場所にある神社の世話役をしている田之倉《たのくら》氏だった。

田之倉氏は七十八歳、この土地で生まれ、この土地で育った。生家は、大通りに沿って存在した古い集落の中で酒屋を営んでいたが、息子さんがそれを継ぎ、バブル期に店舗兼住居を手放して、代わりにそのあとに建った多目的ビルの一階にコンビニエンスストアを経営している。

久保さんが田之倉氏から話を聞くことができたのは、二〇〇四年九月末のことだった。

「小井戸さんと隣の松坂さん、あの二軒の家はもともと高野さんって人の家だったね。高野さんが家を引き払って、土地が二分割されたんだよ」

そもそも、と田之倉氏は言う。

「あそこには鋳物《いもの》工場があったね。戦争中に焼けたんだったかなあ。戦後に住宅地になったのは間違いないね」

田之倉氏の記憶によれば、岡谷マンションのあるブロックの大半が、その工場の敷地だったそうだ。ただし、北側の大通りに面する一帯と現在マンションのある東側一帯は工場の敷地内ではなかった。大通りに沿っては農家や商家が、東側には小住宅や長屋のような建物が並んでいたという。

「よく覚えてないけど、工場の社宅みたいなものだったのかな。工場の東側にごちゃっと家が集まっていた印象があるね」

岡谷マンションも岡谷団地も、その長屋などが取り壊された跡に建った家だと思う、という。

「昭和二十三年か二十四年か。帝銀事件やら下山事件やらあって、嫌な雰囲気だった頃のことだと思うよ。はっきり覚えてないけど、そのあたりに長屋やらが取り壊されて戸建ての家が建ったんだよ」

記憶を辿ってもらったが、正確なところは判然としない。一九四九年前後のことだったようだ。工場はすでに焼け跡になっており、長屋や小住宅は取り壊された。中には畑になる土地もあったが、総じて順次、住宅になっていった。

南東の角地に建ったのが高野家だった。

「高野さんは転入してきた人だね。普通の勤め人だったと思うよ。お堅い印象があるから、銀行とかそういう関係じゃなかったかな。なのに奥さんが自殺しちゃったんだ。それで結局、仕事も辞めて家も引っ越しちゃったんだね」

久保さんはとある人物と会った話をして、歯切れの悪い感じで重大な事件はなかったと言われたことを伝えた。田之倉氏は苦笑し、

「そりゃ、言いにくいだろうね。俺はこんなだから、べらべら喋《しゃべ》っちゃうけど。――まあ、当事者はもういないからね。だから勘弁してもらおう」

おそらく、昭和三十年――一九五五年頃のことではないか、という。

「そのあとに開発で入ってきた人はともかく、昔からこのへんに住んでる人ならみんな知ってるよ。滅多にあることじゃないし、そうそう忘れられることでもないからね。なにしろ、娘さんの結婚式が終わった直後だったんだから。昔はね、このあたりじゃ嫁入りの前に花嫁さんが挨拶《あいさつ》廻りをしたんだ。長い間お世話になりました、ってね。鎮守の

神様に挨拶して、近所の人に挨拶してくんだ。近所の人はびっくりするよ。朝には娘について喜色満面で一緒に挨拶廻りしてた人がさ、その夜には首を吊《つ》っちゃったんだからね」

「――縊死《いし》、ですか？」

「と、聞いてるよ。結婚相手も近所の奴《やつ》だったと思うな。いまの駅向こうのあたりだったかなあ。そこの呉服屋かなんかの息子に嫁ぐことになったんだね。あの頃は結婚式場みたいなものもないし、ホテルで結婚式なんて時代でもなかった。たいがい家か近所の料理屋とかで披露宴をやるんだね。高野さんとこもそうだったと思うよ。昔、繁華街に大きな料亭があったんだが、そこでお披露目をやってね。そこから娘を嫁ぎ先に送り出して、夫婦で家に戻ってさ。奥にすうっと引っ込んだんだってさ。旦那は着替えに行ったんだろうと思ったんだが、いつまで経っても出てこない。それで様子を見に行ったら、黒紋付のまま帯締めを鴨居《かもい》に掛けて首を吊ってたんだって」

久保さんは息を呑んだ。

――この母親だ。間違いない。

「ただ、どういう理由で自殺したのかは知らないよ。相手はそれなりに繁盛《はんじょう》してた呉服屋の跡取りで、いい縁談だね、ってみんな言ってたんだけどね。おまけに実家の近所だしさ。親父さんもお袋さんも喜んでいたと思うんだけどね。なのになんで死んじゃったのかねえ。昔はそういうの、恥だと考えちゃう風潮だったからね。親父さんは居づらかったんだろうな。一周忌済ませて出て行っちゃったね。事件のすぐあとに仕事も辞めたって聞いたよ。あの頃は、家族から自殺者なんか出たら、堅い会社にはいられなくなるような時代だったんだよ」

変な話だよねえ、と田之倉氏は言う。

「職場にいられないってのは理不尽だよね。そのほんのちょっと前まではさ、特攻すりゃ褒められたわけでしょう。敵の捕虜になるくらいなら自決しろ、なんて言ってさ。その前だって切腹すりゃ天晴《あっぱ》れって褒めてたのに、いつの間に逆転しちゃったんだろうねえ」

本人にとっても家族にとっても気の毒なことだと思うんだけどね、と言ってから、

「娘さんも結局、親父さんが引っ越した頃に離縁していなくなったって話だったよ。相手は商売人だし、風評を気にするだろうから、肩身が狭かったのかねえ……」

このあたりは平和な土地柄だから、と田之倉氏は言う。

「事件とか自殺とか、あまり聞かないんだよね。もっとも、表沙汰《おもてざた》にならなかっただけかもしれないけどね。近所で大いに噂《うわさ》になったのは、その高野さんの件と、あとは――」

「篠山さんですか？　長男さんが失踪《しっそう》したという話ですが」

いいや、と田之倉氏は意外そうにした。

「ああ、そういうこともあったかなあ。噂で聞いたような気もするけど、どうだったかねえ」

基本的に、岡谷マンションのあるあのあたりの事情には詳しくないのだという。

「昔はね、配達で出入りすることがあったからどこに誰が住んでたか覚えてたけど、いつの間にかそういうこともなくなったからねえ。配達やめてからは、住人を覚えてないんだよね。町内会も別だし、あのあたりは、氏子ってわけでもないんで」

藤原家には出入りがあったが、その他の家にはあまり出入りがなかった。なので記憶が薄い、という。

「噂になったのは川原さんのとこだよ。あそこは親父さんが早くに死んで、母一人子一人だったんだよね。その母親も亡くなったんだが、あれは病気じゃないって噂が、一時期、あったねえ」

「病気じゃない？」

「うん。そこの息子が――まだ若い奴だったと思うんだが、粗暴な奴だったらしいね。しょっちゅう母親を殴る蹴《け》るしてたって話なんだ。それで母親が倒れてさ、救急車が来たときには亡くなっててね、脳卒中だったって話なんだが、いや、そうじゃない、あれは息子がやったんだ、って話がしばらくあったよ」

とっさに稲葉家の畳の下から発見されたという血痕《けっこん》のようなもののことが久保さんの脳裏を掠《かす》めたが、脳卒中なら、血痕ということはあるまい。

「ちょっと可怪《おか》しな奴だったようだね。近所の評判は悪かったな。べつに不良ってわけじゃないんだが、何するか分からないって思われていたのかね。母親に手を挙げてたのは確かみたいだよ。近所の者が——それこそ藤原さんとかね、何度も物音を聞いたらしいから。ただ、べつに警察が騒ぐわけでもないし、噂だけで終わっちゃったね。そのあとはしばらく息子一人で暮らしてたみたいだけど、いつの間にかいなくなったんだね。家が売られて篠山さんが入ってきたぐらいだから、引っ越したって話なんだろうが。だから、なんか後味の悪い家なんだよね」

田之倉氏の証言は我々に溜息《ためいき》をつかせた。

氏の言う「黒紋付」とは、母親のことだし黒留袖《そで》のことだろう。女性の第一礼装だ。もちろん帯は金襴《きんらん》などの上質な袋帯を使う。

久保さんは暗闇《くらやみ》で揺れる金襴の帯を見た。ならば、その持ち主は高野家の母親だろう。娘の祝言《しゅうげん》のあと、晴着のまま首を吊った女。女が死んだまさにその場所に、岡谷マンションは建っている。現象の平仄《ひょうそく》は合った。合ったことに、我々は困惑していた。

「……偶然、ということはあり得るでしょうか」

久保さんが言うので、偶然だとしたら出来すぎだと言うべきでしょう、と私は答えた。単純に縊死した女性の幽霊を見た、過去に縊死した女性がいた、というだけなら偶然だと言えなくもない。だが、その女性が晴着姿だということになれば、偶然だとは言いにくい。久保さんが事前に高野夫人の存在を知っていたのでなければ、何かしら超常的な手段で高野夫人の存在を感知したのだとしか考えられなくなってしまう。

それにしても、娘の晴れの日にあえて縊死するほどの動機とは何だったのだろう、と思う。娘や家族が心を痛めること、時代的にその後、生活に支障が出ることは高野夫人も分かっていたはずだ。それでもなお自死することを選択した背景には何があったのか。それなりに重い事情があったに違いないことを考えると、夫人がのちのちにまで異常な存在として残っても無理はない、という気がする。

高野家で死んだ母親が、その建物が取り壊されたあとにも土地に残り、最終的に岡谷マンションにまで引き継がれてしまった——ということなのだろうか。

「そう考えると、小井戸さんの家には、本当に何もなかったんでしょうか」と、久保さんは言う。「恨み辛《つら》みが土地に残るなら、小井戸さんや、隣の松坂さんの家にも何かあって当然って気がしませんか？」

——それは確かにする。だが、松坂氏の消息は分からず、小井戸氏の関係者の所在も分からない。当事者に確認する方法がない。

「小井戸さん、ゴミを溜めてたんですよね。それって、部屋に出る何かを見ないようにするため、ゴミで埋めたってことなんじゃ」

久保さんはそう言う。これは彼女の体験からの推測らしい。彼女は二〇四号室の和室を実質、物置にしてしまった。すると不用物をついつい投げ込んでしまう。気味が悪いから物を探しに中に入りたくない。捨てようと思っても入りたくないから先延ばしになる。

「おかげで最後には、何が入ってるか分からない闇鍋《やみなべ》みたいになってました」

そう、久保さんは笑う。

「でも──それがずっと続いて病的になってくると、小井戸さんみたいなことになるんじゃないか、って。秋山さんの話を聞いたときから、そういう気がしてるんですよね」

なるほどな、と思った。

「とりあえず高野夫人の無念が土地に残ったと考えると、二〇四号室だけでなく、四〇一号室にも怪異があったことの説明にはなりますよね」

ですね、と私は答えた。人の居着かない二〇三号室にも同じ現象が現れていたのかもしれない。だから住人は次々に引っ越していった。久保さんの前に二〇四号室に住んでいた梶川氏も同様だ。夫人の霊を目撃するなり、察知するなりしていた。これに悩まされて生活のペースを崩したのだと推測できるし、そのために転居先は新築の物件に拘った。だが、梶川氏はもう生活を立て直すことができなかった。梶川氏が縊死したのは、あくまでもその結果なのだろうが、高野夫人の存在が遠因であったと言える。

「でも、岡谷団地にも人が居着かない家があるんですよね」

黒石さんの家だ。二年以上を暮らした安藤氏が転居し、その年末には八番目の住人が入ったようだ。幼い兄弟のいる若夫婦だという。

「その家に住んでいた鈴木さんは、床を擦る音を聞いた、と言っていました。けれども岡谷団地は、高野家の跡地じゃありません」

確かにそうだ。だが、鈴木さんの証言は、屋嶋さんの体験談に影響されて出てきたものである可能性は高いと思う。事実、屋嶋さんからその話を聞くまで、鈴木さんはそのような音を聞いていない。

「首を吊った女性を見てますよね？」

単に鈴木さんは「女性を見た」のだ。屋嶋さんの話を聞いて、後づけで「首を吊った女性」だと理解した。そう解釈したほうがいいと思う。

「じゃあ、団地のほうで人が居着かない家があるのは、偶然なんでしょうか」

――そこが難しい。

建売であるにもかかわらず、常識では考えられないほど短期間で家を出た住人が二家族もいる。黒石さんが家を出たのは怪異とは関係ないと言えるし、飯田家のその後については判断のしようがない。ただ、黒石さん宅を借りた住人がわずか五年七カ月で八人も変わっているのは、どうしても解《げ》せない。これを偶然だとするのはかなり苦しい。

「しかも、稲葉さんは足音がする、と言っていたんですよね。その稲葉さんの家も、住人の居着かない家だった」

しかも政春家のことがある。政春光奈子さんは、家に「お化けがいる」と言っていた。怪異の種類はマンションの事例とは何の共通性もないが、住人が居着かないマンションの過去に高野夫人がいたなら、住人が居着かない団地にも過去に誰かがいたのではないかと勘ぐりたくなる。

「しかもその訳ありの物件が、たまたま隣り合っている？」

そう言うしかないが、これも出来すぎの感を免れない。

「――それとも、まだ何かあるんでしょうか」と、久保さんは言った。「つまり、マンションの複数の部屋に共通する何かがあったみたいに、マンションと団地の双方に共通する何かがあった」

――そう、そもそも我々はそれを探していたはずだった。人の居着かないマンションと団地。原因があるとすればその双方に共通する過去に原因があるのではないか、と考えたのだ。高野夫人の事例が出てきたが、高野家は岡谷団地の用地にはない。ならば高野家が原因ではない、ということになる。マンションで起こっている怪異の原因ではあっても、すべての元凶ではない。

「マンションと団地は工場の跡地にあるんですよね」と、久保さんが言うので、私は溜息をついた。

正確に言うならば、工場とそこに隣接する住宅地の跡地だ。

「じゃあ、さらに以前？　工場が建つ前に、工場と住宅地と双方に跨《また》がる何かがあったってことでしょうか」

かもしれない。それを探せばすべての根源が見つかるのかも。

だが、高野夫人に辿り着くまでに、我々は二年以上の歳月をかけている。遡《さかのぼ》れば遡るほど、証言も手掛かりも減っていく。これで根源に辿り着くには、さらにどれだけの時間がかかるのだろう。

諦《あきら》めたほうが良くはないだろうか。実際問題として久保さんは引っ越してしまったし、もう何の影響もない。実質的な影響もない事柄に余暇を捧《ささ》げるのは馬鹿《ばか》げている。

私が言うと、久保さんはきっぱり否定した。

「高野夫人の存在が出てきてしまった以上、ここで引き下がれませんよ。いまさら撤退できるぐらいなら、最初からここまで食い下がってないです。違いますか？」

その通りです、と私は敗北を認めた。

# 五　戦後期 I

## 1　高野家

粘り強く地元を探し廻って、二〇〇五年早春、久保さんは高野家の知人を発見した。証言してくれたのは、日下部清子《くさかべきよこ》さん、千香《ちか》さんの母娘《おやこ》だ。清子さんは取材当時八十七歳、足腰が弱って外出には車椅子《くるまいす》が必要だったが、言葉も記憶もしっかりしておられた。娘の千香さんは六十八歳、他県に嫁いでいたものの、六年前、御主人が亡《な》くなったのを契機に、お母さんの世話をするために実家に戻った。母親の清子さんは自殺した高野家の母親——高野トシヱさんと懇意で、千香さんはその家の娘、礼子さんと親しかった、という。

「トシヱさんは、私より一廻り近く年上だったかしらね。お花のお稽古《けいこ》で一緒で、ずいぶん親しくさせてもらいました。そのうち娘が一緒にお稽古に行くようになりましてね。それでお互いの家を行き来するようになって。そうしてるうちに娘が礼子さんと仲良くなったんですよ」

千香さんは頷《うなず》く。礼子さんは千香さんの五歳上、千香さんが長女なのに対し、礼子さんは高野家の三女だった。

「娘さんばかりの三人姉妹だったんです」と、千香さんは振り返る。「事件が起こったときにはお姉さん二人はもう嫁いでいて、家に残っているのは礼子さんだけでした。お祖父《じい》さんと御両親、礼子さんの四人暮らしでした」

礼子さんの父親である高野氏は金融機関に勤めていて、余裕のある家庭だったという。母親のトシヱさんは専業主婦で、お花のお稽古に行ったり、洋裁教室に通うなど、ゆとりのある暮らしぶりだった。

「礼子さんは高校を卒業してから、一度、お勤めをするのに家を出てらしたんです。東京で事務員をしていると聞きました。それが事件の年、家に戻って来られたんですよ。花嫁修業をさせる、とお母さんは仰《おつしや》っていたそうですが、礼子さんが戻ってきた頃からお母さんの様子が少し可怪《おか》しくなりました。礼子さんが原因なのじゃないかと、母とも話していたんです」

これはあくまでも噂《うわさ》ですけど、と千香さんは前置きして、

「東京で良くない男の人に引っ掛かったらしい、なんて噂を聞きました。それで両親が慌《あわ》てて連れ戻したんだ、って。私も礼子さんから直接何かを聞いたわけではないんですが、当たらずとも遠からずなんじゃないかという気がしています」

清子さんによれば、礼子さんが戻ってくる前後に、トシヱさんがバタバタしている時期があったのだそうだ。何か大変な揉《も》め事が持ち上がった、というふうだったらしい。どんな揉め事かは、清子さんが何度水を向けても言わなかった。口に出せない種類のことなのだな、と清子さんは思ったという。

「そうしたら、礼子さんが戻ってきて。それですうっと落ち着いたようだったので」

ただし、トシヱさんの様子は変わった。どこか可怪しいと思うようになったのは、ある事件がきっかけだったという。

清子さんはトシヱさんの家に向かった。どんな用件だったかは忘れてしまったが、この日、夕食後にどこかへ出掛ける用事があって、トシヱさんを誘いに行ったのだ。夕飯のあとに女が家を空けて出掛けることは稀《まれ》だった時代だから、たぶん共通の知り合いのお通夜《つや》だったのではないかと思う。

高野家を訪ねると、すでに外出着に着替えたトシヱさんが待っていた。二人で連れ立ち、お喋《しゃべ》りをしながら家を出たところで、ふいにトシヱさんが足を止めた。周囲を見廻し、怪しむように隣近所のほうを窺《うかが》う。どうしたの、と清子さんが訊《き》くと、

「あなた、聞こえなかった」と真顔で言う。

何が、と清子さんは問い返した。実のところ、清子さんは子供の頃に患《わずら》った病気のせいで当時から少し耳が遠かった。注意していないと周囲の音を聞き漏らすことが多かっ

た。

「聞こえなかったんだったら、いいのよ」

トシヱさんは言って歩き始める。すると、しばらくしてまた足を止めた。また何か聞こえたのだろうか。清子さんが首をかしげていると、トシヱさんは身構えた様子で周囲を見渡し、付近の塀や生垣の間を覗《のぞ》き込んだ。

どうしたの、と問うと、「いまのも聞こえなかったの」と言う。トシヱさんは清子さんの耳のことを知っている。清子さんは、自分が例によって聞き漏らしたのだろうと思った。

「お喋りしてたから。なあに？」

問うと、トシヱさんは顔を寄せて声を低めた。

「赤ん坊の泣き声がするのよ」

言われて清子さんは耳をそばだて、周囲を窺ってみたが泣き声は聞こえなかった。近所の家からラジオの音や団欒《だんらん》の声が微《かす》かにするだけだ。当時、NHKによるテレビ放送は始まっていたが、肝心の受像機はまだまだ普及には程遠かった。夜の街角は静かだった。

トシヱさんはさらに顔を寄せてきた。生温かい息が顔にかかった。

「夕べもよ。ずっと泣き通しで、寝られなかった。わざと泣かせてるのよ」

清子さんは、ぽかんとした。「わざと泣かせてる」とは、どういうことだろう。

「近所の嫌がらせなのよ。わざと夜通し泣かせてるの。寝不足でどうにかなりそうだわ」

だが、トシヱさんの近所には赤ん坊のいる家などないはずだ。清子さんはそう指摘して、

「猫の声なんじゃないの？　うちの隣の猫も近頃、賑《にぎ》やかよ」

そう言ったとたん、トシヱさんは唇に指を当てた。そのまま目線で周囲を窺う。見開いた眼に白眼が異様に白々と見えて、どこか異常な感じがした。トシヱさんは清子さんの腕に腕を絡《から》ませ、ぐい、と引っ張った。先へと促しながら、身を屈《かが》めるようにして顔を寄せてくる。そして、

「いないはずなのよ、赤ん坊なんて。なのに声がするなんて可怪しいでしょう。きっと隠してるのよ」

「隠すって」

「どこかから子供を借りてきて隠してるの。そしてわざわざ泣かすのよ。泣き声を聞いて私がおろおろしているのを見て笑ってるんだわ」

トシヱさんの口許《くちもと》が歪《ゆが》んでいた。——清子さんの知るトシヱさんは、いかにも裕福な家庭の奥様然とした女性だった。声を荒らげることもなく、俗っぽい言葉遣いもしない。

下卑た振る舞いをすることもない。それが、どこか病んだふうに様変わりして見えた。

「それも、一軒や二軒じゃないのよ。さっき裏の家で泣いてたかと思うと、じきに隣で泣き始めるの。近所ぐるみでやってんのよ」

「近所ぐるみ、だなんて」と、清子さんは気圧《けお》されたまま、「どうしたの、あなた。御近所と揉め事でもあったの」

「向こうが仕掛けてくるのよ。——申し合わせてやってるの。あんなに大勢、大声で泣いてるのに、聞こえるのがうちだけなんてあると思う? なのに煩《うるさ》くしないでくれ、って言いに行くと、みんなで寄って集《たか》って赤ん坊なんていやしない、なんて言うのよ」

近所中がそう言うのなら、赤ん坊などいず、泣き声などしていない、それが事実なのではないかと思ったが、清子さんはもうそれを言葉にすることができなかった。トシヱさんの様子が明らかに可怪しい。ぎらぎらした眼で周囲を窺いながら、さも重大な秘密を暴露するかのように声を低め大真面目《おおまじめ》に語っている。

「私が出掛けると、いまみたいに物陰をついてきて泣かすんだから。それも、私にしか聞こえない時を狙《ねら》って泣かすの。本当に質《たち》が悪いったら」

清子さんには、そうなの、としか言えなかった。街灯の光でトシヱさんの顔には影が落ちていた。底光りするような両眼が周囲を窺うのと、吐き捨てるように言う歪んだ口許が痙攣《けいれん》するように震えているのだけが見えた。

声などしない、気のせいだ、と強く諭すべきだったのかもしれない。だが、気圧された清子さんは、とりあえず「そうかしら」「そうなの」と肯定的に受け流した。そのせいだろうか、トシヱさんは清子さんと秘密を共有した気になったようだ。その日、トシヱさんは何度も周囲を窺う様子を見せた。そのたびに清子さんの袖《そで》を引いて「ほら」というように目配せをする。二人きりになれば堰《せき》が切れたように周囲が嫌がらせをする、と言い募る。傷のついたレコードのように同じ言葉を繰り返した。

以来、トシヱさんは折々に、清子さんに対してそんな様子を見せるようになった。ときには、突然訪ねてきて滔々《とうとう》と捲《まく》し立てることもある。辟易《へきえき》して「私にはちっとも聞こえないんだけど」と言ってしまったことが一度だけあるが、するとすっと熱が引くように冷ややかな顔になり、眼を細めて「あなたも仲間なの」と呟《つぶや》いた。そのときの冷えとした声が怖くて、つい「そういえば聞こえたかしら」などと話を合わせるようになってしまった。

「……あとで思うと、それが悪かったのかしら、と思うんですよ。ちゃんと諭しておくべきだったのかしらって。そうでなければ、御主人なり礼子さんなりにきちんと話をしておくべきだったんじゃないか、って」

そうすべきかもしれない、と思いつつ、それができずにいた。あまりに極端になったらそのときは、と言い訳をして先延ばしにしたのが悔やまれる、と清子さんは言う。

「結局、それが原因だったんですよ。あの人があんなふうに死んだのは」

娘の礼子さんがお見合いをして縁談が纏《まと》まって、そうしたらしばらくトシヱさんの奇行は治まった。清子さんはそれですっかり安心していたのだが。

「……それが結婚式のときに出ちゃったらしいんです」

婚礼は身内だけで行なわれた。したがって清子さんも千香さんも列席していない。だが、その席上でトシヱさんが激高したという噂は聞いた。

トシヱさんが例によって、いもしない赤ん坊の声を聞いたのか、それとも親戚《しんせき》の誰かが赤ん坊が泣いてるね、と言ったのか、そこのところははっきりしない。だが、それをきっかけに、親戚まで嫌がらせをする、縁談をぶち壊す気か、と誰彼かまわず罵《ののし》って大変な騒ぎになったという。

「それで旦那《だんな》さんがトシヱさんを連れて帰って。お祖父ちゃんたちがその場に残って平謝りして。――そしたら、家に帰るなり、死んじゃったんですね」

たぶん、と千香さんは言う。

「礼子さんに恋人がいたという話は、本当だったんじゃないでしょうかねえ。礼子さんはわりと開けた人で、就職して独り暮らしするのも、お父さんやお祖父ちゃんが反対するのを押し切って行っちゃったんです。就職してからはどんどん綺麗《きれい》になって、垢抜《あかぬ》けて、あの頃はビジネス・ガールなんて言ったんです。時代の最先端だったんですよ」

清子さんは頷いた。

「けれども、ここらはまだまだ田舎でしたから。お祖父さんもお父さんも、そりゃあ堅い人でしたし。礼子さんの振る舞いは目に余るようでしたよ。始終小言を言うのですけど、礼子さんがまた、それに反発するタイプだったしねえ……」

「お嫁入り前に男の人とお付き合いするなんて、まだまだあり得ないことだったんです。親が薦める人とお見合いして結婚するのが当たり前で。なんですけど、礼子さんは地元にも男友達が多かったし、町でも気軽に立ち話してたりして、ちょっと悪い感じっていうんでしょうか、そういう男友達が多かったですし、私のほうが年下なんですけど危なっかしい人ね、という気がしてました」

「東京でいい人ができて、お腹《なか》が大きくなっちゃったんじゃないですかねえ……。流産したか堕《お》ろしたか。それで家に帰ってきたのかな、という気がするんです。だからトシヱさん、あんなに赤ん坊がって怯《おび》えてたんじゃないかしら」

トシヱさんは怒っていたし、狼狽《ろうばい》していた。だが、常にその底には怯えのようなものが感じられた、という。

話を聞く限り、あり得ることのように思われた。だが、思わず他家のスキャンダルを聞く破目になって久保さんは困惑した。千香さんはそんな久保さんの様子を誤解したのか、

「飛躍しすぎだって仰りたいんでしょうけど。……でも、たぶんそういうことなんだと思うんですよ」

言って、清子さんと目を見交わした。そして、

「……だって、私、本当に聞いたことがあるんですよ。……赤ん坊の声」

久保さんが驚いて見返すと、

「馬鹿《ばか》な、って思われるでしょうけど。礼子さんのお家《うち》に遊びに行って。……お嫁入りの前でした。結納の品を見せてもらったんです」

祝いを渡しに行って、座敷に通された。当時は、結納のために贈られた品々を座敷に飾って来客にお披露目することがよくあった。礼子さんにそれらを見せてもらっていると、トシヱさんがお茶を運んできた。品よく微笑《ほほえ》み、礼を言いながらお茶を出すトシヱさんの手が唐突に止まった。

「お茶碗《ちゃわん》が倒れて茶托《ちゃたく》からお茶が溢《あふ》れて、さーっと座卓の上に広がっていって。それが雫《しずく》になってパタパタッって畳の上に零《こぼ》れたんです。そうしたら礼子さんのお母さん、両手で掻《か》き集めて掬《すく》おうとしたんですよ」

あまりに異様な様子だったので、いまも記憶に鮮明だ。千香さんは当時、トシヱさんが可怪しいという話を母の清子さんから聞いていたので、これか、と思った。

トシヱさんは座卓や畳の上を撫《な》で廻すように手を動かしながら、怯えた顔つきで周囲

を窺っていた。礼子さんが驚いたように声を上げ、トシヱさんを叱《しか》った。そのときだ。

——おあぁぁぁ。

確かに、赤ん坊の泣き声が聞こえた。それも座敷のすぐ間近だった。縁側か、縁側の外か。その程度の距離だ。なのにどこかくぐもって聞こえる。まるで床下から聞こえでもしているように。

千香さんがはっとするのと同時に、トシヱさんが——そして、礼子さんまでもが耳を押さえるようにして頭を抱え込んだ。

……礼子さんにも聞こえているんだ……。

千香さんは、そう思った、という。

「二人とも、慌てて取り繕っていましたけど、顔色が真っ青でした。——それまでも母と、そういうことなんじゃないの、って話はしていたんですけど、間違いないと思ったんです。本当にやってしまったのね、って」

清子さんは頷いた。

「礼子さん、さばけていたようでも、当時の娘さんですからねえ」

千香さんもまた頷く。

「結婚もしないうちにお腹が大きくなるなんて、本人にとっては癌《がん》の告知を受けたみたいなことだったと思うんですよ。だから怒られるのを承知で親に相談したたし、穏和《おとな》しく連れ戻されたんでしょう。そうでなかったら帰ってきて、親の薦めるまま結婚したりしないと思います。そういうタイプの人じゃなかったですから」

トシヱさんが死んで、礼子さんはたいへんな嘆きようだった。初七日を終えて婚家に行ったものの憔悴《しょうすい》し切った様子で何度も実家に戻ってきた。結局、一周忌が済んで高野家が家を引き払う頃には、婚家からも姿が見えなくなり、婚家は「離縁した」とだけ説明した。その後の高野家の消息は知れない。

「罪の意識があったんじゃないでしょうか。口ではお母さんのせいで婚家に居場所がない、なんて言ってましたけど、強がってる感じはしました。そのうち姿が見えなくなって、連絡も取れなくなって……。お嫁入りする前は、見習いって感じで相手方のお店に出てたりもしてましたが、結婚してからお店で姿を見掛けたことはありません。婚家のほうも嫁のことには触れてくれるな、という雰囲気でした」

言って、千香さんは「ついていったんだと思いますよ」と呟いた。

「一度だけ、婚家に訪ねていったんですけど……。そこでも聞こえました、あの声。お母さんのお通夜でもしてたんです。お悔やみに行って、私たち礼子さんの知り合いは礼子さんの部屋に集まってお膳《ぜん》を頂いたんです」

昭和三十年頃のことなので、礼子さんの部屋は四畳半の和室だった。ベッドのようなものはなく、文机《ふづくえ》と鏡台があるだけで、そこに座布団《ざぶとん》を並べ、略喪服の女性ばかりが数人、集まっていた。千香さんもそうだ。ウールの普段着の着物に黒い帯を締め、壁に背を向ける形で正座していた。憂鬱《ゆううつ》な気分で知り合いたちの会話を聞いていると、ふいに背後で赤ん坊の泣き声がくぐもって聞こえた。

その子は途切れ途切れに泣いていた。壁の向こう――あるいはさらにその床下。ぎょっとして周囲の人たちの顔を見たが、どうやらその声に気づいたのは千香さんだけだったようだ。席を立って帰りたい――真剣にそう思っていたら、背後からすっと隙間風《すきまかぜ》のようなものが吹いてきた。驚いて振り返ったが、そこにはのっぺりとした壁があるだけだ。空気が通うような隙間さえなかった。同時に声は聞こえなくなった。

全員で連れ立ち、挨拶《あいさつ》をして帰ろうとしたときだ。知り合いの一人から、「あなた、どうしたの」と声をかけられた。知り合いは千香さんの足袋を示した。踵《かかと》のあたりに小さな赤い染《し》みがついていた。

怪我《けが》でも、と言う相手に首を振った。「そう？」と呟いて、知り合いは笑った。

「手形みたいね。すごく小さな」

声が漏れるのを抑えるので必死だった。震えながら家に戻り、足袋を脱いでみると、踵の小鉤《こはぜ》のあたりに小さな赤い染みがいくつもついていた。千香さんは壁を背に正座していたのだから、足は壁に向いていたことになる。まるで壁の中から伸びた何かが、千香さんの踵に触れたかのようだった。赤ん坊の手にしても小さい――けれども確かに手形のように見える染みだった、という。

「本当を言うと、それ以来、礼子さんに会うのが怖かったんです。婚家に行ってからも、心細いから遊びに来てちょうだい、と言われてましたけど、行きたくなくて……。でも、友達が行こうって言うもんですから。一緒に行かないと変に思われると思って無理して行ったんですけど、やっぱりそこでも声が」

以来、千香さんは一度も礼子さんを訪ねていない。友達はその後も何度か遊びに行ったようだが、礼子さんの様子が異常だ、と千香さん同様、避けるようになった。友達が遊びに行ったとき、礼子さんは婚家の建物が可怪しい、としきりに訴えていたらしい。赤ん坊の泣き声がする、壁から子供が湧《わ》いて出るんだ、と憑《つ》かれたように呟いた。礼子さんの様子は知り合いの間でも有名になり、自然、全員が彼女と疎遠《そえん》になっていった。そのうちに礼子さんの姿は消え、そして高野家の消息は途絶えた。

「いま、どこでどうしているんでしょうか……」

千香さんは呟いた。

存命であれば七十過ぎになる。どこでどうしているのか、どんな人生を送ったのか。再婚はしたのだろうか。子供は持ったのだろうか。――今もそれは聞こえるのだろうか。

## 2　怪

高野トシヱが死を選んだ理由は分かった、と思う。いきさつを考えれば無理もない、という気がする。そしてトシヱを縊死《いし》に追い込んだのは「赤ん坊の泣き声」だ。これは日下部千香さんにも聞こえていた。たぶんトシヱが罪の意識から幻聴を聞いたわけではなかったのだろう。

そして、と久保さんはぽつりと言った。

「屋嶋さんも聞いてますよね、『赤ん坊の泣き声』……」

屋嶋さんだけではない。二〇四号室の先住者、梶川氏も聞いていたのではないか。転居先の大家、伊藤さんの話を思い出すと、そう疑いたくなる。

「泣いているのは礼子さんの子供ですよね。それがいまもあの場所に留まっている？」

ということになる。――だが、本当にそうなのだろうか。

私には、少々気になることがあった。それは、高野トシヱが赤ん坊の泣き声を、あたかも複数であるかのように表現していたことだ。実際に本人から聞いたわけではないから確かなこととは言えないが、日下部清子さんが話してくれた逸話を聞いているとき、私がイメージしたのは複数の「赤ん坊の泣き声」だった。

録音を起こしたものを確認しても、清子さんは「あんなに大勢、大声で」という表現をしていた。これはもちろん、清子さんが言い間違えただけなのかもしれない。しかしながら、清子さんもまた、トシヱの話から複数の「赤ん坊の泣き声」をイメージしていたのではないか。それが本人も意識しないままこの表現に現れたのではないか、という気がした。

ここに拘《こだわ》るのには理由がある。私の手許には数多くの読者から集まった怪談がある。前年からそれを清書して、テキストデータに纏め始めた。集まった怪談は本人が体験したものも多いが、体験者から聞いた話も多い。それらを写していて思うのは、意外に人はこの、物書きでもなければ意識しないような些細《ささい》な言い廻しに実は敏感なのだ、ということだ。怪談を聞くとき――そして語るとき、このほんの些細な言葉遣いが、思いのほか重要であることがある。写したテキストをもとに怪談の原稿を書くとき、この言い廻しを削ったり改変したりすることはできない。微妙な言い廻しが作る「イメージの膨らみ」とでもいうべきものが、怪談話の生命線だったりして、表現を壊すと話そのものが怪談として成立しなくなるのだ。だからだろう、怪談が語り継がれるとき、この生命線だけはよく保存される。割愛や脚色があっても、微妙な「イメージの膨らみ」――その由来となる言い廻しだけは不思議なほどよく残る。

これは同様に、千香さんの語った友達の証言――礼子が言っていたという「湧いて出る」という言葉にも当て塡《はま》る。壁から赤ん坊が「湧いて出る」。このときイメージされるのは、やはり複数の赤ん坊だ。床から、ならばともかく、壁から赤ん坊が一人出てくるのだったら、「湧いて出る」という表現にはならない、と思う。

私はそう感じるのだが、久保さんは困惑顔だった。

「そんなものなんでしょうか……」

考えすぎじゃないか、と久保さんは言う。状況から考えて、高野礼子が流産なり堕胎なりを繰り返していたとは思えない。

そう指摘されればそれもっともで、真実など確かめようもない以上、その件については棚上げするしかない。だが、私はどうもよほどこれが気になったらしく、この頃、周囲にいる作家にしきりに問いかけてみた。

「湧いて出る、って言ったら、複数？　単数？」

私は大学時代、別大学にある推理小説研究会に所属していた。そこからは複数の作家が出ていて、全員が京都に残ってクラブの延長のような生活をしている。機会あることに彼らに問いかけてみたところ、答えは半々というところだった。「本格ミステリなら、『湧いて出る』は複数を示す伏線」と、らしいことを答える者もいれば、「単なる伝聞の怪談なんだから、そこまで微妙な言い廻しに拘っても意味がない」という答えもあった。怪談だからこそ意味があるんだ、という私の主張は、どうも理解されにくかったようだ。

そんな折、怪談誌に連載を持ったおかげで怪談作家に会う機会に恵まれた。同じ怪談誌に連載を持っておられる平山夢明《ゆめあき》氏だ。氏は実話怪談の蒐集《しゅうしゅう》家でもあり、同時に優れた幻想小説、ノワール小説の書き手でもある。

「壁からなんだから、複数じゃないですか」

そう、『超怖い話』シリーズの編著者に言ってもらってようやく溜飲《りゅういん》を下げた。

「壁からぼこぼこっと出てくるわけでしょう。同時に複数じゃないですかねえ」

ですよね、と言った私に、それがどうかしましたか、と平山氏は尋ねてきた。

ちょっと追いかける破目になった怪談があって、と私は自分たちがこれまで調べていた怪異とその経緯について説明した。

人好きのする笑みを絶やさずに聞いていた平山氏は、途中から意外にも徐々に真顔になってきた。

「同じマンションの別の部屋で同じ怪異……ねえ」

珍しいことなのだろうか、と問うと、いや、と平山氏は言う。

「そういうこともありますよ。同じように実話怪談を集めている者同士で話をしていると、似た話を知ってるって話になることがあります。同じ話を聞いていることもあるし、同じ現象を聞いていることもある。同じ怪異を別の人から聞いてるわけですね」

それは私もいくつか経験がある。京都市近郊のある鉄道路線沿い、東京にある有名な病院と、複数の怪談が集まっている場所があった。「別の場所のように見えて、実は隣だったとか、場所は同じだけど建物が違ってた、ということもあります。問題の家が取り壊されて、新しく建った家――みたいなケースね」

やはり怪異は土地に憑くものなのだろうか。

「こともあります」と、平山氏は言う。「もっと正確に言うと、そう見える現れ方をすることもある、ですね。本当のところはどうなのか、分かりません」

別の人物から聞いた別の場所の話であるにもかかわらず、手繰っていくと根は同じだった、ということもある、という。

「そういうのは、業《ごう》が深いです。こっちに対する影響も大きい。いわゆる、ヤバい話ってやつです。迂闊《うかつ》に書くと、酷《ひど》い目に遭う」

どきりとした。実話怪談を集めている人々の間には「封印された話」がある、というのはファンにとって常識だ。書くと障《さわ》りがあるから書けない。あるいは話の一部を封印することでやっと書ける。最も著名なのは木原浩勝《ひろかつ》氏、中山市朗《いちろう》氏による名著、『現代百物語　新耳袋』のシリーズにある「八甲田山」だろう。ファンの中には最恐という声もあるこの話の、一部が封印されたままになっているのは有名な話だ。

「本当に怪談のせいかどうかは分かりませんけどね」と、平山氏は笑った。「でも、実際に怪談を集めていると、そうとしか思えない出来事に出くわすことはありますよ。私なんて、偶然だよ、って言い放っちゃいますけど、気にはなる。だから書かない、ってことは実際にいくつもありました。また不思議なことに、書かないと決めてお蔵に入れると怪事がぴたっとやむんだな、これが」

「そんなものですか」

「怪談というのは、語ること自体が怪だという側面はあると思います。怪談の内容の問題ではなく、ある怪談について語ること、そのものに怪しいものが潜んでいる」

――よく、分からない。

呑《の》み込めないでいることに気づいたのか、平山氏は、

「封印するしかなかった話にしても、内容はどうってことのない怪談だったりするんです。特別怖い、というものではなかったりする。けれども語らせてくれない。語ろうとすると変事がある。そういう話は『怪について語った話』というより、『怪しい話』です」

そう平山氏は言って、

「四谷怪談だってそうでしょう。あれは鶴屋《つるや》南北《なんぼく》の創作。ベースになる話はあるっぽいけど、我々が知ってる四谷怪談とはほぼ関係がない。だったらお岩さんの祟《たた》りなんてあるはずがない。でも、怪談としては超弩級《ちょうどきゅう》の怪談です。なぜなら、実際に祟るから。普

通は起こらないようなことが四谷怪談の場合に限って起こる。常識的に考えたら偶然なんでしょうが、その偶然がなぜか特定の狂言に関わった場合にだけ突出して顕著に起こる。だからいまもってお参りに行くわけですよね」

私は頷いた。ずっと帯を作る創案があるのだが、私は実行に移せていない。黒地の帯に赤く蒔絵《まきえ》の櫛《くし》を描いてもらう。そこに黒糸の刺繍《ししゅう》で櫛に絡まり地を這《は》う黒髪を描いてもらえば四谷怪談になるな、と思っていたりする。黒地に黒の刺繍だから、一見しただけでは単なる櫛の帯に見える。このアイディアは我ながら気に入っているのだが、どうしても実行に移す気になれない。祟りなんて現象はまったく信じていないのだが、偶然何かあれば後味が悪いだろうな、と想像してしまうのだ。四谷怪談には「偶然何かがあるかもしれない」と思わせるだけの魔力がある。

「本当に祟りかどうかは分かりません。祟るったって、祟る本体がいないでしょう。少なくともお岩さんが祟っているとは思えない。なのに、祟ると言われる。もはや四谷怪談の内容はどうでもいい。関わると祟られるという怪談に化けているんです」

気をつけたほうがいいですよ、と平山氏は言う。

「怪談の中には、そういう、存在自体が怪しいものがあります。そういうのは気をつけて扱わないと酷い目に遭う」

氏が真剣な表情でそう言うので背筋が伸びた。

「何か進展があったら教えてください。私も心掛けときますよ」

ありがたくお礼を言った。

その帰り道、ぼんやりと考えた。もしも赤ん坊の声が複数だとするならば、それは礼子の子供ではないのではないか。礼子の件以前に、この土地には「赤ん坊の泣き声」が存在していたということはないだろうか。

## 3　跡地

この頃、久保さんは何度も田之倉氏を訪ね、かつてあったという工場のことを含め、土地の古い歴史について尋ねていた。残念ながら、当地に関しては、田之倉氏は証言した以上のことを記憶していなかったが、当該地の古い事情に詳しい方々を紹介してくれた。

「ああ、あの工場ね」と、教えてくれたのは辻誠子《つじせいこ》さんだ。取材当時七十歳、岡谷マンションがある町の近くで生まれ育ち、市内の別の場所に嫁いだ。

「植竹《うえたけ》工業といったですかねえ。わりに大きな工場でしたよ。たしか戦前からありました。戦中は軍用の鋳物《いもの》部品か何かを作っていたんじゃなかったかしら。終戦のときには、まだありましたよ」

　辻さんの記憶によれば、持ち主は近隣の住人ではなかった。工場だけがそこに存在し、付近は工場で働く職人が多く住んでいて、小さな家や長屋が多い区画だったという。その合間に古い農家の耕作地が点在する、という風景だったようだ。

「どれも戦前に建った小さい借家ばかりでしたねえ。戸建てといっても長屋よりも少しまし、という感じでしょうか。そんなお家と窮屈そうな長屋が入り交じってました。角地には長屋が集まっていたと思います」

　辻さんの同級生にもそれらの長屋に住んでいた子供がかなりの数いたが、貧しい子供が多かったという。

「二階建ての棟割り長屋でしたが、一階が台所のほかに一間、二階が続き間で二間の小さな家でしたよ。そこに家族が五人も六人も住んでました。まあ——昔の住宅事情というのは、だいたいそんなものでしたけど」

　周囲にあるのは古い商家か、でなければ農家なので、住人の毛色がずいぶんと違って見えたようだ。

「いいお家の子は、あそこの子とは遊ばせないという空気がありましたね。子供はそんなこと、関係ないですけどねえ。ただ、工場が廃業してみんないなくなっちゃいました」

ちょうどあたりは住人が増え始めた頃で、あちこちの農地が新しい住宅になっていった。それにつれ徐々に長屋の住人は減って、工場の廃業からいくらも経《た》たずに消えてしまった。

「工場が廃業したのは火事で焼けたせいです。いいえ、戦災じゃなかったと思いますよ。作業中に火が出たんですよ。すごい炎で、学校からも火柱が見えました。怖かったのでよく覚えてます」

辻さんは言って、悪戯《いたずら》っぽく笑った。

「焼け跡にお化けが出るって話もありましたよ」

工場の焼け跡は、ずいぶん長いことそのままになっていたようだ。昔のことなので特に周囲をフェンスで囲んだりシートを張ったりすることもなく、焼け残った部材を積み上げた状態で放置されていた。工場の設備などもそのままで、黒く焼け焦《こ》げ、錆《さび》の浮いた鉄の塊が死骸《しがい》のように残っている。子供たちにとっては冒険心を刺激される場所だったが、なにぶん危険なので敷地の中で遊ぶと近所の大人に叱られた。

「それでも男の子たちは、中で遊んでいました。大人の目を盗んで遊ぶのが、また楽しかったんでしょうね」

ところが、それも次第に絶えた。それというのも、焼け跡には幽霊が出る、という噂が立ったからだ。焼け跡で歯車やベアリングなどの「お宝」を探して遊んでいて、気づいたら背後に真っ黒に焼け焦げた大人が無言で立って睨《にら》んでいた、という話もある。機械の間から黒い手が伸びてきて、足を摑《つか》まれた、という話もあった。呻《うめ》き声が聞こえるとか、すすり泣く声が聞こえるとか、ありがちな怪談話が小学校で流れて、焼け跡に近づく子供はいなくなった。

——そんな頃、この近所に住んでいた同級生の話だ。

その男の子は弟と一緒にボール投げをして遊んでいた。ボールが焼け跡に転がり込んで、兄弟で仕方なしに探しに入った。

季節は冬で、時刻は夕方、すでに周囲は薄暗い。瓦礫《がれき》の間に転がり込んだボールはなかなか見つからなかった。ボール一つのことだが、戦後間もない当時では子供にとって貴重な玩具《おもちゃ》だ。お化けが出るという噂は承知だったし、怖くて堪《たま》らなかったが諦《あきら》めることはできなかった。

隙間や物陰を探っている間にも、釣瓶《つるべ》落《お》としに陽は沈んでいく。「怖いから諦めよう」という弟を宥《なだ》めすかして、ようやく廃材の間に転がり込んだボールを見つけた。良かった、と身を起こしたとき、周囲の瓦礫の間に黒い影が蠢《うごめ》いていた。

焼け残った建物や部材、壊れた機械。それらの間に残った地面に真っ黒な人影が敷き詰めたように倒れて、身を捩《よじ》っていた。虫の息のような低い呻き声が聞こえた、という。周囲を黒い影に取り囲まれ、兄弟は身を寄せ合って立ちつくすしかなかった。弟が泣き出したので、同級生は弟の手を握り、眼を瞑《つぶ》って間近の人影を飛び越えた。足許をできるだけ見ないようにして焼け跡から道路へと飛び出した。

道路から振り返っても、もう人影は見えなかった。焼け跡はとっぷりと日が暮れて、瓦礫の間は薄暗かったが、蠢くものは見えない。呻き声もやんでいたのだという。

「嘘《うそ》じゃない、と同級生は真顔で言ってました。何十人もいたんだって。輪郭のはっきりしない影法師みたいなやつだったそうです。そんな話を聞いたものだから、夕暮れどきに近所を通るのは怖かったものです」

少し違う話を聞かせてくれたのは、中島《なかじま》氏だ。やはり植竹工業のあった近所に住んでいた。辻さんとは幼馴染《おさななじ》みで二級上になる。

「──焼け跡のお化け？　確かにそういう話もあったなあ。夜に、呻き声がするとかね。人魂《ひとだま》が飛ぶ、なんて話もあったけど、完全にデマだろうねえ。あの火事で誰かが死んだなんて話は聞いてないからね」

作業中の火災だったそうだ。慌てて消火しようとして負傷者が何人か出たが、全員がきちんと避難して、すべて軽傷で済んだ。

「工場が焼けたのは確かだけど、廃業はしてないと思うよ。たしか移転したんです。終戦の翌年だったかな、これからだってときに作業中の火災で全焼しちゃったんだね。持ち主は再建したかったみたいだけど、区画整理法か何かの関係で、工場を建て直すことができなかったんだって話を聞いたことがあるな。それで宅地にされちゃったんだね。工場はどこかに移転したらしいね。どこに行ったかまでは聞いてないけど、ただ、以前——まだ昭和の頃だったかなあ、何かで工場の名前が出て、まだあったんだ、と思ったことは覚えてるな」

近年まで操業していたのであれば、調べられるかもしれない。のち、確かに当時、そこには植竹金属工業という金属鋳物の工場があったことが確認できた。当該ブロックの八割に跨《また》がる大きな工場で、主にエンジンの部品となる金属鋳物を生産していたらしい。大戦中には軍に接収されて軍用の鋳物部品を作り、終戦の翌年である一九四六年、作業中の失火による火災で焼失している。植竹工業の創立は大正年間、創立者は植竹禎一《ていいち》氏で、昭和初頭には所有権が埜島《のしま》家に移っているが、植竹家、埜島家ともに自宅は近郊の別所にあって、ここには工場だけが存在していた。火災ののち、東京に近い臨海部に移転して、つい最近まで規模を縮小しながらもそこで操業していた。一九九六年、廃業している。

「なんでお化けが出る、なんて話になったのかねえ。時代かもしれないね。あの頃は、至るところで『出る』って話があったもんなあ。ある意味、いい時代だったんじゃないかね。子供は、お化けの心配だけしてれば良かったんだから」と、笑う。

「工場の隣にあった長屋も、お化け長屋なんて言われてたよ。見るからに古くて荒《すさ》んだ感じの長屋だったから、そういう噂になったのかな。どこそこの家には出るらしい、なんて話をまことしやかに言う奴《やつ》がいたね」

中島氏は言って、ちょっと首をかしげた。

「それ以外にも、何かあったなあ。……何か事件があったんだったかな。長屋に住んでた奴が逮捕されたとかいう話を聞いたような気がするね。それで被害者が出る、という話になったのかな」

被害者ということは殺人事件だったのだろうか。訊いたが、中島氏は詳細を覚えていなかった。そういうことがあったらしい、という話をずっとあとになって噂で聞いただけなので、時期もよく分からない、という。

「それこそデマか、でなきゃ窃盗か何かで捕まったのが尾鰭《おひれ》がついて大層な話になったんじゃないかな。本当に事件があったんだったら大騒ぎになってるだろうし、それなら私も覚えてると思うけど」

工場が移転し、長屋が壊されたあとに建った家の住人については、ほとんど記憶がないという。自殺があったという話は、「そんな話もあったなあ」と、久保さんが持ち出して初めて思い出したようだった。

我々は中島氏の示唆《しさ》した事件を探したが、この地域で事件が起こり、住人が逮捕されたという新聞記事は発見できなかった。別に後輩たちに頼んで、当地で何か事件や事故のようなものがなかったか、古い新聞や記録を当たってもらっていたが、まったく引っ掛かるものがない。事故といえば火事や交通事故、事件といっても喧嘩《けんか》のあげくの傷害や物盗《ものと》りによる犯行で、いずれも問題の区画とは離れている。

ただ、我々が疑った通り、「首を吊《つ》った女」は始まりではなかったようだ。それ以前にもこの地には怪談が存在した。ただし、火災で死亡した犠牲者はいないのだから、この怪談は植竹工業の火災に由来するものではない。たぶんそれ以前から、この地は「良くない場所」だったのだろう。それは、単純に暗い寂しい場所だったとか、その程度のことによるものかもしれない。だが、あそこで火事があったのなら、怪談があって当然だ、という印象があったのだと推測できる。そうでなければ犠牲者のいない火災が怪談を生んだりはしない。

そこまでは分かるものの、鋳物工場以前の様子が分からない。古い地図をずいぶんと探してみたが、大正六年に発行された地図に何かしらの建物があったことが確認できる程度で、それ以前のもので発見できた地図は明治十五年の発行だった。しかもこれは地図というより絵図と呼んだほうが良さそうな代物《しろもの》で、当時の様子をどれだけ正確に写し取っているかは分からない。ちなみに、この絵図によれば、当該地区を含む広い地域が桑畑になっている。

中島氏に面会した直後だった。

久保さんから電話があった。久保さんの声は上擦っていた。

「また、音がします」

久保さんが新たに引っ越した部屋は、少し広めのワンルームだ。その部屋で、例の「畳を擦る音」がする、という。部屋はフローリングで畳などない。にもかかわらず、必ずその音は明らかに畳を何かが擦るような音だ。場所は特定できない。どこであれ、必ず久保さんのすぐ背後でする。振り返っても音を立てるようなものはないが、一つ部屋の中だけに、気味が悪くて振り返ることができない。

大丈夫ですか、と問うと、「とりあえず、御札を貰《もら》ってきました」と言う。あとは鈴木さんに倣《なら》って、とにかく無視する、と言っていたが疲弊した様子だった。岡谷マンションでは和室に封じ込めることができたが、今度は封じ込める場所がない。心を閉ざすしか打つ手がない。

「いざとなったら引っ越します。――でも、次もついてくるんでしょうか」

私は、これには答えられなかった。

「ところで、そちらはどうです?」と、問われたので、「なんとか慣れてきました」と答えた。実際のところは、少し困惑していた。

引っ越した当初、持ち家というのはこんなに手間がかかるものなのか、と思った。というのも、家のあちこちで不具合が起こるからだ。庭で問題が続出したのは、たぶん造園業者の問題なのだと思う。ただ、電気系統にトラブルがある。理由はよく分からないが、どうも山の上のほうにある土地なので、雷の影響があるらしい。センサーの類《たぐい》がよく壊れる。一度は電話線の引き込み口が壊れ、アンテナのブースターが壊れた。そのたびに業者を呼んで修理してもらわなければならない。しかし、何度見てもらっても、廊下のセンサーが誤動作を起こす原因は分からなかった。

我が家の廊下は、センサーで人通りを感知して勝手に照明が点《つ》くようになっている。一定時間ののち、消える。このセンサーライトが時折、誰もいないのに点くことがある。周囲が畑や森ばかりなので、ある程度の大きさの蛾《が》でも入ってきているのではないか、と考えるしかない。だが、不思議に夫がいるときに誤動作が起こったことはない――ような気がする。確実なことは分からない。誤動作を起こしているのだが、夫がいれば大のせいだと勝手に納得しているだけなのかもしれなかった。

久保さんといい、この家といい――と、電話を切って私は思った。ちらりと平山氏の顔が掠《かす》めた。

なんだろうね、と私は猫に問いかける。以前住んでいたマンションの駐車場で拾った茶トラの兄弟だ。猫たちは不思議そうに私を見て、突然、はっとしたように二匹同時に同じ方向を振り返った。茶トラには珍しいグリーンの眼で中庭の窓越し、じっと廊下のほうを見つめている。神経質そうに尻尾《しっぽ》の先を動かしながら。

　こんなことが、最近、よくある。

## 4　植竹工業

　二〇〇六年初頭、久保さんは植竹工業に勤めていたという人物を探し当てた。いまも当地に住む鎌田《かまた》氏だ。鎌田氏はこのとき七十六歳、植竹工業が火災に遭ったとき、十六歳だった。国民学校を卒業してから植竹工業に入り職工見習として働いていたが、工場は終戦の翌年に焼失した。工場は移転することになったが、鎌田氏は退職して家で農業を手伝うことにした。

「あの頃は、そのほうが食いはぐれがなかったからなあ」と、鎌田氏は述懐する。

　火災の当日、鎌田氏は非番だったので工場にいなかった。火事だという声を聞き、徒歩二十分ほどの距離にあった自宅から駆けつけたときには、すでに消火のしようもない状態だったという。先輩によれば切削機械から火が出たらしいが、それ以上のことはよく分からない。

「ガタの来た機械を騙《だま》し騙《だま》し使っていたからねえ。あっという間に火が燃え広がって、どうにもならなかったようだね。あの頃は工業用油というと正味の油だったからね。鋳物の型から物《ぶつ》を抜くのに使う離型剤が燃えやすかったんだよなあ。いまなら水性のやつがあるんだけど」

傷《いた》んだ機械を修理する余裕もなければ部品もない。安全管理などという言葉も、さほど顧みられない時代だった。熟練工すら徴兵されて現場を指揮監督する人手も足りない。職工の出入りも激しく、まだまだいろんなものが混乱していた。

「もともと火事の多い仕事だからね。小さい事故はしょっちゅうだった。高熱の炉があって炎が上がってるところに、砂埃《すなぼこり》や金属屑《きんぞくくず》が舞うんだからね。危うく粉塵《ふんじん》爆発、なんてこともあったよ。——まあ、当時はそんなものだったな」

隣にあった長屋のことを訊《き》くと、

「うん。あの長屋ね。俺は地元の出身だったから家があったけど、そうでない連中は長屋に住んでるのが多かったよ。古くて小さい長屋でね。お化け長屋なんて言われていたなあ」

当時、長屋に怪談の類はなかったのだろうか。

「あったね。死んだ工場の先輩が出るとか、どこかの家で死んだ婆《ばあ》さんが出るとか言っていたねえ。赤ん坊が出てくる、なんて話もあったよ」

赤ん坊ですか、と久保さんが念を押すと、

「そう。床下を這い廻っててさ、壁や床から出てくるんだって」

それらの怪談が生まれた理由は分からない。強いて言えば、死人がいたから、ということになるのだろう、という。

「工場だから事故はつきものだし、中には死ぬような事故もあるからねえ。おまけに当時は、みんな家で息を引き取ってたわけだからね。終戦の前後は特にそうだよ。病院に入ってそこで医者に看取《みと》られて死ぬなんてのは、恵まれた家の話だよね。医者の数も少なかったし、みんなろくに医者にかかることもなくて死んでいったんだから」

栄養事情も良くなかったので、赤ん坊や子供が死ぬことも多かった。

「その代わり、どの家にも、うじゃうじゃ子供がいたなあ」

懐《なつ》かしむように眼を細めてから、

「工場にも怪談があったね。夜に工場にいると、昔の事故で死んだ連中が出てくるなんて言われてた。真っ黒く焼け爛《ただ》れたのが、工場の床中に倒れて呻いてるんだってさ。まさかそんなに大勢、死んだはずはないんだけど、当時はわりと本気で信じてたな。あと――何年か前に事故で死んだ先輩が出てくる、なんてね」

鋳物工場では炉で鎔《と》かした金属――湯を型に注ぎ込む。当時は柄杓《ひしゃく》を使っていた。このとき、不純物が混じっていると小さな玉になって飛び散る。とっさに眼を瞑るとかえって危ない、瞼《まぶた》が煮えつくと言われていた。実際、そうやって煮えついた先輩がいた。もがいているうちに積んで冷やしていた型にぶつかり、型を倒した。重い型が倒れかかり、まだ冷えてなかった湯がかかった。助けようにも手出しができなかった、という。

「手出ししたところで、命があるはずもないんだけどね」

鎌田さんが工場に入る少し前の事故だったらしい。以来、夜に工場に残ると、この先輩が出ると言われていた。全身焼け爛れ、手足はひしゃげて折れ曲がっている。両瞼は煮えついて閉じたまま。その先輩が爛れて血みどろになった両手を挙げて、手探りをしながら近づいてくる、という。

「俺はまだ子供みたいなもんだったから泊まりはなかったけど、炉に火を入れた日は誰かが不寝番をしなきゃならなかったんだ。いつ『お前もそろそろ泊まってけ』って言われるか、びくびくしてたなあ」

そう言って、鎌田氏は声を上げて笑った。

「一度だけ、深夜まで少人数で残っていたことがある。作業が押したんだったか、機械が壊れて修理しようとしてたんだか」

人数が減ると、工場の空間の大きいのが強調されて心細かった。常には機械の音が煩《うるさ》くて話し声も聞こえないほどなのに、このときは多くの機械が止められていて、互いの声が妙にはっきりと通る。それもまた心細さに拍車をかけた。

そうやって作業をしているうちに、妙な音が響き始めた。鎌田氏は最初、風でも出てきたのかと思ったらしい。

「変な言い方になるけど、地面の下で風が吹いてるみたいな音だったな。薄気味の悪い音だったねえ」

機械が異音を立てているのかと思って周囲の機械を覗《のぞ》き込んでいたら、「気にするな」と先輩に言われた。何が立てる音なのかは分からないが、夜にはしばしば聞こえる音なのだという。そんなものか、と思っていたが、音は次第に強くなる。何かが近づいてきているようでもあった。喋《しゃべ》っていたり、機械の作動音がしていれば紛れてしまうような音量なのだが、ずっと鳴りやまないから気にかかる。つい耳を澄ませば、風の音、深い場所で起こる地響きのような音の合間に人の呻き声のようなものが聞こえた。

「大勢の人間が呻いているような声だった。あれにはぞっとしたね」

立ち竦《すく》む鎌田さんに、先輩は再度、「気にするな」と言った。鎌田さんは懸命に無視して作業に集中し、作業を終えてから家に飛んで帰ったことを覚えている。

「それ以外にも、炉が倒れて焼け死んだ奴がいる、とか、機械に挟まれて死んだ奴がいるとかいって、そいつらが出るとか悲鳴を上げるんだとか大真面目《おおまじめ》に言ってたし、そのときは真剣に痛ましいというか——重大な感じで聞いてたもんだが、考えてみるとそれも妙な話でさ。だって、工場の外じゃその何十倍の人間が一度の空襲で死んでたんだからねえ」

工場が移転してからは離れた場所にある実家に戻って農業に就いたので、工場移転後の当地についてはほとんど記憶を持たなかった。そして鎌田氏には、もちろん工場ができる以前の記憶はない。

怪談のあった工場、怪談のあった長屋。こうなると、話はたぶんそれ以前に遡《さかのぼ》る。植竹工業の創業は大正十一年――一九二二年のことだが、それ以前に、ここには何があったのか。大正六年発行の地図には、建物があったことを示す黒く小さな角張った点が打たれている。これはいったい、何だったのだろうか。

# 六　戦後期Ⅱ

## 1　中村家

我々はこの頃、できる限り植竹工業の東側にあったという小規模住宅や長屋の住人マップを作ろうと試みていた。鎌田氏や、田之倉氏をはじめとする古老の記憶を総合すると、付近には数軒の小規模な住宅と長屋六棟があったようだ。最も南側に位置していた四棟の長屋が、のちの岡谷マンションおよび岡谷団地用地にかかる。住んでいたのは十二から十六世帯程度で、居住者の名が姓名の一部にしろ通称にしろ判明したのは、このうちの半数以下だった。それでもこれを手掛かりにするしかない。

同時に、当該地域を学区とする小中学校の、当時の名簿を探し出すことができた。これを辿《たど》っても煩雑《はんざつ》なだけで実りはないかもしれないが、ほかに頼りにするものがないのだから仕方がない。ただ、我々が探しているのは、戦中、あるいは戦前の記憶を持つ人たちだ。彼らはすでに七十歳を過ぎている。しかも、狭い地域のことだけに、当時近隣に住んでいたすべての人が当該地のことを覚えているわけではない。例えば高野夫人の件でお世話になった日下部清子さんがちょうどその年頃で、しかも当該学区に住んでいたが、清子さんが育ったのは駅を挟んで反対側にある地域だ。子供の生活圏は狭い。当然というべきか、清子さんは植竹工業の存在すら覚えていなかった。この調子では、いったいどれだけの証言を集められるか、はなはだ心許《こころもと》なかった。

久保さんも私も、仕事の合間に乏しい手掛かりを辿っていた。成果のないまま春を迎え、久保さんが体調を崩した。卵巣嚢腫《らんそうのうしゅ》で手術を受けることになったのだ。「大変な手術ってわけではないですから」と、久保さんは言っていたが、身体《からだ》にメスが入って影響がないわけがない。退院してからもしばらくは身体が辛《つら》そうで、仕事をこなすので精一杯という感じだった。

そして夏は、私にとって——私と夫にとって——いろんなことのあった夏だった。空白の季節が過ぎ、二〇〇六年の秋、友人のハマさんから電話があった。ハマさんは相変わらず暇な後輩を集めて、資料の類《たぐい》を検索してくれている。

「姐《ねえ》さん、とんでもないものが出てきちゃったんだけど」

ハマさんは、大学時代からなぜか私を「姐さん」と呼ぶ。

「長屋に住んでた住人。中村美佐緒《なかむらみさお》って人。名前と『逮捕』って言葉で検索してた奴が記事を見つけちゃったんだよ」

ああ、と私は思い出した。中島氏の証言に、長屋に住んでいた誰かが逮捕されたらしい、という噂《うわさ》があった。長屋にも幽霊が出るという噂があって、それはその事件の被害者なのでは、という話だった。加害者が誰なのか、どんな事件だったのか、詳細も時期も一切分からなかったので、とりあえず長屋の住人で姓名が判明すると、片端から新聞記事を検索してもらっていた。

とにかく記事を送ってもらった。同時に、当時の雑誌などをチェックしてくれるように頼む。記事にある「中村美佐緒」が、間違いなく長屋の住人だった「中村美佐緒」なのかどうかも確認せねばならない。これには一週間ほどかかったが、煩雑な手続きを要する公的文書にアクセスするまでもなく、間違いなく本人であることが確認できた。

——一九五二年、都内で一人の女が逮捕された。逮捕されたのは中村昭二《しょうじ》方の妻、美佐緒。

この年の末、美佐緒の隣家に住む人物が変な臭《にお》いがすると通報した。これによって所《しょ》轄《かつ》署が付近を捜索、隣にある中村家を調べてみると、灯油缶に詰められた性別不明の赤ん坊の絞殺《こうさつ》死体が出てきたのだった。

美佐緒は嬰児《えいじ》に対する殺人と死体遺棄の容疑で逮捕された。警察が裏庭を捜索したところ、畑からさらに嬰児の白骨遺体二体を発見した。美佐緒はこの前年九月にも女児を出産しているが、これは死産だったという。このときは布にくるんで庭の隅に放置。すぐに発覚して逮捕されたが、死体遺棄容疑で起訴猶予《ゆうよ》処分になっていた。

中村美佐緒は、遺体が発見された都内の家に四年前、転居してきた。転居以前に住んでいたのは、植竹工業に隣接する長屋だった。

私が報告すると、久保さんはしばらく唖然《あぜん》としていたようだった。

「嬰児殺し……ですか？」

久保さんが確認するのに頷《うなず》いた。

「三人も？」

新聞記事では三人だ。しかし雑誌によれば、中村美佐緒はほかにも殺している、という噂があった。

中村美佐緒は長屋に住んでいた当時、二十歳前だったと思われる。中村夫妻は長屋が閉鎖される以前に家を出て都内に移っていった。美佐緒はそこで死産した女児を遺棄。ただし、のちに嬰児殺しで逮捕されたことを考えると、この「死産」には疑問の余地がある。しかしながら、このときは美佐緒の「死産した」という説明が受け入れられて、起訴猶予で釈放された。そして一年後、再び美佐緒は逮捕される。このとき、灯油缶に詰められた赤ん坊だけでなく、畑からさらに嬰児の白骨遺体が、しかも二体も出てきたというのだから、確実に前回死体遺棄で逮捕されたとき、すでに畑には嬰児の遺体が埋められていたのだ。

しかも、捜査の過程でさらに押入の天井裏から、衣装箱に詰められた遺体一体が出てきた。これは死後三年以上が経過しており、美佐緒はのちに転居以前に死産したので隠し（殺害については否定している）、そのまま引っ越し荷物と共に持ってきたものであることを自供している。

つまり、美佐緒は長屋で死んだ嬰児の遺体を衣装箱に詰めて引っ越していったのだ。さらに美佐緒は、長屋でも三人を殺害、遺体は同様に衣装箱に入れるなどして隠していたが、折を見て自宅の床下などに埋めたことをほのめかした。だが、すでに当時の住居は取り壊され、跡地には新しい住宅が建っていたため、遺体を発見することはできなかった。

ただ、美佐緒の自供には辻褄《つじつま》の合わない箇所も多く、特に長屋での嬰児殺しについては、本当に犯行がなされたのか確定できなかったようだ。肝心の遺体が発見できなかったこともあって起訴には至らなかった。

もっとも、彼女を裁くには、当初に見つかった三つの遺体だけで充分だっただろう。

いずれにしても、彼女は長屋にいた。犯行が発覚したのが別の場所であり、その頃には長屋がすでに存在しなかったため、当地では事件として成立していなかった、ということだ。だが、美佐緒がいた当時から、不審な赤ん坊の声がする、という噂は長屋に存在していたという。いるはずのない赤ん坊の声が聞こえた、という証言は、当の美佐緒が転出したのちにも存在していた、と雑誌記事は伝えている。中には、実際に殺された嬰児はもっと多いという記事もあった。かなり扇情的な書きっぷりだったので、本当かどうかは微妙だが。

記事によれば、美佐緒はたぶん正確な数を供述していない。自宅のほかに、付近で不審な汚物が発見されたことがある。特に隣家でトイレの汚物槽を清掃した際、骨片のようなものが出てきた、という話もある。

また、夫はまったく美佐緒の妊娠に気づいていなかった。妊娠すると身体つきが変わるはずだ。にもかかわらず、その変化に気づいていない。近隣の住人も、常に妊婦のような身体つきだった、と証言している。ということは、切れ間なく妊娠していたのではないか、という疑いが持たれる。

その前提に立ち、逮捕されるまでの年数を考えると、殺された嬰児は十人を超えるのではないか、とあった。

「……でも、憶測ですよね」

そうです、と私は答えた。だが、殺したにせよ死産だったにせよ、子供の遺体を布にくるんだだけで庭の隅に隠し置くものだろうか。缶に入れた死体が臭っても構わずに放置する、自分たちが食べるための野菜を育てていた畑に埋めておく。呆《あき》れるほど拙劣なやり方だ。つまり、美佐緒は慣れ切っていたのではないか。たぶん、杜撰《ずさん》になるくらい慣れていたのだ。

暗澹《あんたん》たる気分にさせられる話だ。しかしこれで、高野トシヱが聞いた赤ん坊の声が複数であった理由が分かる。それは高野礼子の子ではなく、美佐緒の被害児たちだったのだ。トシヱや礼子には負い目があったから、それを単なる怪異とは受け止められなかった、ということだろう。

「だったら、結局のところ、高野夫人を自殺に追い込んだのは、怪異だったってことになりませんか」

そういうことになる。

美佐緒の犯行が「赤ん坊の泣き声」という怪異を生んだ。この怪異は美佐緒が去ったあとの長屋にも現れ、長屋の跡地に建った高野家にも現れた。高野トシヱを自死へと追い詰め、トシヱは自身が「首を吊《つ》った女」として新たな怪異になった。

怪異が連鎖している。

しかも、高野トシヱが死亡したのちも、「赤ん坊の泣き声」はやんでいない。岡谷マンションでは屋嶋さんがそれを聞き、推測だが梶川氏もそれを聞いている。

「死んだ子供たちは、自分たちを見つけてほしいとか、美佐緒に復讐《ふくしゅう》したいとか、そういう意図はないんでしょうね……」

だろうと思う。

「よく考えたら、怪談話に現れる幽霊って、ほとんど何のために現れるか分からないんですよね。何かを訴えるために現れる幽霊のほうが少ない」

言われてみればそうだ。それらは、ただ現れる。

「けれども怪異の目撃者に悪い影響を与えることがある。──トシヱもそうですよね。もしも怪異がなかったら、自殺にまで追い込まれることはなかったかもしれない」

だろうと思う。

「祟《たた》り……ですよね」

祟りと言うより、障《さわ》りと呼ぶべきなのかもしれない。美佐緒に殺された子供たちは、当の美佐緒に復讐しようという意図はなかったのはもちろん、そのほかの人々に禍《わざわい》をなそうと意図していたとも思われない。むしろ、子供たちの不幸な死は穢《けが》れのようなものであり、高野トシヱはその穢れに触れた、と考えたほうが実情には合う。

日本には古来、「触穢《そくえ》」という考え方がある。穢れに触れると伝染する、という考え方だ。「穢れ」とは、忌避すべき対象をいう。「罪穢れ」という語にも見られるように、穢れは罪と密接な関係を持っていた。

罪とは、日本においては、祭祀《さいし》によって除去されるべき犯罪や災害の総称である。古くは天津罪《あまつつみ》と国津罪《くにつつみ》とに分けられ、一説によれば前者は共同体の農耕や祭祀に対する犯罪、後者は個人的な犯罪や天災と分類される。

古代における農業は、単純に人々の生活の根幹をなす産業であったというだけでなく、数々の祭祀と分かち難く結び付いた呪術《じゆじゆつ》的行為でもあった。その行為を妨害することは祭祀を妨害すると同じく、共同体社会に異常事態をもたらす危険行為だと認識される。同時に個人的な犯罪や天災も共同体に脅威をもたらす。これが「罪」で、この罪は穢れを生じ、穢れを除去するために祭祀を行なう必要があった。

また、罪とは別に、死や出産など、異状な生理的事態を「穢れ」とし、罪によって生じた穢れ同様、除去すべきものとして取り扱ってきたのだ。特に、死による穢れは「死穢」といって重大視された。

この「穢れ」の概念は、のちに仏教における「不浄」の概念と結合して、穢れは罪の結果であり本人の背負ったものとされたが、これは本来、正しい理解とは言えない。穢れは他者の外面に限定的に存在するのに対し、不浄は自己の内面に普遍的に存在する。この理念が正しく理解されず、巷間《こうかん》に膾炙《かいしや》していく過程で、不浄は過去の罪業《ざいごう》から個人の内面に宿業として存在する穢れとされた。だが本来、穢れはあくまでも人の外面に付着するものだ。一定期間が過ぎれば消滅するし、水垢離《みずごり》のような禊《みそ》ぎの手続きによって祓《はら》い落とすことができる。

もうひとつ、穢れと罪の間には根本的な違いがある。穢れは伝染するのだ。そのため、穢れは隔離されねばならず、接触を忌避する。特に死穢は死者の家族や血縁親族を汚染するとされた。そのため、喪屋《もや》を設けて死を隔離し、のみならず遺族には服喪の期間を設け、この間、世間から隔離すると共に穢れを浄化するための行為を行なわせた。これは、現在においても残渣《ざんさ》のように習慣として残っている。

この穢れの伝染性を『延喜式』には「触穢」として記載している。死穢に関しては「甲乙丙丁展転」という規定があった。これを見ると、穢れが当時、どのように伝染すると考えられていたのかがよく分かる。

甲の家族に死穢が発生したとする。この甲の家で乙が著座《ちよざ》すると乙の家族全員が死穢に汚染されるとする。この場合の「著座」とは「着座」のことで、同火《どうび》、共食《きようしよく》をさす。古来から、火、食物、水は聖なる力（同時に不浄の力）を伝染させる要素だった。したがって、これらを共有することで死穢は伝染すると考えられた。

そして、死穢に汚染された乙の家に丙が着座すると、丙もまた死穢に汚染されるが、この場合は丙一人が感染し、丙の家族は汚染されない。しかしながら、逆に乙のほうが丙の家を訪れ着座すると、丙の家族全員が汚染されてしまう。ただし、丁が丙の家で着座しても、もう丁は汚染されない。

これら死穢に触れた者は、「神事の月に非《あら》ずといえども」「諸々《もろもろ》の役所」、また「諸々の衛陣」、および「侍従所」などの公の場に行くことができなかった。その期間は、それぞれの場合によって三十日、二十日、十日、三日、と厳しく定められていた。

「ええと、――つまり？」

つまり、仮に、太郎の家に死穢が発生したとする。このとき、次郎が太郎の家で着座すると、次郎のみならず次郎の家もまた死穢によって汚染される。この次郎の家に三郎が着座すると、三郎もまた死穢に汚染されることになるのだが、この汚染が三郎の家に持ち帰られることはない。ただし、すでに汚染されている次郎が三郎の家に赴いて着座すると、三郎の家も汚染されることになる。しかしながら、四郎が三郎の家で着座しても、四郎が汚染されることはない。死穢はここで伝染力を失う。

『延喜式』に書かれているのは、ここまでなので、太郎の家の死穢に感染した次郎の家族が別の家に行った場合にはどうなるのかについては分からない。また、次郎家で死穢に感染した三郎が四郎の家に行った場合にはどうなるのか、次郎が家を訪ねてきたことで汚染された三郎が四郎の家にやってきた場合、死穢は伝播《でんぱ》しないのか、などについては不明だ。

ただ、『延喜式』の記述から、日本人が穢れについて抱いていたイメージを了解することはできる。

穢れは伝染し、拡大する。浄《きよ》めるための祭祀が行なわれなければ、広く薄く拡散していくのだ。

「つまり、これは触穢みたいなものだ、ということですか？」

私は頷いた。

普通はこれを呪《のろ》いとか祟りとかいうのかもしれない。だが、これは呪いでも祟りでもなく、無意図的な災厄の一種だ。

一九九九年にビデオ作品として発表され、以来、続編が作られて一世を風靡《ふうび》した『呪《じゅ》怨《おん》』という作品がある。清水崇《しみずたかし》監督によるこの作品は、我々の死穢に対する感覚を端的に示している。死穢に汚染された家がある。この家に足を踏み入れた者は、ことごとく死穢に感染する。感染した者は死穢を家に持ち帰り、家族をも汚染し、それに触れた者、さらにそれに触れた者——と感染は拡大していく。

ただし、すべての死において、そういうことが起きるとは思えない。『延喜式』との比較に意味があるかどうか分からないが、少なくとも古来からの触穢のルールに従えば、それは永遠に続くものではない。一定期間の服喪を定めていることからも分かる通り、死穢には感染性を保つ期間があるのだ。感染力もまた無限ではない。「甲乙丙丁展転」の規定に則《のっと》れば、それは三代で感染力を失い、しかも感染する力は次第に弱まっていく。

死はある種の穢れを生むのかもしれない。特に強い無念を残し、怨《うら》みを伴う死は「穢れ」となる。だが、それは本来、無制限に残るものではないし、無制限に感染するものでもない。穢れに触れる我々も、呪術的な防衛は行なう。死者を供養《くよう》し、土地を浄める。だが、あまりに強いためにそれでもなお残る何かがあるとしたら。

「浄められずに残る何か――」

時間の流れや呪術的な清めでも浄化しきれなかった残余の穢れ。それは残余にすぎないから、マンションのすべての部屋に現れるようなことはない。たとえ何かの弾みで現れたとしても、何かの弾みで消えることもある。屋嶋さんのときには現れていた怪異が、西條さんのときには消えてしまったように。

そこまでを言って、私は我に返り、照れ笑いをした。

これは事実でも理論でもない。単に、そう考えると平仄《ひょうそく》が合う、という――いわば作家の妄想のようなものだ。ついこうやって屁理屈《へりくつ》を捏《こ》ねる。ここまでくると性《さが》のようなものなのかもしれない。

ただ、ここまでの経過で見聞きしたものと、自分の主観的には最もフィットすることは確かだ。美佐緒によって殺害された嬰児たちは、未来永劫《えいごう》誰かを呪おうなどとは考えていなかったはずだ。第一、声として現れることで、何かを主張しようとしているようには感じられない。嬰児たちに害意はないが、ただ、その異常な存在が健全でない何かに接触したとき、不幸な結果を引き起こすことがある。

高野トシヱの罪悪感に接触したことでトシヱの自死を招いたように。

## 2 汚染

二〇〇六年末、久保さんのもとに伊藤さんから連絡があった。二〇四号室の前住者、梶川氏が転居した先の大家さんだ。実は、久保さんは伊藤さんの人柄に惹《ひ》かれて、伊藤さんが所有する物件への引っ越しを望んでいた。梶川氏が引っ越したアパートは手狭だが、もう少し広いマンションを伊藤さんは付近に所有していた。久保さんが引っ越しを考えたとき、このマンションは全室が塞《ふさ》がっていたので、空きが出たら教えてほしいとお願いしてあった。近々空きが出ますよ、と久保さんに報《しら》せてくれたのだ。

新しい部屋でも畳を擦る音に悩まされていた久保さんにとって、嬉《うれ》しい報せではあった。だが、同時に不安でもある。ここで引っ越して、また付きまとわれたら。

とにかくマンションの下見がてら、久保さんは久々に伊藤さんに会った。そこで少し異様な話を聞いた。

梶川氏が入っていた部屋に、女性の幽霊が出る、という。

「女性、ですか」

久保さんは驚いて問い返した。そうなのよ、と伊藤さんは溜息《ためいき》をついた。

梶川氏の入っていた部屋は、残念ながら事故物件ということになる。もちろん長い間、賃貸物件を所有していればそんなこともある。特に伊藤さん宅の隣にあるアパートは高齢者も多いから、住人が死亡することも稀《まれ》ではない。そういう場合、伊藤さんはいちおう、一周忌が明けるまでは部屋を貸さないことにしている、という。

「ところがねえ、最近は事故物件を選んで借りたがる人がいるんですよ」

事故物件なら安く借りられる、と思うのだろう。

「私も長いことやってるけど、部屋が現場になったのは初めてなのよ。住人が余所《よそ》で自殺しちゃったってことはあったんだけどね。とりあえず一年は空室にしておいたんだけど、そのあとどうしたものかしらと思っていたら、仲介業者が借りたいって人がいるんだけど、って言ってきてねえ」

久保さんが梶川氏の死を伊藤さんから聞いた翌年——二〇〇三年二月のことだった。梶川氏の死からは一年以上が経《た》っている。もうしばらく寝かせておくつもりだったが、借り主も承知なのだったらいいか、と思って貸すことにした。敷金もいらない、最初の契約期間は家賃も多少割り引くし、共益費も水道代だけでいい、ということにして契約した。

「ところがねえ、一月《ひとつき》ぐらいで変な音がする、って言い出しちゃって」

それは何かが畳を擦るような音だった。

まさか、と久保さんは思った。

「床はフローリングなんだけどねえ。――寝てると音がするんだって言うのよ。なんとかしてくれって言うんだけど、そんなこと、私に言われてもねえ」

気のせいだと思う、と伊藤さんは言うしかなかった。慰めにしかならないかもしれないが、近所の神社から御札を貰《もら》ってきてやった。だが、それ以降も音は続いたようだ。最初は音楽をかけて紛らわそうとした住人は、ある夜、身体を布のようなもので撫《な》でられて目を覚ました。

何か硬い感触の、しっかりした布が顔から身体を撫でている。寝ぼけ半分、腕でそれを払って寝返りを打った。横を向いたところで、何だろう、と疑問に思った。

首だけを捻《ひね》って上を見上げた。

自分の真上で着物姿の女が揺れていた。

久保さんは、とっさに言葉が出なかった、という。

「この部屋で自殺したのは女の人だったんだろう、なんて言われたんだけど、そうじゃないものねえ。若い男の人だから、それは関係ない、寝ぼけたのよ、って言ったんだけど、部屋を出る、って言われちゃって」

あり得ないじゃないの、ねえ、と伊藤さんはお冠だった。

「自分は事故物件でも気にしない、なんて大きな口を利《き》いてたけど、実はすごく気にしてたってことなんでしょ。結局、四カ月で出ちゃったのよ」

「その部屋は、その後」と、久保さんは訊《き》いた。

「もともと、もうしばらく寝かせておくつもりだったから、空けといたわよ。それが、その翌年だったかしら。また貸してほしいっていう人が現れてねえ」

不承不承、前回と同じ条件で貸したが、やはり三カ月保《も》たなかった。一月ほどで首を吊った女を見た、と騒ぎ出した。自殺した住人は男性であったこと、そもそもこの部屋には女性が住んだことはないこと、首を吊ろうにも天井にはロープを掛ける場所がないことなどを説明したが駄目だった。

「それで――どうなさったんですか？」

久保さんが訊くと、伊藤さんは顔を蹙《しか》めた。

「出てくって言うもの、止める方法もないものねえ。出てもらって、不動産屋にはもう貸さないから、って言いましたよ。なんだって女の幽霊なんて話になるのか分からないけど、事故があったことは事実だし、事情が事情だから空けとこうかと思って」

ちょうど、家を出て就職した娘さんが、溢《あふ》れた荷物を送りつけてくるのに困っていた。娘さんの部屋は「預かっといて」と言われた荷物でいっぱいだ。それを保管するのに使うことにした。荷物を移し、朝夕、風を通しに行くついでに水を供えて線香を焚《た》く。これまで、死亡者が出た場合にもそうしてきた。空けた部屋に最低限のお供えをし、風を通すついでに供養をする。

「それは……大変ですね」

久保さんが言うと、伊藤さんは苦笑した。

「まあねえ。でも、部屋を貸してればそういうこともあるわよ。そう分かっていても、そんなことが続くと、なんだか忌々《いまいま》しいでしょ。だからって梶川くんのことを恨みたくないのよねえ」

梶川氏が亡《な》くなった、その夜に見た夢。夢だとは承知しているが、あまりに不憫《ふびん》に思えて責めたくないのだ、という。変なトラブルが続けば恨み言を言いたくなる。だったら最初から貸さなければいい。

「でも、何なのかしらね、女の幽霊が出るっていうのは」

どう思いますか、と久保さんに訊かれ、私も絶句してしまった。

伊藤さんのアパートに現れているのは、高野トシヱではないのか。なぜトシヱが二駅も離れた無関係な場所に現れるのか。

「でも、言われてみれば、怪談でも時々ありますよね。自殺者の霊を見たけど、そこには自殺した人間なんていなかった、なんていうやつ」

久保さんに言われ、頷いた。当然予測される死者がいない。いないことが、不可解で理不尽な後味を生む、というスタイルの怪談だ。

——うつったのだ、という気がした。

「死穢に感染した、ということですね？」

甲の家が死穢に汚染され、そこに入った乙もまた死穢に感染した。『延喜式』では、乙は自宅に戻ることで乙家も汚染するが、梶川氏の事例では乙が転居することによって、新たな乙家——つまりアパートを汚染した、ということになるのだろう。

「あの、ちょっといいですか？」

久保さんが心許なげな声を上げた。

「まず、中村美佐緒が嬰児を殺害して、土地を汚染したってことですよね。高野トシヱはその死穢に汚染された土地に入って、死穢に感染した。そして自身もまた死穢になった。つまり、あの土地は二重に感染していたわけですよね」

そういうことになる。

「その場合、感染力は倍になるんでしょうか」

どうだろう、と私は苦笑した。そもそも死穢とその感染というのは、いま目の前にある現象を説明するために捻《ひね》り出した屁理屈でしかない。

「『延喜式』には、規定はないんですか？」

調べてみたが、ないようだ。

「でも、死穢に感染した人間が別の場所に移動する、なんてことはよくあることですよね——現代では」

ぎくりとした。

そう——現代では住民の流動性が高いのだ。かつて、人は土地に根付くものだった。「一所懸命」という言葉があるように、人々は自分の根付いた土地を懸命に守った。逆に言うなら、土地に縛られた存在だったのだ。だが、現在はそうではない。人はたやすく住まいを変える。一生のうちに何度でも移動する。そういう流動民のための「家」が、この国にはいくらでもある。家を建てる際には、いまだに地鎮祭ぐらいはする。だが、人が住み替わるのに、いちいちお祓いの類を催したりはしない。

中村美佐緒は嬰児を殺害した。これによってあの場所は死穢に感染した。そこに移り住んだ高野家もまた死穢によって汚染される。ここで高野トシヱは死亡する。土地は二重に汚染される。そこに梶川氏が入る。彼は死穢に触れた。触れた死穢は二重の汚染だ。これを抱えて家を替わる。その家は二重の死穢で汚染される、という理屈になる。そこで梶川氏が死亡すれば、その家は三重の死穢で汚染されたことになる。

そして——と思う。そこに新しい住人がやってくる。もしもこの住人が転居前に住んでいた家が汚染されていたとしたら？　三重の死穢が残る場所に、まったく別の死穢を抱えた住人が入ってきたとき、その場所はどうなるのだろう。四重に汚染される？　その人物が何事もなく転居したら、転居先の家は四重の死穢に感染する？

　高野家は家を建てるに際し、当然のように地鎮祭を執り行なったはずだ。昔のことだから地鎮祭だけでなく、立柱、上棟、竣工《しゅんこう》と段階ごとに儀式が行なわれた可能性が高い。だが、穢れは浄め切れなかった。そこには残余の穢れ――残穢《ざんえ》が残った。これによって高野トシヱは死亡する。高野家のあった土地は再び死穢に感染した。当然のことながら、高野トシヱは葬儀が出され、法要を営まれて浄化の儀式が執行されている。だが、それによって祓い切れない残穢がここでも付着した。

　もしも何事もなければ、美佐緒の被害児たちが残した残穢は時間とともに消えていったのかもしれない。だが、高野トシヱの死によって土地は二重に感染することになる。これが一種のブースター効果のような役割を果たしたとしたら？　そのようにして、至るところで死穢が何重にも重なり、住民の移動によって次々に汚染を広げているとしたら。

「高野トシヱや梶川くんのことを考えると、怪異は――幽霊は空間に残った死者の記憶なんかじゃないです。確かに『穢れ』みたいなもの」

　久保さんは言って、しばらく考え込むふうだった。

「高野礼子さんの嫁ぎ先にも現れたんですよね、『赤ん坊の泣き声』。しかも複数だったんじゃないか、って話でしたよね？」

確証はないが、私はそう思っている。

「つまり、礼子さんについて移動したんですよね。礼子さんは感染してた」

単純に触れた、というだけなら、高野家の内実について証言をくれた日下部さん母娘《おやこ》もこの穢れに触れている。だが、日下部さん母娘は影響を受けなかったようだ。触れたからといって必ず感染するとは限らない。本当に何かの感染症のようだ。

私がそう言うと、

「ああ、そうですね。そう考えると分かりやすいのかもしれません。岡谷マンションは感染してた。けれども潜伏してたわけですよね。礼子さんはキャリアだった。マンションもキャリアだった。日下部さん母娘だって感染したのかもしれません。けれども発現しなかった。梶川くんは感染し、発現した。つまり、住む場所や住む人によって発現したりしなかったりする」

久保さんは言ってから、複雑そうな声を出した。

「私も——感染しているのかもしれません」

机上の空論的にはそういうことになるのかもしれない。だが、怪異というのがそういう性質のものだとすると、久保さんに限らず、我々はほとんどそれを逃れる術《すべ》がない。なにしろこの残穢は、死の起こった建物だけでなく、土地に留まり数十年というスパンでも生き残るのだ。その間、そこに住んだ人、——もしかしたら訪れた人——が感染し、ほかの場所に持ち出し、梶川氏の例のように新たな場所にも感染を広げていくのだとしたら。

たぶん私も久保さんも、とっくに何重にも感染している。

久保さんは悩んだ末、伊藤さん所有のマンションに転居することにした。部屋を出るに際し、久保さんは近隣の神社に行ってお祓いを受けた。同時に、新しく入る部屋も祓ってもらった。気休めかもしれないが、何よりも大事なのは本人が納得するか否《いな》かだと思う。とりあえず久保さんはそれで納得して新しい部屋に移った。

## 3　拡大

二〇〇七年の三月、再び作家の平山氏と会う機会があった。平山氏には最初にお会いしたとき、何か進展があったら教えてください、と言われていたものの、本当に逐一報告するのも憚《はばか》られて進捗《しんちょく》状況を連絡していなかった。美佐緒の件が分かったときには、一瞬だけ報告させてもらおうかとも思ったのだが、もう忘れておられるだろう、という気がして、やはりお報せしていない。とにかく忙しい方なので、仕事の邪魔をしてもな、という気もあった。

今回、平山氏が京都に来られたのも仕事があってのことだ。ついでに食事でもどうですか、というお誘いをいただいた。正確に言うと、夫が誘われて「奥さんも一緒にどうですか」と言われたのだが、肝心の夫は仕事で上京中だった。なので、私だけがありがたく出掛けたのだった。

「ところで、例の怪談はまだ追いかけてるんですか」

その席で訊かれた。それで、食事の間にこれまでの経過を報告したのだが。平山氏が盛んに首をかしげている。

「どうも気になるんですよねえ。――どっかで似たような話を聞いたなあ」

どれだろう、と問うと、美佐緒の件だ、という。

「嬰児殺しの犯人、でしょう。その跡地に怪談があって、壁から赤ん坊が出てくる。これ、以前拘《こだわ》ってた、ぼこぼこ赤ん坊が湧《わ》いて出てくるって話ですよね？」

頷くと、

「嬰児殺しの起こった場所に赤ん坊の幽霊が出る。――それ、聞いたなあ。ありがちな話だから書かなかったんじゃないかなあ」

氏の記憶によれば、こういう話だったという。

――とあるアパートに引っ越した女性が、頻繁に猫の声を聞くようになった。付近に猫の溜《た》まり場でもあるのか、発情期の猫独特の煩《うるさ》い声がする。気になるので追い払おうと窓を開けてみるのだが、猫の姿は見えない。ベランダに出て周囲を窺《うかが》うと、むしろ声は背後の部屋の中から聞こえるような気がした。

近所のどこかだろうか、と思った。アパートはペットを飼ってはいけない規約になっているはずなのに。誰かがこっそり部屋の中で飼っているのかもしれない。そう考えてみると、壁一枚隔てたような、どこかくぐもった声だった。

せめて避妊手術ぐらいすればいいのに、と苛立《いらだ》ちながら部屋に戻って窓を閉めた。やはり煩く猫の声がしている。ベッドに入っても寝られない。やっと声がやんでウトウトすると、また始まる。しかも、それは目覚めるごとに近づいてくるような気がした。

――近づいてくる、って。どこからどこへ？

おぁぁぁぉ。

すぐ耳許で声がしていた。声のするほうには、壁しかなかった。

彼女は何気なく壁を振り返った。

ちょうどすぐ目の前の壁がぷくりと膨れ上がるところだった。ぎょっとして見ているうちに、それは丸く飛び出してきた。表面に傷のように眼鼻とぽっかり開いた口があった。

猫ではなかった。壁から生えた赤ん坊が泣いている。

身動きもできず、赤ん坊を見つめるすぐ頭上からさらに泣き声がした。目線だけを上げると、そこでも壁がぷくりと膨れ上がるところだった。金縛りに遭ったようにただ見つめるしかない目の前で、壁のあちらこちらがぼこぼこと盛り上がる。それぞれが口を開けて泣き始めた。

悲鳴を上げようとしたとき、ひたり、と冷たい感触が頬にした。最初に出てきた赤ん坊が壁の中から手を伸ばし、ぬれぬれと赤い小さな手で、彼女の頬に触れたのだ。

「それで気を失っちゃった、という、そんな話。彼女は友達のところに転がり込んだんだけど、夜道を歩いてても泣き声がついてきたんだって。結局、お祓いをしてもらって、やっとやんだとか言ってましたよ」

確かに似た印象の話ではある。

「それで、あとで調べてみると、そのアパートって人の居着かないところだったんですよね。もともと近所でも有名な廃屋の跡地に建ってたんだって。廃屋は赤ん坊の声がするので有名だった。面白半分に忍び込んだ連中が赤ん坊の泣き声に付きまとわれた、とかね。それもそのはず、その廃屋って、嬰児殺しで捕まった母親が住んでた家だったんですよ。赤ん坊を殺して庭に埋めてたんだって」

へえ、と思った。

「まさかとは思うけど、同一人物だったりしてねえ。たぶんノートを取ってると思うんで、帰ったら調べてみますよ。なんだったら、そのとき集めた資料を送ってあげます」

お願いします、と答えた。

その翌日には氏から電話が来た。私は出掛けていた。家に帰ると留守番電話に短いメッセージが残っていた。

「まさか、でした。資料を送ります」

すぐに荷物が届いた。新聞や雑誌の記事、平山氏が聞き取りしたメモなどのコピー一式が入っていた。大きな付箋《ふせん》が一枚、貼《は》ってあった。

「くれぐれも取り扱い注意」

記事の多くは美佐緒の事件に関するもので、以前、後輩に集めてもらったものだったが、聞き取りのメモは気味が悪くなるような代物《しろもの》だった。中村美佐緒のいた家は、昭和四十八年——一九七三年ごろまでは残っていたようだ。もともと借家で、事件後しばらくは夫の昭二が一人で住んでいたが、彼が出てからはいくつかの家族が入っては出てを繰り返していたらしい。昭和三十年代も半ばになると、住人は完全にいなくなり、そこは廃屋になった。朽ちて屋根が落ちたのを契機に、こぢんまりとした家に建て直されたようだが、ここも人が居着かず、やはり廃屋になっていった。その頃には周囲が開発されたので、小規模なビルの隙間《すきま》に残された空白地のような有様になっていたらしい。この廃屋は昭和六十年代には心霊スポットとして有名だった。赤ん坊の声が聞こえるとか、足を踏み入れると赤ん坊がついてくる、などと言われていたようだ。その後、廃屋は取り壊され、あとにはアパートが建った。しかしながらここも住人が居着かないのだという。

平山氏はかつて、「別の人物から聞いた別の場所の話であるにもかかわらず、手繰っていくと根は同じだった、ということもある」と言っていた。そういう話は「業《ごう》が深い」とも。危険なのだ、と。

なるほどな、と思った。この種の「存在自体が怪」である怪異は、感染力が強いのだ。だから触れたものの間にどんどん広がっていく。感染した先でも穢れとなり、新たな怪異の火種になったりする。高野トシヱの場合のように。

そしてこの美佐緒にまつわる残穢は、植竹工業以前にあった何かに由来している。その何かからツリーを描くように怪異が生まれ、枝分かれしながら増殖している。脳裏に浮かんだのは、ウィルスが増殖していく顕微鏡映像だ。そのように増殖し、汚染が広がっている——。

そうこうしている間に、我々は戦前の書き付けを発見することができた。当時の様子を簡単に記録した文書と、手書きの地図が添えられていた。

植竹鋳物工場の前には、邸宅が存在していた。吉兼《よしかね》家という。ここは工場敷地と隣接する長屋などを含む、ほぼ一ブロックに匹敵する広い地所で、邸内には使用人の住む長屋、畑までがあったようだ。だが、その素性は分からない。新聞や郷土史などにも記載はなかった。

どうやら過去に向かう旅もここが終着点らしい。特に偉人ではなかったらしい吉兼家の記録を探す方法がない。

「残念ですね」と、久保さんが言うので、これで良かったのかもしれない、と答えておいた。一連の経緯を思い出すとき、私の脳裏には常に平山氏の書いてくれた「くれぐれも取り扱い注意」という付箋がちらつくようになっていた。

## 4　汚染

二〇〇七年初夏、我々は学校名簿から、長屋の跡地に建った川原家に詳しい人物を見つけることができた。近隣に住む明野《あけの》氏だ。明野氏は地元で高校の教師をしていた。川原家とは直接関係はなかったが、川原家の息子が通っていた中学校に亡くなった奥さんが同じく教師として勤めていた。直接、息子の和秀《かずひで》氏を担任することはなかったようだが、同僚から噂《うわさ》を聞くことが多かった、という。

「川原くんは中学校を卒業して、自宅に引き籠《こ》もっていたようですね。中学の終わりから学校を休みがちで、何度も教師が家庭訪問をしたのですが、ほとんど学校に出て来なかったようです。とりあえず高校受験はしたのですが合格しなかった。もっとも、そもそも高校に行く気があったのかどうか。滑り止めも受けていなかったようだし、行き場を失って家に閉じ籠もっていたみたいです」

川原家の母親、川原正美《まさみ》さんが亡くなったのは昭和四十年頃——一九六五年前後のことではなかったか、という。和秀氏は当時十八歳だった。正美さんは階段から落ちたということだったが、詳細は分からない。朝起きたら階段の下で母親がぐったりしていた、と和秀氏は言っていたらしい。

だが、和秀氏は母親に暴力を振るっていた。これは隣近所の住人も承知していた。正美さんの死因は「脳卒中」——つまり、脳出血または脳梗塞《のうこうそく》だということだが、暴力が原因で起こった死ではなかったか、と噂になったようだ。

「もともと近所では評判の良くない子だったんです。感情の起伏が激しくて、常に何かに苛立っている感じだったと聞いています。落ち着いて何かをする、ということができなくて、家でも学校でも常に苛々と歩き廻っていた。補導されるような非行はなかったのですが、悪い噂が絶えなかったようです」

　小さい頃は、大人しい利発な子供だと言われていたらしい。母親の言うことをよく聞き、素直で礼儀正しい少年だったようだ。それが思春期に入った頃から豹変《ひょうへん》した。ひょっとしたら何らかの精神疾患を抱えていたのかもしれない。そう思わせるような極端な変わり方だったという。

「言動の辻褄が合わないとか、そういう感じではなかったようなのですが。まったく人に会いたがらない。担任や同級生が訪ねていっても、本人は出てこなくて母親が気の毒なくらい謝っていた、という話を聞いたことがあります」

　その母親は息子の暴力に曝《さら》されていた。近所でも怪我《けが》が絶えなかった、という証言があった。

「ちょうどその頃、あのあたりで放火が多かったんです。放火のあった夜に限って、和秀くんの姿を見た、なんて話があったものだから、実は放火していたのは彼なんじゃないかという噂もありました。高い買い物をして母親を困らせた、なんて話も聞きました」

　近所の電器店などに電話をして、あれを持ってこい、などと言う。店主が真に受けて届けると、青ざめた母親が平謝りして返品するようなことが繰り返されていたようだ。一度など、軽自動車が納入されそうになったこともある。のみならず、どこに電話するのか、高額の電話料金が請求されて母親を狼狽《ろうばい》させることも多々あった。

「あちこちに悪戯《いたずら》電話をかけたり、時報なんかに電話をして、受話器を外したまま寝てしまったりするんですよ。あとは水を出しっぱなしにしたりね。何もかも母親を困らせるためだけにやっている感じで、正美さんは疲労困憊《こんぱい》しているふうでした。教師や親戚《しんせき》が集まってなんとかしよう、という話になることもあったのですが、当人が暴れるので結局、正美さんが黙り込んでしまう。そのあげくの不審死ですから、妙な噂になるのも致し方ないとは言えるでしょう」

正美さんが死んだあと、しばらくの間親戚が川原家に入って和秀くんの面倒を見ていたようだが、何カ月もしないうちに川原家は無人になった。どうやら強制入院になったようだ、という噂を明野氏は聞いている。

「その後の消息は分かりません。病院で亡くなったとか自殺したとか噂を聞いたようにも思いますが、真偽は分かりません。――和秀くんが引っ越したあとの放火？　いいえ、ありません。やんじゃいましたね。関係あるのかどうかは分かりませんが」

いずれにしても、住人を失って川原邸は売りに出され、そこに篠山家が入った。最終的に稲葉氏が入り、取り壊されて団地になっている。

「佐熊さんが恐れていた『お兄ちゃん』は、こういう人だったんですね」

一言で言えば不審人物だった、ということなのだろう。どこか病的で周囲に危機感を抱かせる存在だった。

だが、とりあえず川原和秀の周囲に怪異の影は見えない。もっとも、川原和秀の奇行が、そもそも怪異に誘発されたものである可能性はある。

「川原くんについては、もうちょっと調べてみます。同級生とか担任を捜せないか」

久保さんはそう言い、その言葉通り川原和秀の同級生や同窓生を捜し出してきたが、いずれも明野氏以上のことは分からなかった。引っ越したのちの消息を知る者もいない。川原和秀の周辺に何らかの怪異があったようだ、という証言もなかった。そもそも川原和秀は周囲にあまり記憶を残さなかったようだ。変わった奴《やつ》だった、危ない感じがした、という声はあったが、具体的な記憶がほとんどない。つまり、同級生たちとほとんど交わりを持たなかったのだ。どこか危うい感じがあって印象は強かったが、実際に交流はなかったので記憶には残らない。――そういう生徒だったと思われる。

そうやって辿るうち、いよいよ卒業生からのラインも尽きてきた。相変わらず植竹工業以前に存在した吉兼家については、知る方法がなかった。

長い旅だったが、ここが終着点なのかもしれない。

# 七　戦　前

## 1　樹形

我々は追跡を諦《あきら》めたわけではなかったが、遅々として成果は上がらなかった。相変わらず、吉兼家については分からない。というより、調べる方法すら見つからなかった。唯一《ゆいいつ》あるとすれば、地元の寺を廻って檀家《だんか》に吉兼家がいないか訊《き》くか（これは答えてもらえない可能性のほうが高い）、あるいは墓石を確認することだ。

当該地を出て行った人々の行方も相変わらず捜していたし、工場付近の住人も探していた。手繰ることのできるラインはことごとく辿《たど》ってみたが、そろそろラインのほうが尽きてきた。

「こうやってみると、圧倒的に何も起こらないんですね」と、ある日久保さんは溜息《ためいき》をついた。

我々は過去に「何か」を探しているから、曰《いわ》くありげな住人ばかりに目が行くが、多くの住人は何の異変も感じていない。四〇一号室の西條さんは、相変わらず問題なく生活している。四〇三号室の辺見さんも同様だ。人が居着かないと言われていた二〇三号室も、二〇〇二年秋、新しい住人が入ってから動いていない。新しい住人は若い夫婦と小さな子供二人の四人家族で、いたって和やかに生活し、奥さんはママさんグループにも入って、うまくやっている。久保さんのあとに入った住人も、マンションを出た様子はない。

岡谷団地のほうも同様だ。黒石さんの家に入った八番目の住人は、そろそろ入居して四年になろうとしているが、何の問題もなく生活しているようだ。マンション以前、団地以前に住んでいた人々も、消息を追える限りは追ってみた。我々が知っている範囲では、転居後に何らかの事故や事件に巻き込まれた住人はいない。

それに触れたからといって、必ず何かがあるというわけではない。久保さんもいまのところ問題なく生活している。

辿るべきラインがないから動けない。動かないとだんだん忘れがちになる。やっと思い出したのは十月も末、平山氏からの連絡を受けてからだった。

「例の話はどうなってますか」と、平山氏に訊かれた。

突き当たりに立ち止まったままです、と報告すると、実は気になる写真を見つけたのだ、という話だった。

「私宅監置、って知ってますか」

私は意外な言葉に、ぽかんとした。

精神病患者を自宅に監置する、あれだろうか。――いわゆる「座敷牢《ざしきろう》」だ。明治期から終戦直後まで、制度として存在したことは知っている。精神病患者に対し、地方自治体の許可を受けた責任者が、定められた監置室（これが俗にいう座敷牢だ）に監禁する。

精神障害の患者はいつの世にも存在するが、明治期以前には「癲狂《てんきょう》」と呼ばれ、周囲にとって脅威や邪魔になるようであれば監禁、拘束することで社会から隔離し、民間薬や加持祈禱《きとう》で対応するしかなかった。法整備がなされたのは一九〇〇年になってからのことだ。この年にできた「精神病者監護法」によって、患者は弱者として保護されることになった。患者を私宅や病院に監置する場合には、医師の診断書を添えて警察署を経て地方長官の許可を得なければならない、とされた。医師の診断もなく、公の認可もなく家族や社会が勝手に患者を隔離することはできない。

しかしながら、この法律には医療上の対応についての規定がなく、また患者を収容する病院も絶対数が不足していたために、かえって患者を私宅に監置する大義名分になってしまった。これを憂《うれ》い、一九一九年には「精神病院法」が制定されて、道府県に精神病院の設置を行なうことにしたが、これは遅々として進まず、結果、一九五〇年に「精神衛生法」が作られるまで私宅監置が常態的に行なわれていた。

「そうそう。それです。――この私宅監置について大正時代に全国調査を行なった報告があるんですが、その中の写真の一つに、気になるものがあるんですよ」

　報告書は大正時代の発行ではあるが、調査した事例については患者名や住所などを一部伏せ字にしてある。ところが、ベースとなった調査論文が残っていて、こちらのほうには実名がストレートに表記されているという。

「そこに吉兼家ってのがありましてね。住所からすると、ひょっとしたらお探しの吉兼家じゃないかと思うんですが」

　報告書にある吉兼家では、三男の友三郎《ともさぶろう》が監置されていた。監置室から顔を出した患者——友三郎の写真がある、という。

　平山氏が該当部分の資料を送ってくれた。住所からすると、探していた吉兼家に間違いないと思われる。吉兼友三郎は明治三十八年——一九〇五年、十五歳で発病した。家族に殴りかかり、家に火を点《つ》けようとして拘束。以後、「怨《うら》ミヲ云《い》フ声アリテ」、それが焼け、殺せと命じるのだと訴えて暴れることが続き、翌年監置が許可された。

　資料は、私宅監置に関する調査論文なので、これ以上、友三郎の病状についての記述はない。代わりに、友三郎が置かれた監置室と監置の状態については極めて詳しい報告がなされている。

　友三郎が入れられた監置室は母屋《おもや》の端にあった。そもそも端にあった一部屋の半分を木製の格子《こうし》で仕切った形だ。格子は寸法によれば、かなり太い角材で堅牢に作られており、太い閂《かんぬき》を渡す形で閉ざされている。格子の一部に人の頭部よりも一回り小さい程度の小窓があって、そこが食物の差し入れ口になっていたようだ。内部には畳が二枚敷かれ、一畳半程度の板間がある。板間の端を刳《く》り抜いて便器を設置し、床下に汚物槽となる瓶《かめ》を埋《い》けて便所を設けてあった。普通は単なる穴であることが多かったようだが、おまるという例も多い)、これは通常サイズの陶器製のものだったので、人間が通り抜けることができる。実際、友三郎はここから抜け出すことがあり、家族は監置室がある棟の床下に壁を廻らせて完全に閉ざした。汚物を汲《く》み出すための堅牢な扉があって、通気口が一箇所だけ設けられた。この通気口は小さく、しかも角材を三本入れてあったので床下は暗く、風通しも悪かった。友三郎はそれでも「床下ヲ徘徊《はいかい》スルヲ好ム」とされている。

栄養状態は「上等」、家人の待遇は「普通ナリ」、監置室や患者への待遇の総合評価は「普通ナルモノ」に分類されている。

監置室や家の写真と共に添えられた、一枚の写真がずっしりと重かった。格子で作られた壁の一部から顔を覗《のぞ》かせている男の写真だ。意志の強そうな顎《あご》の線と秀《ひい》でた額。彼は無表情に撮影者のほうを見ている。

資料を読む限り、友三郎には幻聴があったようだ。「怨みを言う声」が友三郎に放火と家族に対する暴行を命じた。

残念ながら吉兼家に関する資料はこれだけで、依然として吉兼家がどういう家だったのかは分からない。資料の中には友三郎が実際に家人をどうにかした、という記述は存在しない。たぶん家人を襲ったが、死者は出ていないのだろう。調査のあと、友三郎がどうなったかを知る方法もない。ただ。

——放火と暴力。

これは川原和秀の事例に相通じてはいないだろうか。そして。

「床下を徘徊するを好む」——政春家には何者かがいた。それは床下を徘徊していた。床下から不吉なことを囁《ささや》いていた。

政春家にいたのは、友三郎ではなかったか。

## 2　声

二〇〇七年の十二月、我々は長屋に住んでいた一家の消息を知ることができた。

以前、聞き取りに応じてくれた辻さんが、妹さんと仲の良かった同級生が長屋にいたことを思い出してくれた。ただし、その方保田《かとうだ》という家族は、長屋の取り壊しを機に転居し、転居先で亡《な》くなったという。

「妹に訊いたら、火災で亡くなったと聞いたそうです」

辻さんはそう言ったが、新聞を探してみると、事件は単なる火災などではなかった。

一九五七年三月、方保田家は隣接する家屋四棟を巻き込んで全焼した。焼け跡からは方保田夫妻と子供五人の遺体が発見された。一家は鈍器状のもので頭を殴られており、火事の際、同家の十八歳になる長男が周囲をうろついていたことなどから、長男を勾留《こうりゅう》して取り調べたところ、一家を殴殺《おうさつ》したうえで放火したことを自供した。長男は精神鑑定の結果、「強度の精神分裂症」と診断され、不起訴処分になった。

長男には強い幻聴があった。床下から「焼け、殺せ」と犯行を命じられたという。その声の主は、長男に付きまとっていた。夜に眠るときは、床下のぴったり同じ位置に横たわって、そこから「殺せ」と囁き続けた。一晩中、怨み言を呟《つぶや》いていることもあったという。

――やはり出てきたか、という気がした。

床下を徘徊する何者かが怨み言を囁く。そして結果として家族を殺害させた。そう考えると、団地の飯田家の心中事件も同根なのではないかと疑いたくなる。

政春家では声だけだった。不幸な事件に至ることはなかった。だが、同じく声だけなら、川原家にもあったのではないか。

私がそう言うと、久保さんは、

「ひょっとしたら、それだけじゃないかもしれません」と言った。

久保さんは停滞した調査の代わりに、これまでに集めた資料を整理していた。インタビューはすべて録音してある。これまでは要旨をメモにして渡してくれていたのだが、改めて全部を原稿の形に起こしているところだった。

「最初のほうの聞き取りで気になることがあるんです。小井戸さんと根本さんなんですけど」

小井戸家は岡谷マンション用地にあったゴミ屋敷だ。小井戸家の北側に隣接していたのが根本家だった。

「小井戸さんは床下にまでゴミを詰め込んでいた、ということです。これって、ひょっとしたら、床下から何かを閉め出そうとしていたのじゃないでしょうか」

小井戸氏はわざわざ床に穴を開けてまで床下にゴミを詰め込んでいった。確かに、ほかのゴミ屋敷ではあまり聞かない話かもしれない。言われてみれば、床下の空隙《くうげき》を恐れているようにも思われる。誰も床下に入り込まないよう、這《は》い廻らないようにあらかじめ不用な物で埋めてしまう、ということはあっても不思議ではない。

「もう一人、根本さんですけど」と、久保さんは言う。「根本さんちのお婆《ばあ》ちゃんは、呆《ぼ》けていた、という証言があります。そこに、床下に居もしない猫を飼っているつもりになっていた、という話があるんです」

根本夫人は床下に餌《えさ》を投げ込んでいた。ときには縁側に伏せて話し込むこともあった。

「お婆ちゃんは、本当に猫と話していたんでしょうか？」

――友三郎か。

思った瞬間、少し寒気がした。冷えた縁側に身を伏せた老婆《ろうば》。その床下からは声がしている。みんな死ね、だの、死ぬだのという不吉な言葉だ。老婆はそれに耳を傾けている。時には話し込むこともあったというが、彼女はいったい、その「怨みを言う声」に何と答えていたのだろうか。


その直後、大晦日《おおみそか》のことだ。

まだ日付が変わらない頃だったと思う。仕事場の電話が鳴った。見ると、「コウシュウデンワ」と表示されている。普段はそういう電話は取らずに留守番電話を通して相手の声を確認するのだが、この日は受話器を取った。なぜか「コウシュウデンワ」という表示を見たとたん、「あの人だ」と思い当たる人物がいたからだ。彼女は毎年、御土人と八坂神社に初詣《はつもうで》に行く。どうしてそう思ったのか自分でも不思議なのだが、彼女が出先から電話をくれたのだととっさに思った。

だが、受話器から流れてきたのは彼女の声ではなかった。

「あの……いま、何時ですか？」

虚を衝《つ》かれた。若い男性の声だった。十代から二十代前半ぐらいだと思う。あまりに意表を突かれて答えられない私に、彼は改めて、

「いま、何時ですか」と訊いてきた。

思わず、もうじき十二時です、と答えてしまっていた。

どうも、と小声で呟くように言って、彼は電話を切った。受話器を握ったまま、私はまだぽかんとしていた。

何だったのだろう？　間違い電話――では、あるまい。悪戯《いたずら》電話？　しかし、こんな悪戯をすることにどんな意味があるのだろう？

それとも本当に時刻を知りたかったのだろうか。しかしながら、だったら見ず知らずの番号に電話するその十円で、時報に電話したほうが確実だったのではないだろうか。間違い電話なら気にするまでもない。悪戯電話でも気の持ちようがある。なんのために掛けられたのか分からない電話は、妙に据わりが悪く、後味が複雑だ。狐《きつね》につままれた気分で受話器を置いた。世の中には妙なことがあるものだ。

そう思っていたらその翌日、再び十二時前に電話が鳴った。その時間帯の電話は珍しくはないので、受話器を取ろうとした。取る前にナンバーを確認すると、「コウシュウデンワ」とあった。

まさか、と思った。まさか、それはないだろう。

たぶん、ないことを確認したかったのだと思う。受話器を取ると、若い男性の声がした。

「……いま、何時ですか」

一瞬、どう対応すべきか考えた。このまま何も言わずに切るべきか、それとも相手に素性や意図を問い質《ただ》すべきか。だが、焦《あせ》ると人はこうなる、という実例だろう、私はほとんど自動的に、「もうじき十二時です」と答えていた。

答えてすぐに、そうでなく、もっと別のことを言うべきだ、と思った。あなたは何者で、なんのために電話してきたのだ。それを問おうと「あの」と声を出す前に、電話の相手は小声で「どうも……」と呟いて通話を切った。

翌日にもその電話は来た。ほぼ同じ時間帯、表示は「コウシュウデンワ」。私は電話を取らなかった。留守番電話に切り替わると、相手は無言で電話を切った。

この不可解な電話はそれからも一週間ほど続いた。

「なんだか気味が悪いですね」と、久保さんは言う。「大丈夫ですか」

大丈夫か、と心配されるようなことではない。得体が知れないけれども、特に害のあるようなことでもないだろう。

だったらいいんですけど、と久保さんは言って口籠《くちご》もった。

「なんだか黒石さんの話を思い出してしまって」

黒石さんは岡谷団地から転出していった人物だ。

「黒石さんも言ってましたよね、悪戯電話があった、って」

そんな話があったか。だが、うちに掛かってきた電話は、悪戯電話という性質のものではないだろう。

私はそう答えたが、ふいに嫌な気分がしたことは確かだ。

「そうですね……だと思うんですけど。若い男の声だったたってことなので気になって。考えすぎですよね」

たぶんね、と私は答えたが、喉許《のどもと》に引っ掛かった。確かに黒石さんは悪戯電話によって不安にかられたのだった。「なんでもない電話」だとも言っていなかっただろうか。いや、こんな奇妙な電話なら「なんでもない」とは言わないか。

だが、黒石さんは「若い男」と言っていただろうか？　自転車に撥《は》ねられて、その相手が若い男のようだった、とは言っていたと思うが。

……そこまでを考えて、私は妙に落ち着かない気分になってしまった。

そう、黒石さんは「若い男」を警戒していたのではないだろうか。自転車とぶつかったこと自体は何でもない事故なのかもしれないが、それが「若い男」であったために、悪戯電話と結び付けて悪意のようなものを見てしまったのでは。黒石さんは不安の理由として通り魔や少年犯罪を挙げていたし、黒石さんが転居する前後は少年犯罪に対する警戒心が高まっている時期ではあった。だが、本格的にそれがクローズアップされるようになったのは転居後の二〇〇〇年で、黒石さんが不安がる理由としてはタイミングが少しずれる。

悪戯電話の主が「若い男」の声だった？　だから少年犯罪を警戒していた？　時刻を問う電話も、確《たま》かに若い男の声だったが……。

気になって堪らないので、黒石さんに連絡を取ってみた。以前、悪戯電話があったと聞いたが、それは若い男性の声だったのだろうか。

黒石さんは、「そうです」と、答えた。

老《ふ》けているような気もすることもあったが、最初に掛かってきたときの第一印象は十代の少年だった。

何気なく電話を取ったら、唐突に「いま、一人ですか」と訊かれた。とっさには何を訊かれたのか分からなかった。少しの間、答えられずにいると、相手も答えを待つように沈黙している。警戒心が首を擡《もた》げた。黒石さんは「違います」と答えた。すると少年は何かを口の中で呟くように言って電話を切ったという。

「――威嚇《いかく》的だとか、そういうのじゃなかったんですけど、なんだか下見みたいで」

電話はその後にも何度か掛かってきた。連日ではなかったが、一時、頻繁だったこともある。大半は無言で切れたが、時には何かを言うこともあった。それもたいがい、「消火器ってありますか」とか、「テレビ……見てますか」などという、意図不明のものだったという。

「なんでもないと言えばなんでもないんですけど、消火器はあるか、なんて言われると放火されるんじゃないかと気になって。テレビもそうです。そのときテレビは点いてなかったんですけど、電話を切ったあと、慌《あわ》ててテレビを点けました。ニュースで怖い事件でもやってるんじゃないかって気がして」

そうでしょうね、と私は答えた。これでは到底、脅しとは言えない。だが、ついこちらが意図を深読みして不安になる問いかけであることは確かだ。それに比べれば、我が家に掛かってきた電話はまったくの意図不明なのだが。

その夜はなんとなく、また電話があるのではという気がしてならなかったが、以後、今日に至るまでこういう電話が掛かってきたことはない。

## 3　歪《ゆが》む

とにかく吉兼家の消息が知りたい。探し廻って我々が辿り着いたのは、かつて吉兼家が檀家となっていた菩提寺《ぼだいじ》だった。

二〇〇八年春、菩提寺を発見してくれたのは、岡谷マンションの近隣に住む後輩だった。彼は休日のたびに辛抱強く当地の古い寺院を廻り、墓石を確認してくれた。うちの一つに「吉兼家」の墓があった。同寺の墓地には同じく「吉兼」と書かれた墓石が複数残っていたので、どうやら親族一同がこの寺の檀家だったと思われる。幸い、住職の國《こく》谷《や》氏は、以前お世話になった林氏の同級生で、親交があった。林氏の計らいで取材にも丁寧に応じていただくことができた。

まず、吉兼家は現在、当地にいない。一家の行方は國谷氏にも分からない、という。最後に吉兼家の家族に会ったのは先代の住職で、すでに故人になっておられる。吉兼ハツという人物で、この婦人が一九四五年、最後に法要を営んだ。昭和二十年——終戦の年の晩秋のことだ。父君の十七回忌だったが、婦人自身はすでに当地を離れていたようだ。のちに婦人自身も所在不明になっている。十七回忌を迎えた父君は、おそらく、問題になっている吉兼家の親戚筋《しんせきすじ》で、友三郎にとって大叔父にあたる人物ではないかと推定される。この吉兼ハツという婦人が寺に現れて以降、吉兼家の消息は絶えている。護寺会費と墓地管理費も納付されておらず、実を言えば國谷氏は墓の扱いに困っている。

一般に、寺に墓を持つためには、その寺の檀家になる必要がある。檀家だけが自身が所属する寺に墓を持つことができる、という言い方もできる。この「檀家」は、信徒とは違い、ほかの檀家と協力して寺を守る義務を負う。寺を守ることでひいては自家の墓を守るわけだ。昨今では公園墓地などと混同され、誤解されることが多いが、墓を設けるにあたって納める永代使用料はそこに墓を建てる権利を取得するための代金で、永代使用料を納めれば、それで永遠に墓を置いておけるというものではない。墓地を含む寺を存続させ守るために必要となる費用（護寺会費）や墓地の清掃や維持管理のための費用（墓地管理費）を負担する必要がある。そのほかにも、寺が存続するための必要経費や労力は檀家全員で負担することになる。そもそも寺とはそういう施設なのだ。

したがって護寺会費等が滞れば、檀家としての資格を失う。墓は無縁墓と判断されることになり、遺骨を取り出して無縁供養塔《くようとう》などにほかの無縁仏と合祀《ごうし》されることになる。昔は檀家を離れるというのは、墓の継承者や縁故者がいない場合に限られた。ゆえに「無縁墓」というわけだが、近年では核家族化と居住地の流動化が進み、継承者がいても無縁化することがある。その一方で、核家族化の影響で墓地は恒常的に足りない。檀家になって寺に墓所を持ちたいと願っても、肝心の墓地に空きがないというのが現状だ。そのため、寺としては無縁化した墓を無縁墓として改葬したいのだが、これには煩雑《はんざつ》な手続きを伴う。

墓を無縁墓として処理するためには、まず官報にその旨《むね》を掲載しなければならない。普通は官報だけでは不充分で、新聞などにも広告を載せるようだ。死亡者の本籍や氏名を開示して、墓の権利を有する人物が申し出なければ無縁墓になりますよ、という呼びかけを行なう。墓には同種の立て札を立て、一年を経ても名乗り出る者がなければ官報や立て札の写真など、必要書類を自治体の長に提出して無縁墳墓の認定を受ける。それでやっと改葬できることになる。

手間もかかるし費用もかかる。とくに主要紙に広告を載せるだけでも費用は莫大《ばくだい》だ。それ以上に、寺としては檀家のことだから、軽々に取り扱いたくはない、という思いがある。官報や新聞広告では檀家の目に留まらない可能性がある。仕事や家庭の事情で長い間墓参ができず、久々に墓を訪ねたら肝心の墓がなかった、などという事態は極力避けたいと思ってしまう。このため、昨今では寺は無縁化した墓を数多く抱え込んでいる。吉兼家一族の墓もそれだ。

「最後に御供養があってから六十年以上が経過していますので、御親族はおられないのではないかと思うのですが、そうとも断言できませんし……」

問題の吉兼家は大正十年——一九二一年で記録が途切れている。寺で保存されている過去帳には、友三郎の記載がない。最後に名前が残っているのは、みよしという女性で（墓誌によれば三喜）、彼女は友三郎の継母に当たるようだ。生母は友三郎を出産してすぐに死亡している。三喜一周忌の記述を最後に記録は途絶える。実父も兄弟も過去帳には記載されていないから、三喜の一周忌が済んだのち、吉兼家は当地を離れたのだろう。

そののちも二軒の吉兼家が國谷氏の寺には所属していたが、一方は戦前に記述が途絶え、もう一方も吉兼ハツが父親の十七回忌法要を営んだのを最後に、やはり記述が途絶えている。

「けれども、妙な記述があるんです」と、國谷氏はコピーを見せてくれた。

吉兼家最後の死者は「みよし」で、彼女は戸主の吉兼康蔵《こうぞう》の「つま」になっている。彼女が死亡する前年、「婦人図一幅」という記述がある。死者の名前が連なる中に、ぽんと異物のようにそれが置かれている。

これは何でしょう、と問うと、

「たぶん、絵をお預かりして供養したということなのだと思うんです。そういえば、以前先代から、うちで幽霊画をお預かりしたことがある、と聞いたことがあります。どなたからかは聞きませんでしたが、おそらくそれだと思うのです」

「幽霊の絵、ですか」

「いえ、普通の女性の絵だったようです。ただ、時折、顔が歪むのだそうです。綺麗《きれい》なお姫様の絵、と言っていたので、髷《まげ》を結って着飾った女性の絵か、あるいはもっと古く宮中の女官の絵か、そういったものだと思います。一幅とあるので掛け軸だと思うのです」

その絵に描かれた美しい女性の顔が、醜く歪む、という。

「歪むと不幸があるのだったか、あるいはその絵を手に入れて以来、不幸が続いたのだったか。いずれにしても供養してほしいということで、うちがお預かりしたのだそうです。ですが、これは戦災で焼けました。戦争中、このあたりも空襲で危ない、という噂《うわさ》が立ったのです。なので大切な品々は借りた蔵に疎開《そかい》させていたのですが、そちらのほうが空襲に遭って焼けてしまったのですね。過去帳なども写しを作って疎開させる予定でした。写しのできたものから蔵に運んでいたので、幸い、写しか原本のどちらかが残ったのですが、絵などのお預かりしていた品物は全部焼けてしまったそうです」

言って、國谷氏は、

「お預かりしたのは先々代だと思います。先々代は檀家さんの間で起こった出来事などを備忘録に記録していましたので、それを探せばもう少し詳しい記述が出てくるかもしれません。時間がかかってよければ探しておきましょう」

そう、約束してくれた。

我々は気長に待つつもりだったが、二週間後には備忘録が見つかった、と國谷氏は連絡をくれた。だが、住職の残した備忘録は、悲しいことに達筆すぎて私にも久保さんにも読めない。國谷氏が解説してくれたところによれば、吉兼家にあった絵は三喜が嫁入り道具として持ち込んだものだったようだ。

それは、樹下に婦人が坐《すわ》った絵だったらしい。樹《き》の根元に坐った女性が頭上の枝を見上げている。その絵は代々、三喜の実家に伝わっていたものだが、そもそも「不幸を呼ぶ」と言われていたという。そんな不吉な道具を、なぜ嫁入り道具として持ち込んだのか理解に苦しむ。持ってきた嫁も、持たせた実家も信じていなかったのかもしれないし、それでも携行したいだけの思い入れがあったのかもしれない。だが、その絵のせいか、三喜が嫁いでから吉兼家では不幸が続いた。長男が病気で亡くなり、三喜自身も立て続けに子供を二人、死産している。三男は「病を得た」と書いてあるから、この頃に友三郎は発症したのだろう。三喜はやっと三人目を授かり無事に出産できたが、この子は一年と少しで死亡した。このため、吉兼家は絵を寺に預け、供養してもらうことにしたらしい。だが、その翌年、三喜は二十四歳の若さで死亡している。

寺では曰くがあって預かった品を、施餓鬼法要の際に蔵から出して、一括して供養することにしていた。その法要の際、住職は異様なものを目撃している。

絵は、ほかの供養する品々と一緒に前日から本堂に出して掛けてあった。夜、戸締まりと火の元を確認するため、住職が本堂に向かうと、どこからともなく不気味な風の音がした。怪訝《けげん》に思って外を見てみたが、戸外には風など吹いていない。なのにどこか遠いところから「疾風《はやて》でも近づいてくるかのよう」な音が響いてくるのだ。

首を捻《ひね》りながら本堂に入った。と、微《かす》かながら大勢の人の呻《うめ》き声が聞こえた。住職は手燭《てしょく》を翳《かざ》した。真っ暗で巨《おお》きな空間の中に、ぽうっと明かりが入る。本堂のそこここに黒い人影が横たわり、苦しげに身を捩《よじ》っていた。救いを求めるように手を伸べる者もあった。驚いて息を呑《の》む間にそれは消え失《う》せ、もとの薄闇《うすやみ》に溶け込んでしまったが、たぶん見間違えではないと思う。風の音は続いていた。しかし、遠ざかりつつあるようだ。

このとき本堂に広げてあった品々は、どれも曰くのあるものばかりだ。どれが原因かと一つ一つ照らして検《あらた》めてみた。すると、婦人図の顔が変わっていた。綺麗な妙齢の婦人だったはずが、顔を歪め、邪《よこしま》な笑みを浮かべていた。あっ、と声を漏らすと同時に風の音が消えた。絵は相変わらず歪んだままだった。住職はしばし本堂に留まって、絵に向かって手を合わせた。翌朝には以前の状態に戻っていたが、前夜、本堂を去るときには、まだ絵の中の女は笑っていた。

吉兼三喜が亡くなったのは、それから半月もしない頃のことだ。住職はそれで、不幸を予言するのかもしれない、と思ったそうだ。よほど業《ごう》の深い品なのだと了解して、それ以後、本堂の隅に常時掛けて朝夕に供養をすることにした。

だが、その後も一度、絵が笑ったことがある。吉兼家の消息はもう途絶えていたが、何かがあったのではないか、と思った。そして、住職が記録を残した昭和三年の六月、その前夜にまた絵が笑った。いまごろどこでどうしているかは不明だが、おそらくまた吉兼家に何かがあったのだろう、と思った、という。

「三喜さんの実家も、彼女が亡くなられたあとに悲惨な末路を辿ったようです。どういう末路なのかは書かれていませんが」

三喜の実家は奥山《おくやま》家といい、福岡にあるらしい。これは寺の記録に残っていた。というのも、三喜の遺骨は一周忌を過ぎたところで実家に帰されたからだ。当人の遺言だと吉兼家は説明していたらしいが、一周忌を過ぎてすぐに後妻が入ったので、あるいはそのあたりの事情もあったのかもしれない。つまり、三喜の墓はあっても、三喜自身はもう当地にはいない、ということになる。

三喜の遺骨が戻った福岡という地名が、福岡県を意味するのか福岡市を意味するのかは國谷氏にも分からない。漠然と「福岡」だけでは場所を特定することは困難で、しかもそこで奥山家を探せと言われても途方に暮れるばかりだ。

ただ、一つだけ想像できることがある。この怪異は吉兼家が起点ではなかった、ということだ。友三郎が聞いた「怨みを言う声」は、その後も方保田家、政春家、飯田家に受け継がれていったものだろう。だとすれば、吉兼家は感染したほうであって、そもそもの汚染源ではない。媒介したのは伝世の絵か、あるいは三喜か。いずれにしても震源は「福岡」の奥山家にあるのだ。

「問題は『福岡』がどこなのか、ってことですよね」

久保さんは國谷氏の寺を辞去する道すがら、言った。

「三喜が実家に戻った頃、福岡市は博多ですか？」

たぶん福岡だと思う、と答えた。

現在の福岡市は、かつては博多と呼ばれていた。それが一六〇〇年、関ヶ原の合戦のあとに黒田如水、長政父子が入国し、出身地にちなんで「福岡」城を築いた。当時は、市内中心部を流れる那珂川《なかがわ》の東西で、博多、福岡と呼び分けていたらしい。一八七一年、福岡藩は廃藩置県により、福岡県と名称を変える。のちに行なわれた市制施行の際、紛糾した末、福岡市になった。

福岡市ならば範囲は限られるが、福岡県、あるいはかつての福岡藩を漠然と指す意味で「福岡」という語を使ったのなら、範囲は途方もなく広がってしまう。せめて福岡市か、そうでないのかぐらいは分からないと捜しようがない。

藁《わら》をも摑《つか》む気分で、私は平山氏に訊いてみた。何か御存じではないだろうか。

「顔が歪む絵、ねえ。それも聞いたことがある気がするなあ」と、氏は言ってから、

「福澤《ふくざわ》さんに訊いてみるといいですよ。たぶん絶対に徹ちゃんのほうが詳しい。私も彼から聞いたのかもしれない」

福澤さん、とは福岡県在住の著名な作家、福澤徹三氏のことだ。福澤氏もまた優れた幻想小説、ノワール小説の書き手であると同時に怪談実話の蒐集《しゅうしゅう》家だ。氏が収集する怪談には九州――とりわけ北部九州のものが多い。

読者としてはよく知っているが、福澤氏には面識がない。恐縮しつつ、平山氏に仲介

の労を取ってもらって福澤氏に連絡をした。これまでの経緯を説明し、最後に辿り着いたのが吉兼三喜であり、実家は福岡の奥山家、彼女が嫁入り道具として持ち込んだ絵にまつわる怪談が伝わっていることを伝えた。「お姫様の絵が」と、私が言ったところで、福澤氏は即答した。

「ああ、顔が歪むという絵。あの奥山家ですね」

「御存じですか」

「北九州では有名です」

# 八　明治大正期

## 1　奥山家

怪談の主役は、奥山義宜《よしのり》という。話の前後からするに、義宜が三喜の父親だったと思われる。

福岡県にある奥山家は、小さいながらも独立した炭鉱主だった。だが、義宜は明治の末かあるいは大正の初頭に家族を皆殺しにした。被害者は諸説あるが、自らの母親と妻、子供が数名、その配偶者と使用人が含まれるようだ。家族を殺害後、家に火を放とうとして果たせず自殺した。本人が自殺したところから、この事件は大量殺人というよりも無理心中として扱われるようだ。被害者には使用人も含まれているが、実体は姪《めい》や義弟などで、広義の家族にあたる。

だが、これは殺人にほかならない。動機は家業が傾き、嵩《かさ》んだ借金を苦にして、と言われているが、実態は明らかでない。奥山家の事件については詳細な記録が存在しないからだ。客観的な記録も、ほとんど存在しない。残念ながら、新聞などにも報道された形跡はない。明治に入って、多くの新聞が創刊されたが、基本的に当時の新聞は政治報道と論説を中心にしたものだった。それが事件報道にスライドしていくには世紀を跨《また》がなくてはならない。そうなってからも、紙面は四ページが主流で、取り扱う事件は当然のように中央、大都市が中心になるから、地方の事件などは記録に乏しかった。

だが、地元の「記憶」としては奥山家の事件は歴史的事実として語り伝えられている。奥山家がこの頃、経済的に困窮していたことは事実らしい。これは間接的に記録が残っている。奥山家が所有する炭鉱は生産量が減少していた。特に旧来の採掘方法では限界が見えていたが、当時三池炭鉱などで導入され始めていた近代的な方式に乗り換えるためには莫大《ばくだい》な資金を必要とした。奥山家はその資金の調達に苦慮し、その頃、炭鉱経営に乗り出しつつあった中央財閥に鉱山を売却することが検討されている。

その意味で斜陽の最中にはあったが、決して「嵩んだ借金を苦にして」などと言われるような状態ではなかった。あえて自ら死を選ぶほど切羽詰まった状態ではなかったとされている。そのため、この事件は裏で「呪《のろ》われた絵の祟《たた》り」と言われてきたようだ。

当時は技術的な問題から、炭鉱における事故が多かった。多くの労働者が義宜の炭鉱で命を失った。時代を考えれば、ある意味無理もないのだが、死者に対してはろくな補償もされず、小規模な事業であるために新たな安全対策などがとられることもなかった。特に事件の二十年ほど前、かなりの死者が出る大規模な事故があったらしい。問題の絵は、それ以前から奥山家が所有していたものだが、事故以来、死んだ労働者の怨《うら》みによって「顔が歪《ゆが》む」と言われていた。一説によれば「恐ろしい顔で睨《にら》む」といい、また一説によれば「嘲笑《あざわら》うような顔になる」とも言われている。後者は「顔が歪むと奥山家に不幸が起こる」という怪談とセットになっていたようだ。また、この絵が飾られた座敷に休むと、深夜絵が呻《うめ》くとか、すすり泣くなどと言われていた。同時に、座敷の中に苦しみ悶《もだ》える黒い人影が敷き詰められたように蠢《うごめ》いていた、などとも言われている。

だが、この奥山家の怪異については、触れてはならない。——福澤氏によれば、地元ではそう伝えられている、という。

「聞いただけでも祟られる、と言われています」

福澤氏はそう言った。氏自身は、祟り絡《がら》みの話なので採話しただけで書き記してはいない。だが、興味を抱いて取材したとき、嫌なことが続いた記憶がある。

「私の場合は、常に怪談を集めているので、奥山家のせいとは限りませんが」

そう言ってから、福澤氏は律儀《りちぎ》に、

「私はあえてお祓《はら》いなどはしないタイプですから、つい言ってしまいましたが、気にされるなら申し訳ないことです」

そう謝ってくださったが、私も気にならないタイプだ。だったら良かった、と福澤氏は言って、

「ある意味、北部九州最強の怪談なのでしょう。ほとんど知られていないけれども、それは強すぎるから、という話です。なにしろ、聞いても伝えても祟るから、一切、記録することができない」

それ自体が怪談のようだ——そう思って、私は平山氏の「存在自体が怪」という言葉を思い出した。

奥山家は結局、義宜の起こした事件によって途絶した。炭鉱は売却されることなく、閉山になった。

この頃、九州北部には小規模な炭鉱主が多数、存在していた。彼らは多く、美麗な建物を残した。これは奥山家も同様で、奥山家は母屋《おもや》二棟に離れ一棟、擬洋館一棟を持つ広大な屋敷だったようだ。だが、義宜の事件のあと、建物は解体され売却された。跡地は二つに分割され、邸宅になったらしい。残念ながら、その位置を正確に特定することは、もうできない。ただ、漠然とあのあたりだったらしいという伝承は残っている。

伝説によれば、奥山家の跡地に入った二家も、不幸が続いて没落したと言われる。鉱山跡地は最終的に有名な心霊スポットになった。

「どういう変遷《へんせん》を辿《たど》ったのかは不明ですが、最終的にはラブホテルが建っていました。車で乗りつけるやつですからモーテルというべきでしょうか。正確には、とあるモーテルが実は奥山家の鉱山の跡地に建っているらしい、という話です」

このラブホテルは「出る」ことで有名で、そのせいか何度も持ち主が変わっている。改装しては営業していたが、ついに完全に廃業して廃墟《はいきょ》になった。廃墟になってからも地元では有名な心霊スポットだ。呻き声が聞こえる、黒い人影が現れる、などと言われており、いまも半ば崩れかけた状態で存在している、という。

「ここに肝試しに訪れたグループは、のちに殺傷事件を起こしました。事件の現場となったトンネルは、これまた有名な心霊スポットになっています」

そう言って、福澤氏は有名なトンネルの名を挙げた。

「そんなふうに、奥山家に関係するものは、ことごとく呪われた経過を辿るのだと言われています」

感染が広がっているのだ、と思った。しかもこの残穢《ざんえ》は感染力が強い。私も出身は九州だ。出身地は大分県に含まれるが、文化圏としてはむしろ北九州に含まれる。都会に行くと言えば、大分市ではなく小倉か博多になる。心霊スポットに行くとなると九重《くじゅう》ではなく仲哀《ちゅうあい》トンネルに行く。福澤氏が名前を挙げたトンネルもお馴染《なじ》みの場所だ。しかも、このトンネルにまつわる怪談なら子供の頃から嫌というほど聞いてきた。

言われてみれば、このトンネルも感染力の強い場所なのだ。心霊スポットとして有名なこのトンネルで怪異に遭った人物が不幸な死を遂げ、彼がさらに別の場所で怪異となるという——怪異が連鎖する話がいくつもある。

そういうことだったのか、という気がした。自分がよく知っている場所だけに、妙に腑《ふ》に落ちる感じがした。そしてふと気づいた。

——こちらのほうが、本体だ。

たぶん、久保さんが遭遇した怪異に端を発する一連の連鎖は、奥山家に繋《つな》がっている。だが、奥山家のほうから見れば、三喜から吉兼家、その跡地へと連なる連鎖は側枝でしかない。北部九州にこそ主幹があるのだ。

そう説明すると、久保さんは呆然《ぼうぜん》としたようだった。

「これで、側枝、ですか？」

たぶん。奥山家の跡地に建ったという二家、その家は不幸が続いて没落したと言われる。奥山家を二分割したというから、この二家もかなり大きな建物だっただろう。二家が没落したあとにはさらに分割されて転売された。時間と共に持ち主が変わり、時代の趨勢《すうせい》に従ってどんどん細分化されていく。現在の跡地には、ごく普通の小住宅もあれば、アパートやマンションもあるだろう。そしてたぶん、それらすべての建物に汚染は伝わっている。おそらく、規模も感染力も吉兼枝《ブランチ》より、はるかに大きく強い。

考え込むように黙り込んでしまった久保さんをよそに、私は別のことを考えていた。福澤氏は奥山家の建物は「解体され売却された」と言った。これは、建物を移築するか、部材として売却されたということではないだろうか。昔の建築物ではないことではない。

良い材料は使い廻すのが普通だった。

確認のため、慌《あわ》てて福澤氏に連絡をした。残念ながら、福澤氏はそこまでは御存じないようだった。「調べてみます」と、氏は言う。固辞しようとしたが、

「私も興味がありますから。——変な話ですが、私は自分が奥山家に呼ばれているような気がするのです」

氏は、怪談を収集する過程で何度も奥山家の怪談に当たってしまうのだという。もちろん、地理の問題はある。福澤氏がテリトリーにしている地域は、まさに「奥山怪談」の地元だ。だが、まったく別の場所で拾った怪談が、辿ると奥山家に繋がるということもあった。どれも書きにくい話だから深入りしないようにするのだが、何度も何度も出会ってしまう。

「縁がある、というんでしょうか。これは私が調べるべきことなのだと思います」


福澤氏は、現在、手許《てもと》にある限りの資料を送ってくれた。

奥山家は建物が撤去され、敷地は二分されて蓮見《はすみ》家、真辺《まなべ》家という二家になった。蓮見家は地元で有名な医者の家系で、真辺家は裕福な資産家だったと伝わっている。だが、蓮見家はそこから二代で途絶した。四人いた息子が次々に自殺し、最終的に養子を迎えて家を継がせたものの、その養子も自殺したと言われている。一方の真辺家は建物の規

模を縮小しながら平成元年——一九八九年頃までは残っていたが、ここは凶宅として有名だった。というよりも、凶宅として有名な真辺家は実は奥山家の跡地に建っているのだ、と噂《うわさ》されていた。つまり、真辺家の怪異はその前にあった奥山家に由来するのだ、という理解のされ方だ。

福澤氏が収集した真辺家に関する怪談は、なるほど怪談としては書きにくいタイプの話ばかりだ。——例えば。

ある女性が紹介されて名士の息子と会った。その夜、自宅のマンションに戻り、いつものようにエレベーターを使わず、階段を昇ろうとすると、黒い人影に何度も足を引っ張られて落ちそうになった。翌日その話を親にすると、この名士の家は、嫁が早死にすることで有名だと言われた。慌てて付き合いを断ったが、この家が真辺家だった、という話だ。

こういう、特定の家に祟り呪いがあるという話は、どうしても書きにくい。実名を伏せればいい、というものでもない。因業《いんごう》ものは現代では「怪しさ」に結び付かないのだ。むしろ怪談としての味わいを殺す。その部分を削るにしても、黒い人影に足を引っ張られた、だけでは怪談作品として成立しない。

あるいは、こういう話もある。ある人物が友人の家に泊まりに行った。夜、寝苦しくて展転としていると、どこからともなく呻き声が聞こえる。何事だろうと起き出して声の出処を探すと、中庭にある井戸から聞こえるようだ。古い鋳物《いもの》のポンプがあって、その注ぎ口から声が聞こえる。まるで井戸の底に何者かがいて声を上げているようだった。あとでこの家は犯罪者や精神を病む人間の多い家で、昔からこの家の井戸は地獄に通じていると言われていたことを知った。

採話の段階では、真辺という友人の家、と実名が記録されている。これも因業ものとしての枝葉を切ると、中庭のポンプから呻き声が聞こえた、というそれだけの話になってしまう。私は風景として嫌いではないが、やはり書きにくい類《たぐい》の話だろう。

――だが、これらは奥山怪談の一部だと考えると怖い。いまになって、植竹工業でも言われていた「黒い人影」は、奥山家の炭鉱事故で亡《な》くなった人々なのだと分かる。彼らのほとんどは劣悪な環境で働いていた。落盤やガス突出、爆発火災、粉塵《ふんじん》による健康被害などリスクも高かったが、リスクに見合うだけの待遇は得られないのが普通だった。特に奥山家は、「事故で死んだ労働者の怨み」が怪談として残るくらいだから、かなり過酷な労働を強いていたのだろうと想像がつく。炭鉱事故の多くは爆発火災事故だから、「黒い人影」というのは、火災事故によって焼死した犠牲者たちだったのだろうか。あるいは、「怨みを言う声」があったのだから、ガス突出の犠牲者だったのかもしれない。

炭鉱夫は石炭の粉塵で真っ黒に汚れているのが普通だった。

炭鉱ではしばしば地中の一酸化炭素などの有毒ガスやメタンガスが噴き出すことがあ

った。有毒ガスであればそれを吸って苦しみながら死ぬことになったのだろうし、メタンガスならさらに悲惨だ。メタンガス自体は無害だが、大量にメタンガスが突出した場合、相対的に酸素濃度が下がって窒息することになる。または、もっと悲惨なケースを想像するなら、火災事故によって窒息した犠牲者なのかもしれない。

炭鉱における火災は、周囲が石炭であるだけに鎮火が難しい。最も有効な消火手段は坑道を塞《ふさ》いで酸素の供給を絶つことだった。

中に逃げ遅れた炭鉱夫がいることを承知で坑道を塞ぐことがあったとしたら。時代が時代だけになかったとは言えない。ならば「怨みを言う声」が、焼け、殺せと付きまとい続けたことも頷《うなず》けるというものだ。

## 2 安藤家

久保さんからの連絡が飛び込んできたのは、二〇〇八年の初夏のことだった。

その報《しら》せは岡谷マンションの辺見さんからもたらされた。隣の団地で、安藤氏が逮捕されたようだ、と話題になっている、という。

転居した安藤氏は、その後の消息が一切知れない。周辺の家とも付き合いはなく、転居先なども報せていない。ただ、この春、都内で起こった事件の容疑者として逮捕された男性が安藤氏に似ているという。名字も同じ安藤で、同一人物ではないかとひとしきり話題になったという。

容疑は殺人、面識のない女性を乱暴目的で殺害した。――これ以上の詳しいデータは提示できない。

間違いなく同一人物なのだろうか、と私が問うと、「分かりません」と久保さんは言う。久保さん自身も半信半疑でいるらしかった。

「私は結局、安藤さんに会えてないんで――。写真があるわけでもありませんし、もともと滅多に家から出てこないことで不審がられていたぐらいの人ですから、付き合いがあった人もいません。みんな、何度かちらりと見掛けたときの印象との比較ですから」

団地の住人に訊《き》いてみたが、間違いないと力説する人物もいれば、言われてみれば似ているような気もする、と言うのみに留める人物もいる。総じて面変わりしているように見えた、という。

「越していった安藤さんは、もっと瘦《や》せて顔色の悪い、見るからに暗い感じの人だったという話なんですが。――どう思います？」

久保さんに訊かれたが、答えられなかった。

久保さんを含め、団地の誰もが安藤氏の下の名前を知らない。ニュースでは、逮捕前に近隣住民の一人としてインタビューを受けた際の姿が公開されていたが、妙に陽気で「見るからに暗い感じ」だとは思えなかった。転居してから時間も経《た》っているし、「似ている」以上の判定はできないだろう。「安藤」という名字もありふれたもので、同姓の別人である可能性は否定できない。

まず同一人物かどうかを確認しなければ判断のしようがない。確認の手段は——なくはないだろう。出版社の伝《つて》を手繰れば、転居していった安藤氏と同一人物かどうかぐらいは分かるかもしれない。だが、もしも同一人物だと分かったとして、それからどうすればいいのだろう？

もしも同一人物だということになれば、今度は次の問いを発せざるを得ない。「あの土地に住んでいたことと、犯行の間には何か関係があるのか？」と。

だが、これは答えの出しようのない問いだ。「安藤」氏はまだ裁判を受けたわけではなく、容疑者にすぎない。検察の段階では本人も犯行を認めているらしいが、「自供」が百パーセント信頼できるはずもなく、したがって犯人であると確定したとは言えない。現時点では、犯行方法も犯行の経緯も正確なところを知る術《すべ》はない。たとえ本人に連絡して訊いたところで、確証が得られることなどあるまい。結局のところ、我々の世界観を試されるだけだ。ある家に住んでいたという事実と犯行の間に因果関係がある——因果を結ぶような「何か」があると認めるかどうか、という。

相談した末、最終的に我々は確認を諦《あきら》めた。

怪談にしておこう、と意見の一致をみた。

――あの家に住んでいた人は突然引っ越して消息不明になったのだが、のちに女性を殺害して捕まった犯人と同一人物らしい。

これ以上のことを言うためには、世界のフレームを問い質《ただ》さねばならず、それは我々の手には余るし、事件はその素材としては重すぎる。

そう答えて、ふっと背筋が寒くなった。久保さんは一時、安藤氏から話を聞きたがっていた。そのため家を訪ねてみようかとも言っていたが、思い留まってくれて良かった、という気がした。もしも彼女がたった一人で安藤氏の家を訪問していたら――。

「取り扱い注意」という付箋《ふせん》が、またも脳裏をちらついた。

そろそろ辿るべき手蔓《てづる》も尽きてきた。これ以上の進展は期待できない。ならば、ここが潮時ではないのか。

言い出そうとして言い出せずにいた二〇〇八年夏、福澤氏から電話がかかってきた。律儀にも奥山家の建物のその後について、取材の進捗《しんちょく》状況を教えてくださるためだった。期待の持てそうな資料が見つかったという。

「何が出てくるかは取り寄せて見てみないと分かりませんが、まだ前進する足場はあるようです」

そう言ってから、

「本当は資料を保存しているところに出向けば話が早いのですが、実はいま、ちょっと入院してまして」

福澤氏の口調は苦笑するようでも自嘲《じちょう》するようでもあったが、私は驚いてしまった。どうしたのか訊くと、

「事故に遭ったんです。乗っていたタクシーが追突されました」

追突してきたのはトラックだった。本来なら重大事故になるところだ。だが、たまたま角度をつけて当たったために、タクシーはスピンしながら弾《はじ》き飛ばされ、ガードレールに横腹を擦る恰好《かっこう》で停車した。おかげで福澤氏もタクシーの運転手も軽傷で済んだという。追突の原因はトラックの運転手の前方不注意だった。

「たまたまかもしれませんが、そちらも気をつけてください」

怪我《けが》の状態はどうなのだろうか。

「私は大丈夫です。重大な怪我をしたわけではないんですが、事故以来、視力が落ちて戻らないので退院させてもらえないんです」

検査を続けているが、原因が分からない、という。

「まあ――前回、奥山家のことを調べたときは、もっといろいろありましたから。それに比べれば大したことはありません」

それよりも私や久保さんこそ気をつけたほうがいい、という。

「気になるなら、お祓いを受けるなりしたほうがいいです。私は、あえてそういうことはしないことにしているので」

……あえてしたくない、という気持ちは分かる。私もそうだ。この頃も、雑誌で実話怪談の連載を続けていたが、お祓いなどは一切していないし、お守りのようなものも、いっさい身に付けていない。

祟りや呪いをあまり信じていない、というのもある。信じたくない、というのが正確なところかもしれない。それ以上に、自ら求めて怪異を収集していながら、怪異を遠ざける儀式に頼る気にはなれない。怪異を畏《おそ》れるなら最初から近づくべきではない。近づいたせいで何か起きたら、それは怪異のせいではなく、あえて近づいた自分のせいだ。

だが、久保さんには警告が必要かもしれない。思って連絡すると、充分に気をつけます、と答えた。

「ところで、会社のほうはどうですか」

久保さんの身辺はこのごろ落ち着かなかった。勤め先である編集プロダクションの社長が、急死したのだ。会社をどうするか、上のほうで揉《も》めている。久保さんの勤める編集プロダクションは企業との契約が仕事の主軸だが、これらの契約は社長が自らの信用で取ってきたものなので、代わりに誰かが社長に就任すれば今まで通りに仕事を続けられる、というものでもないらしい。下手をしたら会社は解散することになる。久保さんたちは、それまでに予定されている仕事を消化しようと大忙しだった。

「やっぱり、九月いっぱいで解散することになるみたいです」

次の就職先にあてはあるのだろうか。そう訊いたが、

「いまはちょっと考える余裕がありません。それまでにやりかけの仕事を全部やってしまわないといけないんで。全部済んだら、一カ月くらい倒れて、それから考えます」

身体《からだ》にだけは気をつけてとしか、かけられる言葉がなかった。

## 3　怪談の宴

二〇〇八年八月、私は福澤氏と平山氏、お二人と同時に会う機会を持つことができた。京都の太秦《うずまさ》映画村で行なわれるイベントに、お二人が来られることになったのだ。イベントの前日、食事をしようということになり、予約してあった店に向かった。本当は、せっかくのチャンスなので久保さんも同席したがっていたのだが、久保さんは来ることができなかった。

「仕事が大変だという話ですが、それですか」と平山氏は心配してくださったが、そう

とも言えるし、そうでないとも言える。

久保さんは二週間ほど前、突然、入院することになった。

突発性難聴のせいだ。突然、耳鳴りがして片側の耳が聞こえにくくなった。同時に目眩《めまい》がして立って歩くことができなくなったという。仕事で企業を訪ねインタビューを行なっている最中だったので、即座に同僚が近くにあった大学病院に連れて行ってくれ、そのまま入院することになった。

幸い、経過は良好で、三日ほどで聴力は戻り、次第に耳鳴りも消えていった。膜でも張ったような違和感だけが残ったが、退院する頃にはほとんど消えていたようだ。突発性難聴は、一時間でも早く治療を開始することが重要で、かかった時間によって予後が変わる。久保さんは発症したのとほぼ同時に治療を開始することができたので、治癒も早かったし予後も良いらしい。

「仕事先でインタビューを取っていた途中に、耳鳴りがし始めたんです。可怪《おか》しいな、と思っていたら、急にぐらっと世界が揺れて回転し始めたんです。びっくりしました」

突発性難聴は回転性目眩を伴うことがある。かつて夫が突発性目眩に罹《かか》ったことがあるが、これも回転性目眩を伴う。この目眩は強烈で、歩くことはおろか身体を起こすことも困難で、端で見ていても身体が揺れているのが分かるくらいだ。だが、そのせいで久保さんは即座に病院に行くことができ、しかもたまたま大学病院に至近の距離だったり、仕事先の会社が車を出してくれたりと、条件が良かった。おかげで後遺症の心配はあまりせずに済みそうだ、ということだった。

原因はたぶん、このところ続いた仕事上のストレスなのだろう。とりあえず退院はできたものの、まだまだ安静が必要だ。相変わらず仕事もあるので、長旅は自重する、ということになった。怪談ファンの久保さんは、当然のことながら平山氏、福澤氏のファンでもある。会うチャンスを逃したことが、このうえなく無念そうだった。

「また会う機会もあるでしょう」と、平山氏は言って、「それよりなんか、痩せてませんか」と私を見た。

はあ、と私は答えた。どうにも夏バテが酷《ひど》いのだ。

実を言うと、私もまたこの頃、体調が悪かった。もともとあまり健康的な暮らしをしていないから、当然といえば当然なのだが、頑固な肩凝り持ちだし、腰痛持ちだ。そもそも家を建てたのも、床に坐《すわ》る暮らしが肩凝りや腰痛に良くないようなので、椅子《いす》に坐る生活に切り替えたかったせいもある。それで新居は全面的に椅子に坐って暮らすようにしたのだが、残念なことに改善の兆《きざ》しはない。むしろ歳《とし》のせいか、年々悪化していた。肩凝りは恒常化していて常に首が廻らないし、肩も上がらない。四六時中、腰も痛めている。腰を庇《かば》うせいか、しょっちゅう股関節《こかんせつ》も痛める。寝起きや立ち坐りに難儀するのは毎度のことなのだが、この春以来、首から肩にかけてがいつも以上に重く、痛む。首に力を入れると痛むから、起き上がるにも自分の手で頭を支えてやらなければならない。立つにしろ坐るにしろ、縦になっていると痛みが増すので、とにかく一日の大半を寝て過ごすしかない。おかげでほとんど仕事にならなかった。この日のように出掛けるときは、痛み止めが不可欠だ。頸椎《けいつい》にヘルニアでも起こっているのではないかと思ったが、医者はレントゲンを見て異常がない、と言う。腰のヘルニアでもそうだが、レントゲンには写らないほどの異常でも、何の弾みでか猛烈に痛む、ということがある。たぶん首もそれなのだろう。念のため、初夏には人間ドックにも入ったが、異常はなかった。ということは、心配するほどのことではないのだと思う。もともと夏バテする質《たち》で、夏に体重が減るのは例年のことだ。この年はそれが酷かったが、あちこちの痛みを堪《こら》えるために痛み止めを濫用《らんよう》しているので、胃に来ているのかもしれない。

「当てられちゃいましたか」と、平山氏は言った。「久保さんといい、やはり、とんでもないものを引き当てたのかもしれないなあ」

――それは以前、氏が言っていた「酷い目に遭う」のことだろうか。

「徹ちゃんも、だからねえ」と平山氏は福澤氏を見る。

幸い、福澤氏は視力が戻って退院することができた。原因は分からないままだが、その後はなんの問題もないという。

その福澤氏は、「やはり話すべきじゃなかったのかもしれません」と、しきりに謝ってくれたが、謝ってもらう必要があることとも思えない。あちこちが悪いのは持病みたいなものだ。生活態度のせいであって、ほかの何のせいでもない。重なるときには重なるものだ。不思議なことのような気もするが、ままあることで、だからこそユングは「共時性」などという概念を発明する必要に迫られた。

「太っ腹だなあ」と、平山氏は笑い、「でも、そういうふうに考えられるんなら大丈夫でしょう」

そう言ってから、

「私も徹ちゃんに話を聞いてから気になったんで、関係のある怪談がないか探してたんですけどね、そしたらコンピュータがうんともすんとも言わなくなっちゃいました」

復旧したらハードディスクのデータが消えてしまった、という。

それは作家にとって、体調不良よりも大変なことではないだろうか。書きかけの原稿などは無事だったのだろうか。狼狽《ろうばい》して、大丈夫なのですか、と訊くと、

「よくあることだから。原稿はあちこちに保存してあるから実害ないし、必要なものはプリントアウトしたところだったんで」

そう言って、平山氏はプリントアウトの束を引っ張り出した。

「これ、徹ちゃんに送ってもらった奥山怪談だけど、ここに変にしょぼい怪談があるよね」

平山氏が示したのは、奥山家の跡地にあった真辺家に、放火犯が頻出したとする話だった。「黒い人影」を放火の犠牲者と結びつけた怪談だ。これのバリエーションだろうか、真辺家の子供が通う学校の教室が小火《ぼや》を出したという、いささかインパクトに欠ける怪談も収集されていた。息子が所属していたクラスは、「呪われたクラス」と呼ばれていたという。

私も、この話を読んで少し不思議には思っていた。「呪われたクラス」と言いながら、単に教室で小火があったというだけでは竜頭蛇尾の感がある。平山氏も同じ疑問を抱いたようだ。

福澤氏は、ああ、と呟《つぶや》いた。

「そうなんです。たぶんほかにも『呪われた』と言われるだけのことがあったと思うんだけど、私の手許には集まってこなかった」

「これって、ひょっとして」と平山氏は福澤氏に訊いた。真辺家の子供が通っていたというのは、福岡県のある小学校だろうか。その五年二組では。

「そう」と、福澤氏は驚いたような声を上げた。「クラスまでは分からないけど、学校はそこ」

「だったら、その続きはこれ」

平山氏は言って、別のプリントアウトと新聞のコピーを差し出した。

ある小学校に「呪われたクラス」があったという。一九八八年三月、小学校南側校舎四階にある教室が火災に遭った。この教室は当時、五年二組が使用していたが、火災の当日は春休み中で生徒は登校していなかった。無人の教室に同小学校に通う兄妹二人が入り込み、そこでマッチを擦って遊んでいたところ、備品に燃え移って火災になったという。兄妹は逃げ出して無事だった。煙が出ているのを通りがかった中学生の男子二名が発見、通報して、五年二組の教室を焼いただけで鎮火した。

そのほぼ一年後、一九八九年三月、この小学校に通う六年生の男子児童が校内の木に紐《ひも》を繋《つ》けて首を吊っているのを発見された。児童は放課後の部活のあと、ユニフォームのまま自殺を図った。部活中には特に変わった様子もなく、平素と同じように元気だったという。自殺の動機はいまに至るも分からない。この児童は前年、五年二組の所属だった。

さらに、一九九一年二月半ば、北九州道路のトンネル内で観光バスが停車中のトレーラーに追突するという事故が起こった。これをきっかけに後続車のバス二台と、乗用車の計五台による玉突き事故になり、バスに乗っていた修学旅行中の中学生十三人と教師三人を含む二十人が怪我を負った。中学生は二年生で、計二四七人が八台のバスに分乗して移動している途中だった。事故に遭ったのは二年一、二、三組の乗車したバス。この三クラスには旧五年二組から進学した生徒が集中していた。

「この話を教えてくれた娘は、ほかにもあるようだけど自分は知らない、と言ってた」

このクラスに真辺家の子供がいた、ということか。つまりは、奥山家に始まる主幹の連鎖は、つい最近まで「生きて」いたということだ。

「どんどん繋がるねえ」と、平山氏はどこか愉快そうだった。「これ、とんでもないモノかもしれないよ。危ない、危ない」

プリントアウトを熱心に読んでいた福澤氏は、

「私にこの話を教えてくれた人は、土地の祟りじゃなく、真辺家が所有していた日本刀の祟りだと言ってました」

当時の真辺家の主人――真辺幹男《みきお》が骨董品《こっとうひん》を集めるのを趣味にしていたという。しかもどうやら、かなり悪趣味なコレクターだったようだ。真辺家が所有していた日本刀の中には、事件に使用された刀があった。祟ると言われていたのに、あえてこれを購入し、話の種にしていたという。

「ほかにも江戸時代の晒《さら》し首を写した絵だの、河童《かっぱ》のミイラと称する怪しい品物を持っていたなどとも言われています。この話を伝えてくれた人は、日本刀の祟りで、真辺家の井戸からは『地獄の声』が聞こえる、とも言っていましたが、たぶんこれは別の人が聞いた『呻く声』なんだと思います」

中庭のポンプから聞こえる声か。

「真辺家に日本刀を売ったという古物商を知っているんです。ここがまた、そういう曰《いわ》くのある品の集まるところだったんです。おかげで親父《おやじ》は怪談の宝庫で、いくつか書かせてもらいました。真辺家は幹男のときに破産して福岡を去ったのですが、このときこの親父が曰く付きの品物を全部引き取ったようですね」

物好きな古物商もいたものだが、その古物商自身には怪異は降りかからなかったのだろうか。

「あったようですが、実害がない限り気にしていないようですよ。多少の障《さわ》りがあると、お祓いをしてもらう。実家が神社で、お兄さんが神主なのです」

これには私も平山氏も苦笑するしかなかった。

「じゃあ、私も」と言って、福澤氏は資料のコピーを取り出した。奥山家の建物の行方が一部だけだが分かった、という。

「やはり、離れの建物は丸々移築されたようです」

古い建築物に関する研究書で分かったという。かつてあったが現存しない著名な建築物として奥山邸の名前が残っている。建物のその後については、「一部を移築」として北関東と愛知の二箇所が上がっていた。

北関東のほうは追跡が可能だったらしい。観光地にある旅館で、屋号が明記してあるからだ。調べてみると、とある旅館が建物を改築する際に移築した建物を利用したらしい。だが、その旅館は一九四六年に焼失していた。未明に出火、周辺七棟を全焼させて鎮火した。焼け跡からは主人夫婦、妻の父親、子供三人の死体が発見された。遺体はいずれも寝床に入った状態であり、しかも後頭部に損傷があった。一家心中だと見られたが、この事件はのちに強盗による犯行であったことが判明したという。

——またか、と思った。放火と殺人。このセットは奥山怪談から派生する事件の共通項になっている。

「ほかにも部材が運ばれた場所があったようですが、いまのところは不明です」

もう一箇所、「愛知・米溪家など」と記載されている。

「これ、なんて読むのかな」

平山氏が訊いた。福澤氏は、ええと、と呟く。「こめたに、では」と私は口を挟んだ。変わった名字だ。かつて、なんと読むのだろうと思って調べたことがある。たしか、読者から送ってもらった怪談をテキスト化しているとき。入力するために辞書を引いた。

——まさか。

思っている私をよそに、平山氏は、

「そうそう。問題の真辺家。どうもね、建物が残ってるらしいよ」

どこですか、と福澤氏と私は声を揃《そろ》えてしまった。

「廃屋になってるんだって。お定《き》まりの心霊スポット。だいたいの場所は分かっているから、今度、身体が空いたら行ってみようかと思うんですけど、一緒にどうですか」

行きます、と私たちは即答した。

じゃあ、と平山氏は朗らかに笑った。

「日取りが決まったら知らせます。その頃、具合が良いようなら、久保さんも誘ってあげましょう」

この日、家に戻ってから私は怪談をテキスト化したデータを見返した。何年か前にこの人物から送られてきた話を雑誌に書いた。そう、たしか「地獄」について教えてくれたものだ。かつては豪農だったという祖父の家。その家の欄間を透かして仏間を見ると、地獄が見える、という。雑誌ではイニシャルにしているが、データのほうには実名や住所が記録してある。

探してみると、米溪新《あらた》、とあった。元データのほうには、愛知県の某所にある祖父の家、とはっきり場所も書いてある。

いまからこの住所に手紙を出して、果たして米溪氏に届くだろうか。手紙の消印は一九九二年になっている。当時、すでに勤めておられたようだが、ならば賃貸物件に独り暮らしをしていた可能性も高い。だとしたら、いまも同じ住所に住んでいるということはないだろう。だが、住所の番地を見れば部屋番号に該当する数字がない。戸建ての家のように思われる。実家に住んでいたのかもしれない。

賭《かけ》のような気分で手紙を書いた。半月ほどで返信があった。やはり住所は実家のものだった。氏は現在、転勤で家を離れているが、手紙を受け取った御家族が転送してくださったらしい。翌月、たまたま出張で大阪に来るということなので、そのときにお会いできることになった。


その欄間は米溪家の本家にある。祖父の祖父――米溪氏にとっては高祖父にあたる人物が、福岡の「炭鉱王」の屋敷が解体されたときにその他の部材とともに譲り受けたものだと伝えられているそうだ。この「炭鉱王」の名前は伝わっていないが、問題の欄間は天然木の一枚板を両側から別絵柄で透かし彫りにした見事なもので、二枚が一組になっている。米溪氏がのちに写真を送ってくれたが、片側が飛竜、片側が雲烟《うんえん》たなびく山峡の風景になった立派なものだった。

「もとの持ち主は炭鉱王だった、という以上のことは分からないそうです」と、米溪氏は言う。

かつては裕福な農家だったが、のちに傾いたと手紙にあったことについて尋ねると、

「みたいです。祖父の家は高祖父が建てたんですが、高祖父はいろんな事業をやっていたと聞いてます。けれども、結局それが失敗して、借金の返済にあれもこれも取られて、

やっと家土地と田圃《たんぼ》が何反か残ったということみたいですね。いまはごく普通の兼業農家です」

この欄間越しに仏間を覗《のぞ》くと、地獄が見える、という。しかし「地獄が見える」とは、どういう意味なのだろうか。

「それは誰も知らないんです。見ると良くないというので、誰もあえて覗こうとはしませんから。あえて覗こうとしなかったら、覗き込める位置でもないですしね」

米溪氏はかつて、その仏間の隣の部屋で地下で吹く風のような音を聞いている。

「そうです。地下鉄の風の音みたいな音でした。呻き声みたいなのも混じってて、気持ち悪かったです。聞いたのはあれきりですね。あれで懲《こ》りて、祖父の家に行っても座敷には寝ないようにしてるんで」

欄間を手に入れてから、家族に不幸があったというような話はないのだろうか。

「それは聞いたことがないです。早死にした人は何人かいたみたいですけど、特別なことじゃないと思いますが」

「火災などはどうでしょう」

私が訊くと、米溪氏は驚いたようだった。

「ああ、あったみたいです。家を建ててから、何度か不審火で小火を出したことがあったみたいですよ」

やはり、と思った。間違いない、欄間は奥山家から運ばれたものだ。

——ということは、と思う。土地や人だけでなく、おそらくは器物によっても怪異は伝播《でんぱ》するのだ。欄間を通じて奥山家の残穢に感染した。

米溪氏によれば、本家にはそれ以上の怪異はない。家族や家業にも異状はない。

「ただ、従兄《いとこ》が大学時代に住んでいた下宿には『出た』らしいですよ」

「従兄——本家さんの息子さん？」

「そうです。私より四つ上の従兄がいたんですが、東京の大学に来ていたんです。そのときに住んでいた下宿では妙な声がしたんだそうですよ。なにか……怨み言を言うような声が枕許《まくらもと》でするんだそうです」

眠ろうと枕に頭を休めると、耳許でぶつぶつと声がする。遠くで複数の人間が怨み言を囁《ささや》き交わしているような声だったらしい。最初は別の部屋か下の部屋の声が建物を伝わって聞こえるのだろうと深く気に留めずにいたのだが、ある夜、枕許に黒い人影があって、それがぶつぶつと呟いているのを見た。

「殺す、とか、殺してやるとか、なんかそういう物騒なことを呟いていたそうです。それで怖くなって、すぐに神社でお祓いを受けて引っ越したみたいですよ」

その後、声は従兄さんに付きまとったりはしなかったのか。——これは従兄さんが早世したせいで分からない。引っ越してしばらくして病に倒れた。難病で治療法はなく、家に戻って療養していたが、結局二年後に亡くなったという。

「私は従兄が死んだあとに同じ大学に入ったんですが、従兄が住んでいた下宿は、その当時にもありました。先輩なんかに聞くと、変な声がするというので有名だったみたいです。従兄以外にも、体調を崩した奴《やつ》とか、頭が可怪しくなって大学をやめた奴とかいたみたいで。私の後輩にも——後輩の同級生ですが——突然大学に来なくなって、実家に帰っちゃったのがいましたよ」

米溪氏は、従兄さんの不調を「下宿の怪異」と関連づけて考えているようだが、むしろ従兄さんが怪異を下宿に持ち込んでしまった可能性もあると思う。そして従兄さんがその下宿を出たあとも、怪異はそこに留まった。

怖い話だ、と思う。だが、従兄さんは男ばかりの四人兄弟だった。ほかの三人は特に異状も不幸もない。みなさん元気にしておられるようだ。従兄さんの父親——米溪氏の伯父は氏の父親を含め、六人兄弟だったが、全員がいまも御健勝とのこと。中には事業を興《おこ》して成功しておられる方もいるので、家に災難が降りかかったとは言えない。

私はこの顚末《てんまつ》を福澤氏に連絡した。福澤氏は代わりに、真辺家にあったという日本刀の行方が分かった、と教えてくれた。

真辺家の日本刀は完全に刃を潰《つぶ》した状態で転売されて行方不明になっていた。ところが、意外な場所から見つかっている。

一九九五年、警察が行方不明者の捜索依頼を受けて、ある祈禱師《きとうし》宅を家宅捜索したところ、布団《ふとん》の中からミイラ化した複数の遺体が発見された。遺体の身元はのちに同家で共同生活を営んでいた十九歳から五十歳の男女であることが判明した。彼らは悪魔祓いと称する祈禱師の指示でお互いを殴り合ったのだ。その結果、被害者が死亡すると「魂が浄《きよ》められれば生き返る」として放置していた。このとき祈禱師宅にあって警察により押収された日本刀が真辺家のものだったらしい。どうやら信者から祈禱師に寄進され、儀式に使用されていたようだが、詳細は分からない。出処を確認する意味で警察から古物商に照会があって、存在が知れた。

いったい、どこまで広がるのか、という気がした。真辺家から運び出された曰く付きの骨董品だけでもかなりの数に上るらしい。そのそれぞれが曰くを付けて転売された先を汚染しているのだとしたら、これはもう調べたところできりがない。奥山家の跡地、そこに住んだ人々、何世代にもわたり、そこから移動した人たち。すべてを調べつくすことなど不可能だろう。

久保さんに一連の経緯を報告すると共に、そう言うと、久保さんも溜息《ためいき》を漏らした。

「私、このところ、自分は何を追い掛けていたんだろう、と思うことがあるんです」

久保さんの会社は、やはり九月で廃業することになった。久保さんは幸い、上司が起こす新会社に就職できそうだ、という。だが、久保さんは春以来、これに関するどたばたで忙しく、しばらく完全に事件から離れていた。久々に岡谷マンションを訪ね、西条さんに「最近、どうですか」と訊いたとき、訊いた自分に違和感を覚えたのだという。どこかの時点から、完全に怪異は存在し、連鎖することを前提に行動していた。だが、しばらく離れてみると、そんな自分に疑問を抱く、という。

その気持ちは私にも分かった。ひょっとしたら、話があまりに巨大になりすぎたせいかもしれない。私もまた、いつの頃からか、すべては虚妄《こもう》なのではないかという疑いを抱くようになっていた。

例えば、安藤氏の件は衝撃的だが、確認が取れたわけではない。もしも逮捕されたのが本当に安藤氏だったとしても、安藤氏の犯行と一連の怪異の間には何の共通性もなかった。まだこれが、家族を殺害して自殺しようとした、あるいは、放火だというのなら、関連性を疑う余地もあったかもしれない。だが、そうではない。

「ですよね……」と、久保さんも頷く。

我々が調べる過程で、何度も何度も意味ありげに「無理心中」という言葉が出てきた。奥山家がそうだし、飯田家がそうだ。だが、方保田家の場合は、実はニュアンスが異なる。奥山家の離れが移築された旅館の件についても、最初は無理心中だと思われていたようだが、実は強盗事件であることが分かっている。では、これは「放火」という共通項しか持たないことになる。

「しかも、ほかの事件は全部、加害者が一連の連鎖に関係してたんですよね。けれども、旅館の事件の場合は、加害者は連鎖と関係ないです」

その通りだ。問題は様々な怪異が、意味ありげに連鎖していることにあるが、その内実はどれも異常な音がする、黒い人影を見た、気味の悪い声が聞こえる、など、怪談でお馴染みの現象だとも言える。身も蓋《ふた》もない言い方をするなら、ありがちな怪異について調べていたら、ありがちな怪異がさらにいくつも出てきた、という現象でもある。

ありがちだからガジェットが重なる。重なるから連鎖しているように見える。そう解釈することだって可能だ。特にいま、これほどまでに広範囲に拡大すると、かえっていくらでも関連する材料を拾い上げることができる。

「実はそういうことだったんだ、って思います？」

久保さんが訊くので、しばらく考え込んだ末、正直に「分かりません」と答えた。ここに至って、何もかも連鎖していると考えるのはあまりにナンセンスだ、という気がしているが、どこかの時点まではほかに解釈の余地がない、という気分がしていた。そしていま、振り返ってみても、同様な気がする。すべてに意味があると考えるのも常識的でないが、すべてが偶然だと考えるのも常識的でない、という気が。

ですよね、と久保さんは呟いて、

「もう、やめませんか？」と口にした。

以前のようにあらゆるラインを辿っていけば、まだまだいくらでも意味ありげな事件や怪異が出てくるのだろう。しかし、だとしたらこれはいくら調べてもきりがない。それぞれが本当に、客観的に見て関連しているのか、これはたぶん証明のしようがない。どれほど調べても安藤氏の事例のように、結局のところ、自分たちの世界観を試されるだけだ。これとこれの間に因果を結ぶような「何か」の存在を認めるのかどうか、と。

そもそもは、久保さんの部屋が可怪しい、という話だった。そこに居続けるべきか、それとも転居すべきか、久保さんは迷っていた。

「けども、私、出てしまいましたから。そしていま、何の問題もなく生活してます」

つまり、とっくに調査の目的は達成されていたのだ。

「ですね」と認めてしまえば、私にも異論はなかった。

興味はある。だから門戸を閉ざす気はない。だが、あえて自分から調べることはやめる。私と久保さんはそう結論に達した。

二〇〇八年、十月のことだ。久保さんが岡谷マンションに入居することを決めてから、七年が経っていた。

## 4　真辺家

その後、平山氏から連絡が来た。福岡の真辺家に行ってみるという。一緒にどうか、という誘いだった。考えた末、「行きます」と答えた。久保さんもやはり行くことを選んだ。自分の中で区切りをつけるためにも、震源地を見ておきたかった。

二〇〇八年十一月、我々は駅に降り立った。一足先に到着した平山氏と、福澤氏が迎えに来てくれていた。平山氏と懇意の編集者が一緒で、彼がレンタカーを用意してくれていた。

久保さんともども頭を下げた私を見て、平山氏と福澤氏が「どうしたんですか」と声を上げた。私が首に巻いているコルセットを奇異に思ったのだろう。夏に二氏に会って以来、体調は相変わらず悪かった。首の痛みは増す一方で、体重は減り続け、見かねた夫にもう一度病院に行くように、と厳命されてしまった。再度首のレントゲンを撮ってみると、前回には見つからなかった病変が発見された。それが何なのかは分からない。医者は最初、腫瘍《しゅよう》を疑ったようだが、どうやらそうではないらしい。この頃にもまだ検査は続いていたが、首にある「腫瘍状の何か」は正体が知れなかった。万が一の場合を考え、コルセットを誂《あつら》えて巻いておくよう命じられた。状態にもよるが、転倒したりした際、病変のある頸骨が潰れる可能性がある、という。

「大丈夫ですか」と問われたので、大丈夫です、と答えた。本当のところ、大丈夫かどうかは自分でもよく分からなかった。――それでもまあ、震源地を確認する間くらいは大丈夫でいられるだろう。

二氏が最初に案内してくれたのは、奥山家の鉱山跡地にあるというラブホテルの廃墟《はいきょ》だった。その道々、福澤氏と平山氏はその後の様子を教えてくれたが、どちらも手詰まりになっているようだった。

「今回はこんなものなんでしょうね」と、福澤氏は言った。「だいたいいつも、こんな感じになるんです。ぽんと関係する怪談が飛び込んできて、ひとしきり調べると、あれこれ障りが出てくる。それでも調べる糸口が残っていれば全部辿《たど》るのですが、どこかでその糸口も尽きる。そこでやめると、いろいろあった障りがいつの間にか消える」

それで放り出しておくと、またいずれぽんと怪談が飛び込んでくる。どうやら福澤氏と奥山怪談には、そういう縁があるらしい。

「係わり合いになるまいと思って避けると、かえって怪談が寄ってくるんです。よほど縁が深いんでしょう」

車で走る間に、陽は傾いてきた。いつの間にか市街地を離れ、点在する建物の姿もない寂しい峠道に差し掛かろうとしていた。

その建物は幹線道路からわずかに入った場所にあった。峠を越える道の中腹の、周囲には何もない寂しいところだ。外連味《けれんみ》のない箱形の建物が立ち枯れた雑草の間に埋もれていた。雑然と樹木が周囲を取り囲んではいたが、注意して見れば道路からもその廃墟然とした姿を見つけることができる。

建物は軽量鉄骨コンクリート造の二階建てだった。すっかり塗装は変色していたが、どうやらもともとはピンク色をしていたようだ。一階は部屋ごとの駐車スペースになっている。現在は廃車の捨て場所になっているようで、ナンバーもタイヤもなくガラスもことごとく割れた、埃《ほこり》まみれの自動車がいくつか、死に絶えたように蹲《うずくま》っていた。福澤氏によれば、そのうちのどれかで自殺した人がいる、という噂《うわさ》だった。真偽のほどは分からない。遊び半分で肝試しに来て、その数日後、廃車の中から自殺体で発見されれた、ということになっている。

建物の中は比較的、保存状態が良かった。窓ガラスは割れ、備品の冷蔵庫などは引っ繰り返され、戸棚の扉という扉は開いていたが、目立って悲惨な状態になっているわけではない。駐車スペースの壁には落書きがあったものの、室内の壁には落書きの類も見られない。あるいは原色の派手な壁紙が貼《は》ってあったせいかもしれない。布団などはあらかじめ撤去してあったようで、廃墟にありがちなように、誰かがねぐらにしていた様子も見られなかった。ゴミの類もほとんどない。なのになぜか殺伐とした気配が漂っている。生活の痕跡《こんせき》がまったくないせいだろうか。

「夜に来たら、嫌でしょうね」と、久保さんは細く真っ暗な裏通路を覗き込みながら言った。そのとき、ごぉぉっ、という地下で風でも吹くような音がした。

久保さんは立ち竦《すく》み、不安そうに周囲を見廻した。

「いまの、聞こえました？」

私は苦笑した。たぶん、表の道路をダンプカーが通った音だろう。音の調子と長さが、明らかにそれだった。

ああ、そうか、というように久保さんは照れ笑いをした。その顔を見て、ふと疑問に思った。確かに、ダンプなどが立てる低周波音域の音は風の音に似ている。これまで再三耳にした「地下で風でも吹くような音」は、実はこれだったのかもしれない。

この場所にまつわる怪談にしても――と思う。敷地には特にフェンスもないし、建物もまだしっかりしていて危険な感じはしない。車で立ち寄りやすい場所でもあるし、訪れる探検家は多いだろう、という気がした。母数が多ければいろんなことがあるだろう。そもそも心霊スポットに足を踏み入れる人間は、リスクを軽視しやすいか、リスキーなことを楽しむ傾向があって、だから日常でも事故などに遭いやすいのではないか、と思う。――などと考えると、これまで追ってきたすべてが虚妄だということになってしまいそうだ。

思いながら、建物を出た。福澤氏が、こちら、と手招くので建物の裏手へとついて行く。藪《やぶ》の間を掻《か》き分けてしばらく歩くと、そこに巨大なパイプを斜めに刺したようなコンクリートの構造物があった。トーチカを連想させる佇《たたず》まいだった。かなり古いもののようだ。すっかりコンクリートの表面が荒れている。覗き込んでいると、

「それが昔の斜坑跡です」

そう福澤氏が言った。こういった設備は産業遺跡として保存されていることも多い。だが、ここは保存されているわけではなく、由来を示す表示すらない。そのせいで、ここが奥山家の炭鉱跡だと、まことしやかに噂される原因になっているらしい。

「零細炭鉱の斜坑跡なのは確かだと思うのですが」

昔はここから地下へ坑道が向かっていたのだ。死と隣り合わせの地底へ。場所柄から考えると、炭鉱であった可能性が高いだろう。過酷な労働現場であり、たぶん事故もあっただろう、と思う。人命が失われたこともあったかもしれない。

いまは周囲の地面と同じレベルに埋められ、屋根のように残った覆《おお》いの下には、誰かが置き捨てたのか、ドラム缶や灯油缶などのぼろぼろに錆《さ》びたのが転がっていた。

草原の中に唐突に現れた遺物は、「出る」と噂される廃墟よりも存在感が大きかった。

我々はそののち、方向を変えて市街地へと向かった。一旦《いったん》、ホテルに戻って食事を摂《と》

り、そのあと、夜道を走って住宅地へと入り込んでいく。

何の変哲もない町並みだった。しんと冷えた道路と寝静まった家並み。新しい戸建て住宅もあれば古い家もある。アパートにマンション、コンビニエンスストア。学校脇《がっこうわき》の道に車を置いて、我々は夜道を歩いた。庭木の茂った古い住宅と寂れたアパートの間に、煤《すす》けたブロック塀に挟まれた細い路地があった。

ここです、と平山氏が声を潜めた。氏は前日、下見に来たようだ。周囲の住民に迷惑をかけないよう、我々はこっそりとその路地に足を踏み入れた。

路地は剝《む》き出しの地面と古い側溝でできていた。側溝を覆ったコンクリートの蓋は傷《いた》みが酷い。ずいぶん長い間、手入れされることもなく放置されているようだった。ほんの少し歩くと、街灯の明かりは届かなくなったので、平山氏がペンライトを一つだけ点《つ》けた。それぞれが懐中電灯を渡されていたが、ここで点けるのは憚《はばか》られた。小さな明かりだけを頼りに足許を探りながら路地を進む。

片側の住宅は生い茂った庭木のせいで建物が見えない。果たして人が住んでいるのか、何の物音も気配もなかった。もう片側に続くアパートも住人の数は少ないようだ。路地に面した塀の上には鉄製の通路が見えていたが、その通路に面する窓のうち、明かりが点いているのは一つだけだった。通路を照らす明かりは切れかけた蛍光灯だけ。合板らしいドアが六つほど並んでいたが、どのドアも化粧板が剝《は》げかけていた。

アパートの奥で路地は住宅に沿って曲がり、ほんの数メートル行ったところに傾いた門があった。瓦屋根《かわら》を載せた板戸と潜《くぐ》り戸のある門で、かつてはそれなりの構えだったのだろうと思われる。いまでは板戸は外れ、屋根は歪《ゆが》んで瓦も半分落ちていた。門のどこにも表札はない。

外れた板戸の間から敷地の中に踏み込んだ。これで不法侵入が成立した。門の内側には庭木と雑草が無秩序に茂っていた。奔放に枝を伸ばした庭木をそっと掻き分け、敷の隙間《すきま》を選んで進むと、すぐに朽ちかけた廃屋が見えた。路地の様子から想像されるよりもずっと大きな建物だった。敷地も広い。こんもりと茂った常緑樹の庭木が建物を取り巻き、その周囲をやはり庭木の茂った古い住宅が取り囲んでいるようだ。建物の一部らしい影は見えたが、廃屋に面する窓は見えなかった。

おそらくは、道路に接する路地の幅員が足りないため、宅地としては使い物にならないのだろう。それで放置されているのだと思われた。これほど広い地所でありながら、敷地を取り巻いた住宅とアパート、どれか一つを潰して道路を引かなければ、この場所に新たに建築物を造ることはできない。

廃屋はどうやら平屋建てのようだった。屋根は歪んでいたが、まだ落ちてはいない。壁も崩れてはおらず、危険を感じるほど傾いている様子はなかった。前庭に面して、ガラスの入った格子戸《こうしど》の玄関があり、これは原形を留めている。その脇に雨戸の閉じた縁側が延びていたが、雨戸の一枚が外れていた。その前に立って、平山氏が中を示している。見ると、ガラスの割れた掃き出し窓が半分ほど開いていた。そこから建物の中へと踏み込む。

路地に足を踏み入れてから、誰一人口を開いていない。静寂には人に無言を強いる圧力がある。埃と吹き込んだ落ち葉に覆われた縁側に立つと、平山氏がようやく「もう大丈夫でしょう」と小声で言って、懐中電灯を点けた。

「まわりの家も人の気配がなかったな」と、福澤氏が言う。

「空家もあるようだったけど、昨日見た限りでは、基本、誰かが住んでいるみたいだったよ。ただ、どこも古い家ばかりだね。きっとお爺《じい》ちゃんとかお婆《ばあ》ちゃんばかりが、ちんまりと住んでるんだろうねえ」そう、平山氏は言ってから、「なので、中には頑固爺《がんこじじい》もいるかもしれません。忍び込んだのがばれると容赦なく通報されるかもしれないんで、こっそりいきましょう」

何かあったら、僕が名刺を出して取材ですと言い訳をしますから、その間にみなさんは逃げてください、と平山氏の担当さんは笑った。

つられたように軽く笑った久保さんはしかし、いつの間にかぴったりと私に寄り添っている。腕を差し出すと、腕をしっかりと絡《から》めてきた。

「怖くないですか？」と、囁くので、わりとこういうのは平気なほうだ、と答えた。以前、湯布院の廃ホテルを探険したことがある。あそこはここ以上に迫力のある建物だったが、それでも結構、平気だった。怖さより興味が先に立ってしまうのだと思う。某出版社の別館を探険したときも、及び腰になる編集者とマネージャーを見事に置き去りにしてしまったことがある。

「首、痛くないですか？」と訊《き》かれたが、テンションが上がっているので気にならない。痛み止めも飲んでいるので大丈夫だ。ただ、潜ったり跨《また》いだりがモタモタして足を引っ張るが、そこは大目に見てもらおう。

平山氏が手近の障子を開けた。桟はあちこちが折れ、障子紙は変色して破れている。

「あまり人に荒らされた様子がないね」と、平山氏が部屋の中を照らしながら言う。

こちらは廃モーテルとは違って、至るところに生活感が残っていた。波打った畳と変色して破れた障子や襖《ふすま》。歪んで下がった天井には、古い蛍光灯が残っている。部屋の片隅には仏壇も残っていた。扉は開いていたが、仏壇の中には本尊も軸もない。位牌《いはい》もなかったが花立てや香炉などの仏具は残されて散らばっていた。周囲の長押《なげし》に明かりを向けてみたが、遺影なども残っていない。全部運び出したのだろう。——そう思って、見廻していて、別の角の長押の上に神棚を見つけた。埃にまみれてはいるが、一揃いがそのまま残っている。

「ここは何年ぐらいに空家になったんだろう」と、福澤氏が言うと、

「どうやら一九八九年らしいよ。その年に真辺氏、破産しちゃって夜逃げしたらしいんだな。夜逃げといっても、御覧の通り、一通りの家財を運び出す余裕があったくらいだから、単に引っ越して行方をくらませた、と言ったほうがいいのかもしれないけど」

奇《く》しくも、久保さんが手紙をくれる契機になったホラーシリーズを始めた年だ。

「たしか、真辺氏は破産したあと、消息不明なんだよね」

「みたいだねえ」と、平山氏は隣の部屋を覗き込みながら言う。「徹ちゃんこそ、消息を聞いてないの」

聞かないなあ、と言って続き間に光を向けた福澤氏は、えっ、と声を上げた。

「どうした？」

「こっちにも仏壇がある」

福澤氏が明かりを向けた先に、黒々とした仏壇が倒れていた。こちらも仏具だけは残っていたようだ。それを確認していると、久保さんが腕を引っ張った。振り返って久保さんが目線で示した先を見ると、床の間に神棚が二つ並んでいた。

——二つ？

床柱には黒ずんだ御札が複数枚、貼られている。平山氏と福澤氏にそれを示すと、すぐに担当さんが床脇に並んだ御札を見つけた。

「御札だらけだ」と、言いながら平山氏は入ってきたのとは反対側の廊下に出た。どうやらそこも縁側になっているようだ。そこを懐中電灯で照らして「おっと」と声を上げた。

見ると、縁側に面して並んだ雨戸の、すべての内側に一枚ずつ、角大師《つのだいし》の札が貼られてずらりと並んでいた。長い縁側の突き当たりには、四つ目の神棚が見えた。

建物には、真辺家の最後の主人が、懸命に何かと戦った痕跡が至るところに残されていた。あちこちに貼られたお札、ほとんど部屋ごとに置かれた仏壇や神棚。単なる丸盆にコップと小皿を置いたものが四隅に残された部屋も複数、あった。魔除《まよ》けのためだろうと思われる意匠を施された鏡、あるいは置物。ある部屋から見える庭先には、社や地蔵が並んでいた。まるで卒塔婆《そとば》のように梵字《ぼんじ》を書き連ねた板で封印した部屋もあった。

悲壮な、と言うしかない。複数の仏壇や神棚を笑うことはとてもできなかった。

「ガセだったのかもしれませんね」と、いつの間にかそばに立っていた福澤氏が言った。

何のことだろう、と思っていると、福澤氏は棚に残された鍾馗《しょうき》さんらしい置物を手に取った。

「真辺氏が曰く付きの道具を集めて喜んでいた、という話」

しかし、真辺氏が好んで道具を買ったのは事実ではないのだろうか。たしか福澤氏の知り合いの古物商が売った、と。

「真辺幹男が買ったのは事実でしょうが、意図は別だったのかもしれません。ひょっとしたら、曰くに別の曰くをぶつけようとしたのかも」

「魔をもって魔を祓《はら》う、という話ですか？」と久保さんが訊いた。

福澤氏は頷《うなず》いた。この屋敷の有様を見れば、真辺氏が自らを守るために必死だったことはよく分かる。

「神にも縋《すが》った、仏にも縋った、まじないにも縋った。――ことごとく駄目だったから、最後の手段として魔に縋ったのかもしれません」

かもしれない、と思った。この家の有様からは、どう見ても曰くのある道具を集めて喜んでいる悪趣味なコレクターの像は浮かんでこない。

「……だったら哀れな話です」

たしかに、と思う。彼はただ、悪い土地に触れただけだ。――そう、ここが真辺幹男の屋敷なのだったら、ここはまさしく奥山家だったのだ。

ここここそが奥山怪談の震源地。最後の主人、奥山義宜はここで家族のすべてを殺し、自らの命を絶った。

そう思ったときに、どこからか低い風の音がした。地の底で風が吹くような音だ。久保さんが怯《おび》えたように身を寄せてきた。

音の出処はどこだろう。見廻した窓の外に中庭が見えた。窓を開けると、石地蔵の並んだ庭が目《ま》の当たりになった。丸く並べられた石地蔵の中心に、古い井戸があった。雑草に埋もれ、錆びた手押しポンプが夜露に濡《ぬ》れている。

中庭に降りてみた。風の音はそのポンプのほうから聞こえてきた。何に由来するのだろう、井戸の底に巨大な空洞でもあって、そこに途切れなく風が吹いている、それがポンプを伝わって響いてくるようだった。残響の加減か、風音の合間には低い人の呻《うめ》き声のような音が混じっていた。

と、風が吹いた。

立ち枯れた草を風が揺らす。乾いた音と同時に、ポンプの朽ちた注ぎ口から、細い悲鳴のような音が聞こえた。

# 九 残渣《ざんさ》

　二〇〇九年一月、鈴木さんから年賀状が来た。そこには「心霊ビデオを撮っちゃいました」と書いてあった。聞けば久保さんのところにも同様の年賀状が来たらしい。新年の挨拶《あいさつ》がてら会ってみるという。

　また深入りすることにならなければいいが、と思ったが、「大丈夫ですよ」と久保さんは笑う。「来るもの拒まずなだけです」

　鈴木さんがそのビデオを撮ったのは、前年の秋のことだ。息子さんのお誕生日を名目に、友達を招いて宴会をした。その様子を録画したビデオを見返していたら、背後の暗がりに赤ん坊の顔らしきものが三つ、浮かんでいるのを発見したという。

「ケーキの蠟燭《ろうそく》を吹き消すのに、部屋の灯りを落としたんです。そしたら、リビングの暗がりにふわっと丸いものが浮かんで」

　それはまるで、あぶくのようだった。暗がりの中、ふわっと白く丸いものが膨らんだ。一つが萎《しぼ》み始めると、そのすぐ脇《わき》に別の一つが膨らみ始める。それが萎むとさらに別の一つが丸く浮かんだ。膨らんだそれはちょうど赤ん坊の頭ほど。白い丸の中には眼を閉じた赤ん坊の顔のように、二つの亀裂《きれつ》と丸い口が見えた。

その顔は膨らみながら口を開け、萎みながら口を閉じた。それに合わせて微《かす》かに赤ん坊の泣き声らしきものが聞こえた。

驚いた鈴木さんは、すぐに友人の磯部《いそべ》さんに連絡をした。磯部さんが見たいというので、ビデオを貸した。

「本当に映ってたんです」と、鈴木さんと一緒にやってきた磯部さんは言った。「この人から話を聞いたときには、きっともっとぼんやりした感じなんだろうと思っていたんですけど」

言われてみればそうも見える——そんな染《し》みみたいなものだと思っていたのだが、赤ん坊の顔にしか見えない、と断言できるほど、その顔ははっきりと映っていた。事情を知らずに一緒にビデオを見ていた磯部さんの御主人が、「なんだ、これ」と声を上げるほど明らかだった。

あまりにも気味が悪かったので、磯部さんはすぐにビデオを鈴木さんに返却した。

「これ、どこかでお祓《はら》いしてもらったほうがいいんじゃないの、と言ったんです」

磯部さんにそう言われたものの、鈴木さんはどこでお祓いをしてもらえばいいのか分からなかった。気味が悪いので自分だって手許《てもと》には置いておきたくないが、捨てるのは拙《まず》い気がする。仕方なく空き箱の中に入れて押入の中にしまいこんだ。

その箱を、鈴木さんは久保さんに会うとき、持参していた。

「良かったら、どうぞ。差し上げます」と、言って差し出したが、「でも、消えちゃってるんです」

どういうことか、と久保さんが訊《き》くと、

「お渡ししようと思って引っ張り出して、ついでに確認のために見直したら、赤ちゃんの顔、消えちゃっていたんです。よく聞くと、泣き声だけは残ってますけど」

はあ、と複雑な気分で久保さんはその箱と、箱の中に入ったテープを受け取った。

「すごい不思議で」と、鈴木さんは言う。「この人に電話したんです。消えてるんだけど、って」

磯部さんは、自分が夫と見たときは、確かにあった、と言った。互いに見たものを確認したが、同じものを見たとしか思えなかった。——ところが。

「私が主人にその話をしたら」と、磯部さんは言う。「自分が見直したときにも消えてた、って言うんです」

御主人は、映ったものに驚き、それを友達に話した。友達が見たいと言うので、遊びに行くとき携えていって見せた。ところが、それにはもう異常なものは映っていなかった。何度見直してもあの丸い顔はどこにもない。そのときは泣き声は確認してみなかった。

「主人は、見間違いだったのかな、と思ったみたいです。ビデオではなく、テレビ画面に何か映り込んでいたのを、見間違えたんだろう、と」

だから奥さんには、あえて何も言わなかった。磯部さんはそれを知らず、ビデオを鈴木さんに返却した。

後日、我々もビデオを確認してみたが、確かに映っていたという顔は見えなかった。ただし、妙な声が入っているのは確かだ。それは何気なく見ているぶんには雑音の一つにしか聞こえないし、ことさら注意を引くような音ではない。ただ、音量を上げてヘッドフォンで聞くと、確かに赤ん坊の泣き声のように聞こえる。

そして、このビデオを再生した頃から、磯部さんの部屋では赤ん坊の泣き声が聞こえるようになった、という。

「最初は、猫の声だと思っていたんです。猫って変な声で泣くじゃないですか。どこか近くに野良猫《のらねこ》でも居着いたのかな、と思って」

磯部さんが御主人にそう言うと、猫の発情期じゃない、と言われた。

「それで急に怖くなって。ほとんど毎晩、聞こえるんです。今度、一度様子を見に来てよ、ってお願いしているんだけど」と、磯部さんは鈴木さんを見た。

何もできないけれど、変なビデオを渡してしまった責任を感じるので、見に行こうと思う、と鈴木さんは言っていた。

「一緒に行こうと誘われたんで」と、久保さんは私に言った。「今度、行こうと思うんですけど、どうです？」

そう訊かれたが、遠慮しておいた。興味がないわけではないが、実際問題として、私はもう何かができる状態ではなかった。前年末には雑誌に連載していた怪談を、ついに休んでしまった。

検査は続いていた。首の痛みは取れない。ひたすら痛み止めで耐えるしかなかった。首を庇《かば》うせいか、胸も背中も腰も痛む。咳《せき》をすることはおろか、喋《しゃべ》るのも辛《つら》い。喋るために息を吸うと痛むから、口を利《き》きたくないぐらいだ。その有様だから、歩き廻るのも辛い。呼吸量が増しても息を吸えないので酸欠に陥る。起き上がっていれば首が痛むが、横になっていても布団《ふとん》に触れる背中や腰が痛むので、眠ることができない。常に無意識のうちに歯を食いしばっているせいか、奥歯がぐらぐらしてきた。痛み止めの量は日を追って増え、この頃になると頓服《とんぷく》を日に三度常用していても痛くて眠れないことがある。とにかく一日中、痛みを耐えて寝ていることしかできない。

そんな話をして心配させてもしょうがないので、「やめときます」と言うに留めた。久保さんは伊藤さん所有のマンションに越して以来、妙な物音を聞くことなく生活していた。新しい勤め先も仕事が軌道に乗り、体調もいいようだ。そこに水を注《さ》したくなかった。

後日、久保さんは本当に磯部さんの部屋に行ってみたらしい。残念ながら、この日は赤ん坊の泣き声は聞こえなかった。「本当に、ほぼ毎晩聞こえるんですよ」と、磯部さんは悔しそうだったという。

その二月後《ふたつきご》、久保さんが鈴木さんに連絡したところ、磯部さんは部屋を変わることにした、という。久保さんらが訪ねたあとも、磯部さんは頻繁に赤ん坊の泣き声を聞いていた。しかも、そればかりでなく夜中にぺたぺたと顔を撫《な》でられて目を覚ますことがある。眼を開けても誰もいない。だが、痩《や》せた掌《てのひら》で軽く叩《たた》くように撫でられた感触はあまりにも生々しかった。しかもこれは磯部さんだけの経験ではなかった。御主人もまた同様の感触に起こされることがある、という。この部屋は可怪《おか》しい、と話していた頃、磯部さんはまた夜中に目を覚ました。

この夜は、顔を撫でる感触はなかった。なのに、ぺたぺたという音を聞いたように思った。何気なく御主人がいる隣の布団を見ると、暗がりの中、横になった御主人の上に誰かが屈《かが》み込んでいるのが見えた。

「お爺《じい》さん、でした」

痩せ衰えたふうの老人が、御主人の枕許《まくらもと》に坐《すわ》って顔を叩くように撫でている。御主人が嫌がるように腕を上げて寝返りを打った。老人は手を宙で止め、ふっと磯部さんのほうを見た。目が合った、という。

思わず声を上げたら、老人の姿は掻《か》き消すように消えてしまった。同時に、御主人が目を覚ました。

これは絶対に可怪しい、ということになった。磯部さんはこの部屋に住んでまだ一年ほどにしかならなかったが、引っ越すことにした。契約解除を伝える際、過去に何かなかったか不動産業者を問い詰めると、磯部さんの前に住んでいた老人が孤独死したことを業者は告白した、という。

「赤ん坊の声」は鈴木さんが新居に運んだのか。ビデオを経由して磯部さんの家に移動したのか。そこは孤独死した老人の残穢《ざんえ》にすでに感染していた。運び込んだ残穢が眠っていた残穢を揺すり起こした、と考えることも可能だ。

だが、「赤ん坊の声」は実際に赤ん坊の声が運ばれてきているだけなのかもしれない。顔に触れる手の感触は横に眠ったパートナーのものかもしれず、老人の姿は夢かもしれない。

結局のところ、どちらなのかは確定できない。どう世界を捉《とら》えるのか、という問題にすべては還元されてしまう。

この原稿を纏《まと》めるにあたり、最初からすべての記録を検証し直してみても、我々が遭遇したものが何だったのか、分からないでいる。久保さんはいまも、祟《たた》りや幽霊に対して確信的な判断ができない。そして私も、未《いま》だに懐疑的なままだ。

私の首にあった「腫瘍《しゅよう》状のもの」は、のちに正体が知れた。分かってみると、二十年近く前から患《わずら》っていた正体不明の指の湿疹に由来するものであることが判明したので、これは奥山家とはなんの関係もないことが確実だ。頑固な肩凝りも腰痛も、すべてこれが原因だった。幸い、良い薬に巡り会って状態は安定している。定期的な投薬で痛みは消退しているし、おかげで仕事にも日常生活にも支障はなくなった。せっかく誂《あつら》えたコルセットは出番を失《な》くして、我が家の人体模型「もげたくん」の首を飾っている。

久保さんは伊藤さん所有のマンションでなんの不都合もなく生活を送った。つい最近、転居したが、これは結婚したためだ。ただ、転居に際しては、前回と同じくお祓いをして部屋を出、お祓いをした新居に入った。

「地鎮祭みたいなものです。やっておけば安心できますから」

本来、地鎮祭はその土地の神に許しを得るための儀式だ。そもそも土地は神のもので、それを人が勝手に占有し、勝手に弄《いじ》るのだから、それに先立って国土の神、地域の神、土地の神に許しを得る必要がある。したがって、本来は建物を建てるときだけでなく、土地に手を加えるときにはなべて行なわれる、いわば挨拶のようなものだ、と言える。特に地域の神――産土神《うぶすながみ》は、土地の神というよりは、地縁の神だ。地面という意味の

「土地」ではなく、人々が居住するある地域という、社会的な概念としての「土地」の神なのだ。ならば、住まいを移るに際して、去ることになる土地の神に挨拶をし、入ることになる土地の神に挨拶をするのは理に適《かな》っている。やって安心できるのであれば、やるのがいいと思う。その効能はさておき、礼儀として美しい。

久保さんの助言を受け、磯部さんも同じようにして部屋を住み替わった。新居ではなんの問題もないそうだ。鈴木さんはその後、離婚して実家に戻ることになった。現在はシングルマザーとして奮闘中だ。一方、屋嶋さんは御主人の仕事の都合で二度ほど転居を余儀なくされたが、問題のある部屋には当たっていない。

岡谷マンションに住んでいた辺見さん、西條さんはすでにマンションを出た。辺見さんが転居したのは御主人の転職のせいだが、西條さんは岡谷マンションに近い住宅地に一戸建てを購入したためだ。新しい綺麗《きれい》な家で恙《つつが》なく暮らしている。岡谷団地に住む大塚さんは、相変わらずなんの支障もなく生活している。

黒石さんは二年前、借り主が途切れたのを契機に、団地にあった家を売却した。家を購入した家族は、入居以来、落ち着いた様子で過ごしている。

飯田家も昨年、やっと売却されたようだ。建物はリフォームされて新しく年配の御夫婦が入ったが、三カ月もしないうちに御主人が急死され、家は再び空家になった。

この原稿を書いている今現在も空家のままだという。

# 解説

中島晶也

まず最初にいっておかなければならないのは、この本は恐ろしいということだ。いや、あなたが恐怖の愉《たの》しみを求めてこの本を手に取ったことは、もちろん承知している。だが、それでもまず、「この本は怖いですよ」と断らずにはいられない。おそらく、あなたが予想していただろう怖さとは、性質も強さも異なる怖さを、この本は持っているからだ。

本書『残穢』は、二〇一二年に新潮社より書き下ろしで単行本が発行され、「とにかく恐ろしい」とたいへんな好評を博した。そして翌年には、第二六回山本周五郎賞を受賞している。「小説新潮」二〇一三年七月号に掲載された選評を読むと、選考委員の意見が分かれ、満場一致ですんなり受賞というわけにはいかなかったことが判《わか》る。しかし、それだけにいっそう、賞を「勝ち取った」という感をも強く受ける。

怪談小説『残穢』は、その恐怖によって山本周五郎賞を勝ち取ったのだ。事実、本書に対してもっとも否定的であった選考委員ですら、恐ろしさについては否定しきれないでいる。さらに、五人の選考委員のうち二人は、選評で『残穢』の独特な恐ろしさを、次のように語っている。

石田衣良「もっともこの本を自分の本棚に、ずっと置いておく気にはならないけどね」

唯川恵「実は今、この本を手元に置いておくことすら怖い。どうしたらいいものか悩んでいる」

そう、『残穢』の恐ろしさは、おとなしく本の中に止《とど》まってはくれない。それは紙面から染《し》み出してきて読者を絡《から》めとり、読み終わって本を閉じた後も脅《おびや》かし続けるのだ。

この小説は、語り手である作家の「私」のところへ、ファンから不思議な体験を綴《つづ》った手紙が届くところから始まる。「私」が過去の作品のあとがきで読者に対して恐怖体験談を募集したことがあったため、それに応じて送ってきてくれたのだ。賃貸マンションの誰もいないはずの和室から、畳を掃くような音が聞こえる――どこかで似た話を聞いたような気がした「私」は、同様にして他の読者たちから送られてきていた投稿怪談の山の中に、同じ建物内の異なる階にある部屋で起きた怪談を見つける。

作中には「私」の姓名は一切出てこないものの、語られる経歴などから作者小野不由美自身であろうと、自《おの》ずと推察されるようになっている。あとがきで恐怖体験談を募集した過去の作品とは、作者の出世作となった少女向けの心霊探偵小説『悪霊《あくりよう》がいっぱい!?』(一九八九・講談社)から始まる〈悪霊〉シリーズ全七巻のことである。このシリーズは何度か版を重ねた後に絶版となり、現在ではより広い一般読者向けに全面リライトの上、〈ゴーストハント〉シリーズと改題された新訂版が出されているのだが(二〇一〇—一一・メディアファクトリー)、新訂版ではそのあとがきは読めない。ごく初期の旧版にのみ、そういうあとがきがあったのだ。

こうして集まった読者の体験談を元にして、小野不由美は「鬼談草紙」と題した掌篇怪談のシリーズを怪談専門誌『幽』に二〇〇四年から二〇一〇年にかけて連載発表した。それらは単行本『鬼談百景』としてまとめられ、本書『残穢』の初版と同時にメディアファクトリーより刊行されている。『残穢』と『鬼談百景』は、再刊を除くと九年ぶりになる小野不由美の新著である上に、異なる版元をまたいで対をなす姉妹編であったことで話題を呼んだ。

手紙をくれたファンとともに真相を探り始めた「私」は、マンションの周辺と転居したかつての住民たちの間で、長年にわたって不審な事件や事故が起き続けていることを知る。しかしそれらは、微妙に重なる要素でつながりあっているように見えながらも、決定的な因果関係は示してくれない。

懐疑的な合理主義者である「私」は、すべては偶然にすぎず、何もないところにありもしないつながりを見出《みいだ》しているだけではないのかと疑う。だが、そんな疑いをあざ笑うかのように、無作為に連鎖するように見える怪異のつながりは、調べれば調べるほど新たな広がりを見せる。自らの合理精神ゆえに「私」は追いつめられていき、ある推論にすがるしかなくなる。

その鍵《かぎ》となるのは、日本古来の民俗学的概念「穢《けが》れ」である。穢れは共同体にとってタブーと見なされるさまざまな事物に触れることによって生じ、穢れを帯びたものに触れたものもまた、穢れてしまうとされた。とりわけ恐れられたのが、死によって生じる穢れであった。もしも、過去の無残な死によって生じた穢れが現実に何らかの力を持ち、疫病《えきびょう》のように伝わって次々と新たな死と怪異が生じているのだとしたら？　すべてが説明できてしまうのではないか――。

無差別テロのように相手を選ばず襲いかかり、とめどなく広がっていく禍《わざわ》いというと、一世を風靡《ふうび》したホラー映画『リング』（一九九八）や『呪怨《じゅおん》』（二〇〇三）を思い出される読者も多いかもしれない。こうした「無作為に伝染する恐怖」は、映画だけでなく小説や実話も含めた日本の現代怪談の、顕著な潮流の一つといえる。

かつての我が国の伝統的な怪談物語では、幽霊は生前の怨《うら》みを晴らすべく、特定の人物を標的にするのが一般的であった。身の毛のよだつ恐怖を楽しむのを目的にしながらも、仏教的な因果応報に基づいた勧善懲悪の物語が主流となっていて、祟《たた》られるのは基本的に怨敵とその関係者だったのである。「末代まで祟ってやる」という呪《のろ》いは、極論すれば「じゃ、係累《けいるい》でなければ心配ないですよね？」ということでもある。「あなたの知らない世界」などと謳《うた》いつつ、そこで描かれるのは世俗的な道徳や教訓ばかり。そんな怪談も珍しくなかった。

前世紀末に始まった日本の現代怪談の革新は、こうした宗教的モラルの束縛に代表されるような形骸化《けいがいか》しつつあったルーティンを廃し、なまなましく身に迫る恐怖を獲得するための戦いであった。その要諦《ようてい》となったのは、今一度、先入観なく怪異の実体験談を見つめ直し、その恐ろしさをリアルに再現することだった。

その先陣を切ったのは、石井てるよし監督・小中千昭脚本によるオリジナルビデオ・ドラマ『邪願霊』（一九八八）であった。この作品は、アイドルのプロモーション・ビデオの撮影中に起きた怪事件を追う心霊ドキュメンタリーの体裁を装《よそお》うとともに、本物らしく見える怪奇現象や幽霊を作り出すために、実話怪談や心霊写真の気味悪さを研究し採り入れていた。

これに続き、木原浩勝と中山市朗のコンビが実話怪談本『新・耳・袋　あなたの隣の怖い話』を一九九〇年に扶桑社より出版する。一風変わったこの書名は、江戸時代後期の随筆集『耳袋』にちなんだものである。巷間《こうかん》に伝わる怪異を仏教思想とは無縁にそのまま書き留めていた『耳袋』の精神を引き継ぎ、『新・耳・袋』は怪異の因果応報的な解釈を廃して、体験者に脈絡なくふいに襲いかかる恐怖を臨場感たっぷりに再現することに傾注するという、いわば写実的な現代実話怪談の規範を確立した。

さらに、創作怪談の分野では、鈴木光司の『リング』（一九九一・角川書店）が現れる。これは「不幸の手紙」の伝染する恐怖に着想を得たもので、悲惨な死を遂げた超能力者の怨念が籠《こ》もったビデオテープが呪いを次々に広めていくという長篇であった。

興味深いのは、これら三つの現代怪談革新の試みが、たがいに影響しあうのではなく、並行して同時多発的に始まったことである。そして、これら三作はいずれも発表時には大きな評判にはならなかったものの、愛好家の間で「ほんとうに怖い」という評判が次第に広まっていき、各々のジャンルを大きく変える原動力になっていった。

『邪願霊』の後も小中千昭がこだわり続けた「本物の幽霊の再現」の追求は、鶴田《つるた》法男《のりお》、高橋洋《ひろし》、黒沢清ら後にJホラー映画の担《にな》い手となる映像作家たちとの議論と競作が繰り返されることによって磨きが掛けられていき、後のブームの下地が作られていく。このように複数の映像作家たちが怪異表現を巡って共闘した運動は、世界のホラー映画史でも類例がない。

『新・耳・袋』の初版は目利《めき》きの怪談愛好家には好評だったが、知る人ぞ知る名作というに止まった。しかし、その影響は徐々に後続の実話怪談本に波及していき、一九九一年から現在まで続いている『「超」怖い話』（勁文社、のちに竹書房）のような人気長寿シリーズも現れた。必然的に『新・耳・袋』を評価する声も高まり、一九九八年にはメディアファクトリーから『新耳袋　現代百物語』として復刊され、全一〇巻のシリーズとなる。これが同社が怪談出版に力を入れる契機となり、小野不由美が『鬼談百景』の原型を連載することになる怪談専門誌『幽』の創刊（二〇〇四）につながっていく。

『リング』も、初版はさほど評判にならないままひっそりと絶版になっていた。ところが、角川書店が日本ホラー小説大賞と連動して立ち上げた角川ホラー文庫から一九九三年に再刊されるやみるみるうちに売り上げを伸ばし、歴代の大賞受賞作に勝《まさ》るとも劣らない同レーベルの看板作品にのし上がった。

そして一九九八年、『リング』は小中千昭らと「本物の幽霊の再現」を追求していた高橋洋の脚本と中田秀夫の監督によって映画化される。高橋と中田は小説版『リング』の伝染する呪いを、ビデオ画面から這《は》い出し迫りくる幽霊をなまなましく見せるというショッキングな新趣向を加えて客席に向かって放ち、海を越え世界を席巻《せっけん》するJホラーブームを巻き起こした。

『残穢』もまた、このような国産現代怪談の潮流に棹《さお》さしている作品である。現代の写実的な実話怪談は、曖昧《あいまい》で断片的であるがゆえに読者の想像力を不吉にかき立て、恐怖させる。『残穢』ではそうした実話怪談の恐怖が、怪異が連鎖するシステムを構築することによって、損なわれることなくドキュメンタリー・タッチの長篇小説に仕立てられ、より大きく具体的な恐怖となって読者に迫る。ところが、意外にもその力の源は、現代創作怪談の代表作というべき『リング』とは、対極的な姿勢にこそある。

前述のとおり、『リング』は「不幸の手紙」の恐怖をビデオテープに置き換えてアップトゥデートし、現代の読者により身近に感じられる工夫を凝らしていた。こうした時代の流行を鋭敏に採り入れる手法は続篇のシリーズが進むほど顕著になり、第二作『らせん』（一九九五）ではバイオテクノロジー、第三作『ループ』（一九九八）ではコンピュータサイエンスと、ホラーというよりはSF的な領域へ大胆に踏み込んでいく。

それに対して『残穢』は、アップトゥデートどころか、ただひたすら過去に向かう。古くさい迷信であったはずの穢れの伝播《でんぱ》を論理的にシミュレートし追う「私」の探索行は、マンションが建築される以前の土地の来歴を、平成から昭和、昭和から大正、大正から明治へと遡《さかのぼ》っていく。

そこで掘り起こされるのは、破壊と建設を際限なく繰り返すことで築き上げられてきた近現代社会の発展の陰に埋もれてしまった、名もない人々のはかなく無残な死に様である。それはわれわれ現代人が盤石《ばんじゃく》なものと思い込んでいる現在の都市の町並みも人々の営みも、いずれ消えゆく仮象でしかないという事実を突きつけるとともに、われわれ誰もが遠い先祖たちから受け継ぎ心の奥底に抱いている、死に対する不合理なまでの強い恐れを呼び覚ます。知っていたはずなのに無意識に目を背けていた恐怖に、死者たちの声によって気づかされてしまうのだ。

『リング』が一時代を築いた傑作なのは事実だが、時代の流行に寄り添って作られたその恐怖は、流行の変遷《へんせん》とともに揺らいでゆくかもしれない。現に、『リング』発表当時は有効な小道具として機能したビデオテープは、現在では早くも過去の遺物と化しつつある。しかし、『残穢』が提示する恐怖は、過去に根ざし古いがゆえに本源的であり、普遍的である。われわれが現在の社会のあり方を根本から変えられない限り、われわれが死に対する忌避感を克服できない限り、『残穢』の恐怖からは誰も決して逃れることができない。

この文庫版『残穢』の刊行と同時期に、『鬼談百景』も角川文庫から再刊される予定だという。『鬼談百景』に収められている怪談の数は、書名に反して全九十九話。『残穢』はもちろんそれ一冊でも独立して読める小説であるが、『鬼談百景』の作者自身の体験を綴った長篇版にして、「現実に怪を呼ぶ」と百物語では禁忌とされる百話目としても読めるように書かれている。そして、どこまでが実際にあったことでどこからが創作なのか、作者は明かしていない。いったいどこまでがほんとうにあったことなのか？ それともまるごと作り事なのか？ 作り事にしても、モデルになった怪談や事件があるのかないのか？ そんなことを探りながら、『鬼談百景』と併せて読むのも一興だろう。

ただし、くれぐれも心していただきたい。この本は、とても恐ろしい――。

（平成二十七年六月、怪奇幻想文学研究家）

この作品は平成二十四年七月新潮社より刊行された。

## 東京異聞

小野不由美著

人魂売りに首遣い、さらには闇御前に火炎魔人、魑魅魍魎が跋扈する帝都・東京。夜闇で起こる奇怪な事件を妖しく描く伝奇ミステリ。

## 屍鬼（一〜五）

小野不由美著

「村は死によって包囲されている」。一人、また一人、相次ぐ葬送。殺人か、疫病か、それとも……。超弩級の恐怖が音もなく忍び寄る。

## 黒祠の島

小野不由美著

私は失踪した女性作家を探すため、禁断の島を訪れた。奇怪な神をあがめる人々。凄惨な殺人事件……。絶賛を浴びた長篇ミステリ。

## 魔性の子
―十二国記―

小野不由美著

孤立する少年の周りで相次ぐ事故は、何かの前ぶれなのか。更なる惨劇の果てに明かされるものとは――「十二国記」への戦慄の序章。

## 月の影　影の海（上・下）
―十二国記―

小野不由美著

平凡な女子高生の日々は、見知らぬ異界へと連れ去られ一変した。苦難の旅を経て「生」への信念が迸る、シリーズ本編の幕開け。

## 丕《ひ》緒《しょ》の鳥
―十二国記―

小野不由美著

書下ろし2編を含む12年ぶり待望の短編集！希望を信じ、己の役割を全うする覚悟を決めた名も無き男たちの生き様を描く4編を収録。

宮部みゆき著
**ソロモンの偽証**
―第Ⅰ部 事件―（上・下）
クリスマス未明に転落死したひとりの中学生。彼の死は、自殺か、殺人か――。作家生活25年の集大成、現代ミステリーの最高峰。

宮部みゆき著
**英雄の書**
（上・下）
中学生の兄が同級生を刺して失踪。妹の友理子は、〝英雄〟に取り憑かれ罪を犯した兄を救うため、勇気を奮って大冒険の旅へと出た。

宮部みゆき著
**模倣犯**
芸術選奨受賞（一〜五）
邪悪な欲望のままに「女性狩り」を繰り返し、マスコミを愚弄して勝ち誇る怪物の正体は？ 著者の代表作にして現代ミステリの金字塔！

宮部みゆき著
**レベル7《セブン》**
レベル7まで行ったら戻れない。謎の言葉を残して失踪した少女を探すカウンセラーと記憶を失った男女の追跡行は……緊迫の四日間。

島田荘司著
**写楽 閉じた国の幻**
（上・下）
「写楽」とは誰か――。美術史上最大の「迷宮事件」を、構想20年のロジックが打ち破る！ 現実を超越する、究極のミステリ小説。

道尾秀介著
**向日葵の咲かない夏**
終業式の日に自殺したはずのS君の声が聞こえる。「僕は殺されたんだ」。夏の冒険の結末は。最注目の新鋭作家が描く、新たな神話。

米澤穂信著

# 儚い羊たちの祝宴

優雅な読書サークル「バベルの会」にリンクして起こる、邪悪な5つの事件。恐るべき真相はラストの1行に。衝撃の暗黒ミステリ。

荻原　浩著

# 噂

女子高生の口コミを利用した、香水の販売戦略のはずだった。だが、流された噂が現実となり、足首のない少女の遺体が発見された——。

荻原　浩著

# 押入れのちよ

とり憑かれたいお化け、No.1。失業中サラリーマンと不憫な幽霊の同居を描いた表題作他、必死に生きる可笑しさが胸に迫る傑作短編集。

芦沢　央著

# 火のないところに煙は

静岡書店大賞受賞

神楽坂を舞台に怪談を書きませんか——。作家に届いた突然の依頼が、過去の怪異を呼び覚ます。ミステリと実話怪談の奇跡的融合！

角田光代著

# さがしもの

「おばあちゃん、幽霊になってもこれが読みたかったの？」運命を変え、世界につながる小さな魔法「本」への愛にあふれた短編集。

角田光代著

# 平　凡

結婚、仕事、不意の事故。あのとき違う道を選んでいたら……。人生の「もし」を夢想する人々を愛情込めてみつめる六つの物語。

小川洋子著　博士の愛した数式
本屋大賞・読売文学賞受賞

80分しか記憶が続かない数学者と、家政婦とその息子――第1回本屋大賞に輝く、あまりに切なく暖かい奇跡の物語。待望の文庫化！

小川洋子著　海

「今は失われてしまった何か」への尽きない愛情を表す小川洋子の真髄。静謐で妖しく、ちょっと奇妙な七編。著者インタビュー併録。

倉橋由美子著　大人のための残酷童話

世界中の名作童話を縦横無尽にアレンジ、物語の背後に潜む人間の邪悪な意思や淫猥な欲望を露骨に焙り出す。毒に満ちた作品集。

湯本香樹実著　夏の庭
――The Friends――
米ミルドレッド・バチェルダー賞受賞

死への興味から、生ける屍のような老人を「観察」し始めた少年たち。いつしか双方の間に、深く不思議な交流が生まれるのだが……。

湯本香樹実著　ポプラの秋

不気味な大家のおばあさんは、ある日私に奇妙な話を持ちかけた――。『夏の庭』で世界中の注目を浴びた著者が贈る文庫書下ろし。

森見登美彦著　きつねのはなし

古道具屋から品物を託された青年が訪れた奇妙な屋敷。彼はそこで魔に魅入られたのか。美しく怖しくて愛おしい、漆黒の京都奇譚集。

# 残《ざん》　穢《え》

新潮文庫　お－37－9

平成二十七年八月一日発行
令和六年十一月十日十九刷

著者　小《お》野《の》不《ふ》由《ゆ》美《み》

発行者　佐藤隆信

発行所　株式会社新潮社

郵便番号　一六二―八七一一
東京都新宿区矢来町七一
電話　編集部(〇三)三二六六―五四四〇
　　　読者係(〇三)三二六六―五一一一
https://www.shinchosha.co.jp

価格はカバーに表示してあります。



印刷・大日本印刷株式会社　製本・加藤製本株式会社



ISBN978-4-10-124029-9　C0193